考拉看看

KOALA CAN

记录历史

汉武风云：落下闳传

考拉看看历史文化研究中心◎著

刘文学　陈兰◎执笔

成都时代出版社
CHENGDU TIMES PRESS

图书在版编目（ＣＩＰ）数据

汉武风云：落下闳传 / 考拉看看历史文化研究中心
著 . —— 成都 ：成都时代出版社，2021.1
ISBN 978-7-5464-2676-1

Ⅰ . ①汉… Ⅱ . ①考… Ⅲ . ①落下闳（约前 156- 前
87）—传记 Ⅳ . ① K826.14

中国版本图书馆 CIP 数据核字（2020）第 220635 号

汉武风云：落下闳传

考拉看看历史文化研究中心　著

刘文学　陈兰　执笔

责任编辑　蒋雪梅
责任校对　张　巧
协作机构　书服家
封面设计　云何视觉
责任印制　张　露

出版发行　成都时代出版社
电　　话　(028) 86742352（编辑部）
　　　　　(028) 86615250（发行部）
网　　址　www.chengdusd.com
印　　刷　成都蜀通印务有限责任公司
规　　格　165mm×235mm
印　　张　15.75
字　　数　210 千
版　　次　2021 年 1 月第 1 版
印　　次　2021 年 1 月第 1 次
书　　号　ISBN 978-7-5464-2676-1
定　　价　68.00 元

| 策划者献辞 |

　　考拉看看历史文化研究中心策划的《汉武风云：落下闳传》和读者见面了。借鉴《走向未来》的"编者献辞"，可以说"她凝聚着我们的心血和期望"。

　　《汉武风云：落下闳传》是考拉看看历史文化研究中心历经数年研究而创作的一部作品，也是"考拉看看中国历史文化"系列作品中的一部。接下来，这套作品还将出版关于交子、三星堆、大禹、苏东坡、张献忠等题材的多部作品。

　　以铜为镜，可以正衣冠；以古为镜，可以知兴替；以人为镜，可以明得失。历史文化的梳理，不仅需要严谨的考证，也需要丰富的想象力，写作历史文化作品，尤其需要两者融合。

　　"考拉看看中国历史文化"系列作品力图走进历史、还原历史，同时也筛选、咀嚼和再创作，希望读者更加轻松去了解我们的历史文化。本系列作品是一个新的尝试，将始终以严谨认真的态度，致力传递信念与力量。

　　"考拉看看"是由资深媒体人、作家、内容研究者和品牌运作者联合组建的内容机构，致力于领先的深度内容创作与运作，专业从事内容创作、内容挖掘、内容衍生品运作和品牌文化力打造。"考拉看看"为研究历史文化，专门成立了历史文化研究中心，这个中心是"考拉看看中国历史文化"系列作品的研究者、策划者和推动者。

约四百年前，弗朗西斯·培根写作《伟大的复兴》时，他描述书中对象的话穿越时光，被反复引用"希望人们不要把它看作一种意见，而要看作是一项事业，并相信我们在这里所做的不是为某一宗派或理论奠定基础，而是为人类的福祉和尊严……"

我们同样以真诚之心把这段话献给读者。对于本系列作品，希望读者们关心她、批评她、帮助她。同时，我们也欢迎更多的研究者、作者和读者，加入我们队伍，让她成为我们共同的事业。

"考拉看看中国历史文化"系列作品编委会

考拉看看历史文化研究中心

2020 年 11 月

* 联系我们：400-021-3677 （koalacan@yeah.net）

落下闳人物关系图

汉武帝

落下闳

淳于凌渠 —保护—

倪宽

公孙卿

壶遂

邓平

郭解

文翁

谯隆

司马迁

唐都

司马谈

君臣 — 上下级 — 同派系 — 对立 — 对立 — 收买 — 识破诡计 — 对立 — 同派 — 共同制历 — 同乡 — 同乡 — 同乡 — 同僚 — 上下级 — 上下级 — 共同制历 — 师徒

| 前言 |

虽然岁月如流，什么都会过去，但总有些东西发生了就
不能抹杀。

——王小波

一

实话说，写落下闳是一件极其艰难的事情。

难的不是该如何动笔，而是仅凭现存的一星半点的记录来看，除
了他曾做出的功绩之外，其余一无所知，写起来难度可想而知。

落下闳，古代天文学家，西汉阆中人，与汉武帝同年生同年逝。
西汉年间，落下闳奉命赴京研制新历法，其历法在同期的十八种历法中
脱颖而出，《太初历》由此登上历史舞台。除了研制出《太初历》外，
落下闳还颠覆性地提出了"浑天说"这一非常接近宇宙本相的天文理
论，并由此创制出"浑天仪"。《太初历》就是在这种天文理论的支撑下
得以诞生，并确立岁首，定下中国历史上最盛大的节日——春节，以此
作为新一年的开端，一直沿用至今。在研制历法的过程中，落下闳为了
让历法更适应人们生产生活需要，创造性地加入"二十四节气"，对中

国古代农业的发展起到了重要的推动作用。在数学领域，落下闳还发明了"通其率"算法，为后世的天文历法留下了先进的数算方法。

翻阅能找到的所有史料，甚至包括县志之后，落下闳的资料也只有这些，其余一概不详。

在《史记》中，司马迁对落下闳也只作了简短的记录。

至今上即位，招致方士唐都，分其天部；而巴落下闳运算转历，然后日辰之度与夏正同。乃改元，更官号，封泰山。因诏御史曰："乃者，有司言星度之未定也，广延宣问，以理星度，未能詹也。盖闻昔者黄帝合而不死，名察度验，定清浊，起五部，建气物分数。然盖尚矣。书缺乐弛，朕甚闵焉。朕唯未能循明也。纠绩日分，率应水德之胜。今日顺夏至，黄钟为宫，林钟为徵，太蔟为商，南吕为羽，姑洗为角。自是以后，气复正，羽声复清，名复正变，以至子日当冬至，则阴阳离合之道行焉。十二月甲子朔旦冬至已詹，其更以七年为太初元年。年名'焉逢摄提格'，月名'毕聚'，日得甲子，夜半朔旦冬至。"

在这段话中，司马迁只说明了汉武帝即位之后，招唐都和落下闳，分别测量星宿度数和进行历法数据的运算，并记录了汉武帝要制定历法的理由。

值得一提的是，司马迁不仅和落下闳是同一时代的人，而且二人还相识。但在《史记·历书》中，司马迁录入的却不是落下闳的《太初历》，而是作者本人的《历术甲子篇》。这部历法记录得很详细，也颇为完整。经史学家们多年考证，《历术甲子篇》的作者确实是司马迁本人。

而在其他史料中，落下闳制历的事也少有记载。当时，司马迁还是历法重修的发起人之一。

这就意味着，落下闳的事迹，司马迁是知晓的，只是出于某种理由或顾虑，没有记载下来。

在古代，新帝王继位之后，制定新的立法并颁布使用，是一件极其重要的事情。因为在古代中国，历代帝王都声称自己之所以称帝，是受了上天的旨意。天就意味着至高无上，而针对天相而生的历法，自然是帝王非常看重的事情。

司马迁作为最接近这段历史的史官，为何没有将落下闳制历的事详细记录下来？

在《史记·历书》中，司马迁丝毫没提及《历术甲子篇》的作者是谁。再者，从《历术甲子篇》之前的内容来看，放在该处的应当是落下闳所制的《太初历》。这也是为何《历术甲子篇》在很长一段时间内，都误认为就是落下闳所研制的历法的原因。司马迁为何在《史记·历书》中将自己落选的历法记上，而未将落下闳的历法录入其中？这明显不符合史家记录史事的原则。

倘若没有班固在《汉书》中的记载，落下闳的《太初历》很可能就此遗失。

班固在《汉书》中写道：

> 至武帝元封七年，汉兴百二岁矣，大中夫公孙卿、壶遂、太史令司马迁等言"历纪坏废，宜正朔"。是时御史大夫儿宽明经术，上乃诏宽曰："与博士共议，今宜何以为正朔？服色何上？"宽与博士赐等议，皆曰："帝王必改正朔，易服色，所以明受命于天也。创业变改，制不相复，推传序文，则今

夏时也，臣等闻学褊陋，不能明。陛下躬圣发愤，昭配天地，臣愚以为三统之制，后圣复前圣者，二代在前也。今二代之统绝而不序矣，唯陛下发圣德，宣考天地四时之极，则顺阴阳以定大明之制。为万世则。"于是乃诏御史曰："乃者有司言历未定，广延宣问，以考星度，未能雔也。盖闻古者黄帝合而不死，名察发敛，定清浊，起五部，建气物分数，然则上矣。书缺乐弛，朕甚难之。依违以惟，未能修明。其以七年为元年。"……三会为七百八十七万九千六百八十，而与三统会。三统二千三百六十三万九千四十，而复于太极上元。九章岁而六之为法，太极上元为实，实如法得一，阴阳各万一千五百二十，当万物气体之数，天下之能事毕矣。

洋洋四千余言，悉数记录了《太初历》的内容，使其成为中国历史上首部有完整记载的历法。虽然其中有些是非曲直依旧不明，但班固的这段记载，显然让西汉历法的研究更为复杂化，也给我们留下相比《史记》而言更加详细的历史资料。

除此之外，西汉末扬雄在《法言·重黎》篇里写道：

或问浑天。曰落下闳营之，鲜于妄人度之，耿中丞象之。

张衡在《灵宪》中写道：

昔在先王，将步天路。用定灵轨，寻绪本元。先准之于浑体，是为正仪立度……。

所有的资料，都在证明着一个结论：《太初历》就是落下闳所制，"浑天说"也是落下闳所创，春节正是来源于他的历法，落下闳是名副其实的"春节老人"。

这些确切的结论，显然更能引起人们对落下闳的好奇和对历史的不解。

关于他的生平事迹和历法制作，也就成了迫切需要解开的谜题。这不是出于一时好奇，而是因为这些历史真相的缺失，使得落下闳这个本该鼎鼎有名的历史人物沉寂到了茫茫史海之中。

这也是现在很少有人关注他的原因。

2017 年前后，事情开始出现了转机。

2016 年 12 月，四川省发起了"四川历史名人"评选活动，并召集业内专家，成立了"四川历史名人专题调研组"，对四川本土历史上有卓越功绩的历史人物进行评选。

2017 年 7 月 4 日，在四川政府新闻网上，"四川十大历史名人名单出炉"一行大字，将这个谜底揭开。获得四川十大历史名人的是：大禹、李冰、落下闳、扬雄、诸葛亮、武则天、李白、杜甫、苏轼、杨慎。

名不见经传的落下闳，终于从历史的尘封中站了出来，位列首批四川十大历史名人榜第三位，名次仅次于治水功臣大禹和修建四川都江堰工程的李冰。

落下闳事迹的缺失，也就是在这个时候，才开始进入人们的视线，成为本地人茶余饭后的谈资。

二

梳理是个艰难且耗时的过程，如果只是依据史料记载的内容来撰写，那几乎等于将现存史料翻译了一遍，而且这样的翻译，显然是不符合需求的。因为比起历法，人们更想知道的是落下闳这个人本身。

如何才能在记载或者已经遗失的历史中，还原出落下闳的成就与事迹呢？

为此，我们特地将仅有的两本关于落下闳的书籍买来拜读。读过之后，仍然是一片茫然。查有梁教授撰写的《世界杰出天文学家落下闳》，是从学术角度去考证和阐述了"落下闳理论"和"落下闳算法"对科学的启发和影响；而另一本书，则是纯粹的小说。

这就意味着，撰写落下闳这本书的经历，将更加艰难。因为截至现在，还没有人对落下闳的生平经历做过系统的研究，我们要做的，就是迈出挖掘这段历史的第一步。

为了考证并推断这段历史，我们几乎找来所有关于那个时期的史料，反复通读几遍之后，才从历史与逻辑的角度，去梳理这背后的故事，前后耗时较长，波折不断。

好在功夫不负有心人。我们终于将落下闳的生平和《太初历》研制的过程整理出了一个大概。虽然无法保证我们整理推断出来的结果就一定全部印证那段历史，但我们的故事是从考证过的史料中演化出来的。

这本书的正文，就是我们系统整理推断出来的结果。为了符合时代需要的观赏性，以传记的形式，将这个结果呈现出来。在这本书的各个节点上，我们还穿插了所推断的理由。

三

现在，在中国大地上有一个很奇怪的现象，那就是西方节日的色彩越来越浓。其实，我们倒无意去批判什么提倡什么，但是有些东西，还是需要国人去守护。

在西方，圣诞老人的形象已经深入人心；而在中国，虽然每年有十几亿人口在过春节，但对"春节老人"落下闳，又有多少人知道呢？当一种全民文化正在缺失的时候，我想我们有必要去找寻这种文化的根源。

两千多年前，落下闳凭着自己精湛的天文造诣，为中国研制出了当时世界上最先进的历法，并由此确立了沿袭两千多年的春节习俗，一直到今天，春节仍然是我们中国人最盛大最隆重的节日。

但是，很多时候历史掌握在少数人的手中。春节在我们的世代相传中保留了下来，但春节的奠基人，却因为一次人为的雪藏，湮没在了历史的尘埃中。

现在，四川省将落下闳放在本土"十大历史名人"之列，不仅是对他的一次正名，更是对中国传统文化的一种传承和尊重。本书，就是在这一基础上，不揣浅陋贸然担起这份责任的。

他已经等了两千多年，作为一个在地域上离他最近的现代人，我想，我们要做的，就是不要让他在历史的长河中永远湮没下去。

现在，我们也可以大声地说："我们中国也有自己的'圣诞'老人。"

我们希望，每个翻开这本书的人，都能为他大义凛然、功勋卓绝的一生喝彩，为他精湛独到的天文成就而骄傲，并将"春节老人"的名字传得更远。这不仅关系到对中国古代灿烂天文文化的认知，也关系到亿万中国人在春节的时候，不要再对着天真懵懂的孩子，说"从前有一只叫年的怪兽……"。

如此，便为无憾。

此为铺垫，也是前言。

考拉看看历史文化研究中心

2020 年 9 月于考拉看看图书馆

| 目　录 |

第一章

无人知晓的 名人

2017 年 7 月 4 日，一条官方新闻在巴山蜀水间引爆，并很快成为大街小巷热议的话题：首届四川十大历史名人名单出炉，大禹、李冰、落下闳、扬雄、诸葛亮、武则天、李白、杜甫、苏轼、杨慎被评为为四川首批十大历史名人。

从 2016 年 12 月起，四川省就着手成立四川文化名人专题调研组，从各大高校和研究院调集资深学者专家，共同评选四川十大历史名人。历时 7 个月，经过调研组层层筛选，最终从 144 人申报名单中，选定了上述 10 人为四川首批十大历史名人。

其实，早在这份名单出来之前，人们就已经开始对这次评选活动议论纷纷了。蜀地历史悠久，人杰地灵，自古以来就是名人辈出的地方，文人、武将、政要、骚客……数不胜数。此次十大历史名人中，每个人都是震古烁今、享誉中外的巨匠，随便拉出一个来，其卓越功勋三天三夜也说不完。在这份名单中，有一个鲜为人知的名字，他就是落下闳。

人们很是诧异，不知道这个被人很少提及、甚至连听都没听说过的落下闳，究竟在四川的历史上留下了怎样浓重的一笔，竟能同治水立下赫赫之功的大禹和打造了世界著名水利工程的李冰相提并论。

这个名不见经传的落下闳，究竟何许人也？

落下闳，姓落下，名闳，字长公，今四川阆中人，西汉民间天文学家。汉武帝年间，从秦朝沿袭下来的秦朝的《颛顼历》，已经使用一百多年，出现了明显的时序偏差。随着农业生产的发展，这一历法与人们习惯通用的春夏秋冬不合，且朔晦月象超前。于是武帝发诏，广招民间天文学家进京研制新历。公元前 111 年，落下闳通过举荐，进京与司马迁、公孙卿等人共同研制新历。公元前 104 年，落下闳主持制作的《太初历》从同期的十八种历法中脱颖而出，被汉武帝采用。汉武帝将《太初历》正式颁布之年定为太初元年，尔后又封落下闳为侍中。但落下闳辞官不受，回到阆中，继续自己的天文研究，从而奠定了阆中作为"古代天文研究中心"的地位。

《太初历》是中国第一部有完整记载的古代历法，其内容被班固完整地记录在《汉书》之中。落下闳首次提出 135 个月为"朔望之会"，从根本上改变了中国古代的历法结构；首次将二十四节气嵌入历法之中，让农业和历法相结合，沿用至今；首次开拓性地提出"浑天之说"，并据此制作浑天仪，颠覆了中国数千年"天圆地方"的传统天文理论；发明"通其率"数学运算方法，为中国天文学的研究筑下万丈基石。此后，张衡、祖冲之等人的天文研究成果，都是建立在落下闳天文理论基础上的。

落下闳还制定了新的岁末岁首制，定一年中的正月为首。由此，中国才有了过春节的传统。相对于西方的"圣诞老人"来说，落下闳是中国当之无愧的"春节老人"。其在学术上的创新，丝毫不逊于同时代的其他历史名人；其在天文领域的卓越建树，完全可以称之为"天文学界的李冰"。

落下闳在世界天文学界占有举足轻重的地位，并有着广泛而深远的影响。2004 年，中国科学院国家天文台将一颗永久编号为 16757 的行星命名为"落下闳星"，以此来纪念落下闳在天文学领域作出的杰出贡献。英国科技史学家李约瑟在《中国科学技术史》中，盛赞中国天文学家落下闳是"世界天文领域中最灿烂的星座"。

至此，世人才大悟，没想到在遥远的西汉年间，四川阆中还出现过这样一位了不起的天文学家，落下闳的名字才开始在 21 世纪的现代人中流传开来。

但令人费解的是，一个有着如此丰功伟绩的天文学家，为何在中国历史上一直默默无闻？同时期编撰的《史记》，为何没有对其进行详细记载？落下闳进京研制历法成功后，为何执意回乡？从现有资料来看，这明显是一个被历史雪藏了的人物，这其中究竟有着怎样一段不为人知的历史？

要揭开这个历史谜底，那还得从两千多年前的西汉时期说起……

第二章

启动 制
动 历

武帝的惆怅

黄昏，长安城外。

十余骑快马，从远处的地平线上疾驰而来。马蹄踏践之处，扬起阵阵尘土。前面带头的军士，骑着一匹枣红色的高头大马，一身戎装，很是威武，落日的余晖，正好映照在他尽显疲惫的脸上。

长安城门外，来来往往的小摊贩们推着摆摊的独轮车进进出出，眼看快马就要踏入人群，马上的军士将缰绳使劲一勒，枣红马一声长嘶，扬起前蹄，立在城门处。从这一手驾驭之术不难看出，眼前这位汉子定是一位长期策于马上的勇士。

"来人！前面开路，西域特使团有捷报传来，挡者格杀勿论！"

城门守卫听到是西域特使团有消息传回，自知事关重大，不敢怠慢，立即跨上马背，双腿一夹马腹，疾驰进城，嘴上不住喊"闪开！闪开！西域捷报，挡者格杀勿论！闪开！挡者格杀勿论……"

行人小贩，听见军士呐喊，迅速向路的两边闪去。刹那间，一条宽展的道路便向前延伸出去。西域来的军士，扬鞭策马紧随门卫守兵之后，身后扬起一路绝尘，顷刻间消失在长安城的深处。城门外，行人驻足良久，看那尘灰逐渐散去，不一会儿就恢复了平常的样子。

皇宫内。

落日的余晖斜射在金黄的琉璃瓦上，黄昏并没有夺走这座宫殿的光芒，金色的宫殿群反倒在四下昏暗的长安城中更加耀眼，于一片灿烂中显出威严与庄重。

跨入宫门，未央宫雕龙刻凤的屋脊像是一幅巨大的镂金画卷，展开在前殿之上。前殿正中，一张宽大的金漆雕龙宝座上，坐着一位神态安详却又不失威严的老者。老者虽然年过半百，但眼睛深邃的目光出奇地明亮，鬓角露出的头发一丝不苟梳向耳后，头上的发丝盘梳得极其得体，只是被一顶王冠遮挡住了。

殿下，一行宫女正燕舞莺莺，翩翩起舞，龙座之前的案几上，佳肴陈列，美酒飘香。

突然，一个太监碎步匆匆地跑到龙椅之前，匍匐而拜道："恭喜皇上、贺喜皇上！西域特使团传来捷报，乌孙国、大宛国等一众西域国家皆愿臣服于陛下的皇恩之下，并派出各自的特使前来朝拜，现已随我大汉使团一同上路，目前已出大宛国边境，不日便可抵达长安。"

龙椅上坐的老者，便是汉武大帝刘彻。武帝听得禀报，挥了一下衣袖，一干宫女便轻踩莲步，徐徐退了下去。太监忙站起身，双手将捷报文书呈了上去——"皇上，特使团此次不负皇恩，顺利完成了任务，西域各国皆愿臣服于我大汉，匈奴也遁走漠北，天下之大，皆我王土，皇上威武，我大汉有福啊！"

武帝放下手中文书，深吸了一口气："宣皇城迎兵队，明日便动身，前去边境迎接，不可怠慢。"

太监起身，后退两步道："遵命，奴才这就前去通报。"说完，一阵轻快的脚步声逐渐远去。

偌大的皇宫内，顷刻间便安静了下来。武帝轻仰后颈，身体沉入宽大的龙椅之中，望着眼前这辉煌的宫殿，奢华的装饰，武帝心底突然泛起一股寂寞苍凉来，过往的情景一幕幕浮上心头：想我刘彻，自十六岁登基以来，就搏三官，反窦后，罢百家，尊儒术，施行推恩令，始创盐铁令，东征朝鲜，北击匈奴，南镇沿海，西出大宛，天下之大，已然没有任何一股势力能威胁我大汉疆域，连数千里之外的西域各国，也愿臣服在我的脚下。朕纵横一生，要的就是这样一个兵强马壮、国泰民安的盛世。可我夙愿得成后，却为何一点也高兴不起来，反倒如此寂寞空虚了呢？我耗尽半生心血走到今天，难道要的就是这样的感觉？成功难道就是这样一种滋味？

对于穷兵黩武一生的汉武帝来说，无聊显然是一件痛苦的事情。正如练就绝世武功的孤独求败一样，他最痛苦的事就是站得太高，以至于要承受绝世高手宿命中的痛苦——永远也找不到一个真正的对手。

俗话说，有什么样的想法就会成就什么样的结果。显然武帝这种看谁都不顺眼，稍有不慎就要上去胖揍人家一顿的人，得到这种结果是迟早的事。但是，当年过半百的汉武帝坐在龙榻上，紧闭双目，在脑海中搜寻是否还有未被征服的敌人的时候，他却突然醒悟，自己正面临着一个此生最大的敌人，而这个敌人，就是正摧残他逐渐走向死亡的罪魁祸首——时间。

想到这，武帝一个激灵，从龙椅上站了起来，他感觉自己即将老去的躯体里，又涌起了一股曾经征战四方、傲视天下的无穷力量。是的，看过擂台赛的人都明白这种气息代表着什么，战士的终点便是坟墓，无论面前的对手多么强大，当我亮出强健的体魄的时候，就意味着我必须打倒你。

令汉武帝没有想到的是，此刻他脑海中的风起云涌，造就了汉朝历史上第一个神鬼方士行走朝政的时代；他更没有想到的是，这个时代的又一大错便是埋藏了一个功勋卓越的人。

此人就是正站在阆中的群山之间，屏息静气，举目望天的落下闳。

看不见的较量

午夜，御史大夫倪宽从书房中走了出来，作为大汉的监察官，虽说位高权重，瞻望者多如蝼蚁，但倪宽自己知道，坐在他这个位置上，有着怎样的无奈与艰辛。每日光是那成堆的竹简就要看到吐血，还有大大小小的琐碎事务，都等他签字拍板，尽管签名练得越来越龙飞凤舞，可这身体却是一日不如一日了。倪宽不由得叹叹气，想当年自己也是意气风发，敢与文豪争高低的主儿，一篇美文，就把自己"写"进了朝廷，那也是出尽风头，众人无不对他刮目相看。

一入宫门深似海。如今的他已从朝廷小吏，一步步迈进了"三公"之列，而且还是掌管百官生死、体恤天下苍生的御史大夫。本来到了这个位置，他已别无所求了，如果好的话，再干个一两年，给武帝吹吹风，指不定他就提前退休了，回家逗逗孙子养养花，最后再落个清正廉洁善始善终的美名。人生如此，也就大圆满了呀。但是，最近有件让他非常不痛快的事情，老是堵在胸口，直戳他的心窝子。每每想到此，他就觉得自己一介书生，却有了想打人的冲动。

事情的缘由是这样的：

自从武帝扫平天下以来，越发地迷恋仙术，四处广求方士，整天被一群装神弄鬼的人左右，虽然倪宽已多次冒死进谏，祈求武帝醒悟，不要被一群不学无术、专靠坑蒙拐骗的宵小之辈所迷惑。但是，每次上奏此事，武帝都要打断他，且面露不悦。俗话说，伴君如伴虎。倪宽自己再忠心，武帝若不能自知的话，到头来无非是激怒武帝，甚至惹来杀身之祸。

尤其是最近，倪宽发现宫里陌生的面孔是越来越多了。差人查探后才知道，这些都是武帝新招进的方士。最可恨的是，这些方士每日行走宫中，眼高过顶，抱住武帝这条大腿之后，还真觉得自己人模狗样，平步青云了，见了他这个御史大夫竟然连个招呼都不打，这对连丞相都要让他三分的人来说，可真是岂有此理啊。即使他不计较这些，可对于这个国力日盛、威名远播的大汉朝来说，显然不是一件好事。往轻了说，这是一群拽后腿，增开支，拉低全民 GDP 的劣等分子；往重了说，这就是一群有可能危及朝政的政治蛀虫。他日，若武帝一下子心血来潮，给这些不学无术的方士立个牌坊封个官，假以时日，那朝廷岂不是成了方士的天下？

每每想到此，倪宽就感到无比痛心。抬头望天，他不由得质问：上苍啊，那个曾经叱咤风云，满腹抱负，深明大义的汉武帝到哪里去了？倪宽无奈地叹了一口气，转身回到屋内。唉，纵使我百般劝阻，但武帝执迷不悟，我又能如何，还是洗洗睡了吧。

心里有事的人，就算是想睡，也是睡不舒坦的。倪宽眼看着月亮爬上来又落下去，心里还是烦乱得睡不着。突然，他灵机一动，计上心头，随后哈哈一笑，默默地给自己点了一个赞，转身睡去了。

第二天一早，倪宽赶到未央宫上朝，三跪九拜之后，武帝让众官平身。

早在进朝之前，倪宽就注意到，今日的上朝队伍中，多了一个陌生的面孔，问了旁人才知道，那是一个刚被武帝封了官的方士，名叫公孙卿。倪宽听了这话，心里顿时有了主意，真是天助我也，昨夜我锃光瓦亮的脑门刚想出一条绝妙之计，今天你就自己送上门来了。嘿嘿，好好多看两眼这未央宫吧，兴许明天你就进不来了。

平身之后，武帝问朝下百官："今天众爱卿有何事要奏啊？"

汉时朝会有个规矩，就是官职越高的人越站在前头。上朝奏事，一般是掌管汉朝百官事务的御史大夫先发话，然后一众官员再循序渐进地一一禀报。这也从侧面显示出御史大夫在百官之中的重要。

倪宽淡定地等了几秒钟，整个大堂寂静无声，看来大家都是在等他先开口。倪宽微微一笑，对这个效果很是满意。他轻抬官袍，信步走出队列，双手一揖，道："皇上万岁！老臣有一事要奏。"

武帝："倪爱卿，准奏。"

倪宽："启禀皇上，昨夜微臣夜观天象，觉得妙不可言，西北天空有流星出没，红紫之光交替闪烁，甚是璀璨，大有神仙下凡之势。近来臣闻得宫中新进一批奇人异士，专研天象，特想请高人卜算卜算，这是不是天人感应的吉兆？"

熟悉汉史的人都知道，刘氏一族对天生异象这种玄幻东西向往异常，简直可以说是趋之若鹜，仅汉朝有记录的天之异象，就比中国历史上所有朝代记录的异象之和还要多。

武帝近几个月来，疏于政事，一心与众方士探求寻仙和成仙之道，可就是找不到门路，最近正为这事郁闷呢。倪宽的一番话，让寻仙无路的武帝精神一振，喜出望外的武帝哈哈一笑，道："倪爱卿真是深知我心啊。公孙爱卿，你认为倪爱卿所言之异象，该作何解呀？"

却说立于百官之中的公孙卿，自从进宫以来，就在武帝面前传经布道。因口才极佳，而且还确实懂一点天文历算，偶尔能测得风雨，于是愈发在武帝面前故弄玄虚、装神弄鬼，搞得武帝对其深信不疑，这不，最近成了武帝面前的红人，还谋得侍中大夫一职，上朝参政议政了呢。不过，公孙卿自己心里有数，世上哪有什么长生之道，不过是嘴上功夫吹吹而已。自从谋得侍中一职之后，他心里也有点发慌，万一这事儿连个影儿都没有，时间久了在武帝面前也不好解释呀。正愁着不知道该编个啥瞎话呢，这不，倪大人就搭上茬儿了嘛。真是天助我也！他迈出队列，顺着倪宽话茬儿就卖弄开了："恭喜皇上，贺喜皇上！臣昨夜也有所感知，但未能捕获异象，凌晨时分，臣卜了一卦，卦象呈仙象之大吉，再对照倪大人刚才所言，臣断定，昨夜定是有仙人下凡，皇上应从速祭台迎之。"

武帝一听，正中下怀，当即乐得连嘴都合不拢了，道："好，好，那就赶快祭台迎仙人归位。公孙爱卿，此事交由你全权负责，不得有误。"

公孙卿一听，心里一乐，知道又能捞点外快了，急忙上前跪拜领旨。

不料，倪宽又道："皇上且慢，臣还有一言尚未说完。"

一朝人都纳闷了，这倪宽越老越会卖关子了，这是要干啥呀？

公孙卿也是心里一惊，暗忖道："难道这老东西要抢着干活了？不应该呀，你位高权重，干个啥不行，非要和我抢这装神弄鬼的事儿！"

倪宽道："启禀皇上，昨夜天现异象之事，老臣还有一言，不知当讲不当讲？"

武帝也郁闷："啥事啊？你说吧。"

倪宽："昨夜流星红紫交替之际，老夫恰好观得，可随后流星正是璀璨之时，却突然明灭不定，向西窜去，紧接着就灭了。老臣苦思冥想不得其解，但是又不敢欺瞒皇上，斗胆说出来，还请高人详解。"

公孙卿听到这儿，顿时觉得一股冷气从脚底直透到脑门，然后又变成冷汗顺着额头往下流。

倪宽不愧是个官场老手，锃光瓦亮的脑门果然不是盖的。你若细细分析，便可知倪宽这一招对于公孙卿来说，简直就是晴空里的一声霹雳，威力巨大得简直要命。

首先，倪宽熟知武帝喜好，故意编出这个流星出没的谎言，引起武帝兴趣。众方士必然会投其所好，大吹一通。谅那公孙卿再胆大也不敢说自己也看见了流星，不然，万一两人说的天象不一样，那可如何是好。这时候，公孙卿必然会避重就轻，卖弄玄虚，说出自己也感应到了之类的话，博武帝开心。等到公孙卿卖弄完了之后，倪宽再编出流星晦暗西去的事，反正谁也没看见，也就不能推翻倪宽所言。要知道，在汉武帝那个时期，天是高于一切的。流星飞到半路突然泯灭奔西而去，这就有天子中道崩殂命归西的寓意。而公孙卿竟然还说这是仙象之大吉，还要去迎接仙人，其故弄玄虚的谎言便不攻自破，这不是欺君之罪吗？欺君之罪在汉朝，那可是够诛九族的标准了。而且还指明要奇人公孙卿出来解释一下，你这编出来的谎话，公孙卿咋给你解释呀？

所以说，倪宽这一计对于公孙卿来说，不可谓不高明。一句话就把公孙卿和整个方士集团以四两拨千斤的力量，从高处拽进了深渊。

武帝听完也急了，仙人怎么这样了，便着急地问道："这怎么回事啊？怎么会这样？公孙爱卿你是怎么算的啊？来，你出来给朕解释解释。"

料公孙卿这一生当中，此刻应该是他离死亡最近的一次了。倪宽这一招，基本上把他一脚就踹进了坟墓，任他神通再广大，那也回天无术。此刻，倪宽心里正偷偷乐着呢，看你公孙卿如何能收场。

要不说，公孙卿也是个奇人，一般人到了这个地步，必然是吓得连腿都站不稳了，哪还有从容对话的余地。公孙卿虽然如同热锅上的蚂蚁，但面象上却表现得泰然自若。看来常年行骗江湖之后，心理素质已经修炼得炉火纯青了，不然也混不到武帝身边。此刻，他默默地把自己熟知的五百则骗人术在脑子里快速地过了一遍，便从容出列应答道："敢问倪大人昨夜观星之际，是否恰好是午夜子时？"

倪宽一惊，这公孙卿葫芦里卖的是什么药啊？倪宽一时没悟过来，但武帝和这么多人都在那儿等着呢，不回答也不行啊，可又怕回答错了，于是只好说道："老朽年迈，未看时辰，应当就是午夜前后。"

公孙卿道："那就对了，昨夜午夜子时，正逢朔晦之际，乃本月之中阴气最低最重之时，仙人自有灵气，不愿阴气沾身，想来是西去奔高，以山顶之地降临去了，皇上不必担忧，大可前往西山迎仙。"

武帝听到这儿，顿时转怒为喜，道："哈哈，原来是虚惊一场，不想仙人也是来去匆忙，未择良日，公孙爱卿，务必尽快安排迎仙事宜，朕要亲自前去。"

倪宽站在廷下，惊得目瞪口呆，没想到自己苦心想出的计策，竟然轻轻松松地就被公孙卿破了。看来，要想逐出这些妖人，还得另寻他法。

要说这追仙的武帝也是魔障了，如此难以自圆其说的谎言，也未能勾起他对方士的怀疑，难怪倪宽会觉得郁闷。

流星一事议论到此，百官一看也就明白了个就里。知道这会儿倪宽正在那儿尴尬呢，于是急忙上奏其他朝事，算是替倪宽解了围。

经此一事，倪宽和公孙卿可以说是不可避免地杠上了。倪宽恨得牙痒痒，但一时半会也没招儿，只好作罢。他没想到的是，关于逐出方士这件事，后来竟然向着另一个方向发展去了；他更没想到的是，他因此还替大汉朝办出了一件流芳千古的事儿。

孤独的观天者

在川蜀腹地，有一个叫阆中的地方，如不是这里有个中国保存最完整的古城的话，恐怕现在知道的就很少了。

阆中，地处四川盆地东北部，环山靠水，前临嘉陵江，后枕秦巴山，东靠巴中，北接苍溪。两千多年来，这里一直是巴蜀要冲、军事重镇，素有"阆苑仙境""阆中天下稀"之美称。

蜀地富饶肥沃，自古为兵家必争之地。阆中居巴蜀之要冲，地处辟壤，因历朝管辖不及，独留得文化底蕴异常丰厚，先后出过华胥、落下闳、黄权、周群等名人，又有遵从唐代风水理论而建的阆中古城，遂有"风水古城""文化古城"等雅誉。

除文化底蕴深厚之外，阆中还因地域之美，吸纳四方百姓来此定居，境内有汉族、回族、蒙古族、满族、苗族、彝族、壮族、侗族、水族、黎族、布依族、高山族、纳西族等 19 个民族，由此奠定了境内多元文化的基础。

自古繁茂之地，均为人们涉足旅行的好去处。阆中也不例外，尤以阆中古城最为出名。城中游客络绎不绝，长年不断。去过阆中古城的人都知道，在阆中古城中，有一处景观名"落下闳纪念馆"，就是专为纪念西汉天文学家落下闳而建的。

写到这儿，我们就不得不提提西汉天文学家落下闳的祖籍。作为一个布衣出生的民间天文学家，其命运早在出生的那一刻起，就注定要与长安城内的王侯将相有牵连，甚至连他自己都没有想到，汉朝之历史竟然会因他而发生大的变化。

要论此中因由，我们还是从落下闳生活的地方说起吧。

据史书记载，古代阆中气候湿润，林障屏天，又是山林茂盛之地，一到夜晚，虫蚁猛兽多多。战国时期，蜀郡太守李冰，兴建都江堰，大修水利，引水济田，范围颇广。之后，蜀地温润之气更甚，绿植落籽即成，百花无栽成片，一派欣欣向荣之景色。但是随之而来的是猛兽更加猖獗，一到迟暮，百姓便归家不出，灯火通明，虫蚁猛兽皆惧火光，倒也弄得人兽皆得太平。

离阆中十余里处的一座野山之下，有一小山村，户不足二十，人不过百，山林险要，有些隔绝外界，不染世尘，倒也落个与世无争的清静。

夜幕来临，山村家家燃起灯火。这时，村西边一户人家，忽然闪出一个人影来，此人一身襄衣，一顶毡帽，虽是夜晚，但一双眼睛却亮得出奇。从茅草屋出来后，他掉头便往后山走，动作潇洒，健步如飞，不一会儿，便消失在寂静的山林里。

山中多雾，一到夜晚，半山腰必然会起雾。汉子穿过山脚，一头扎进雾里，继续向山上奔去。如此凶险时刻，汉子到底何许人也？如此着急上山，难道是有什么要紧之事？

只见汉子径直朝山顶而去，步伐沉稳矫健，可见汉子必是经常行走于山间之人，普通人断然不会有如此灵动的脚力。突然，天空豁然开朗，清风徐徐吹来，原来汉子快到山顶了。皎洁的月光撒落在山间，借着月光向下望去，群山在月光的照耀下散发出淡淡的银光，更显透迤宁静，云层也被镀上了浅浅银色，茫茫的云海也变得舒缓轻柔起来，好不惬意。然而，对如此山中美景，汉子丝毫没有停留下来观赏的意思，继续向上攀云。

一直爬到山顶，汉子终于长长吁了一口气，在一块平展的大青石前停了下来。汉子脱去蓑衣毡帽，放在一边，从大青石边的石缝中掏出一堆奇形怪状的玩意儿，有刻着图案和文字的圆盘状石盘，有笔直、纤细、圆润的石柱，还有如竹管状的中空石管……。汉子把这些物件全部安置在平整的大青石上。不一会儿，月光下纤细石柱便产生了一条阴影，这阴影恰好投在了石盘刻线的地方。随后，汉子又俯下身去，低头忘我地观察起来，时而抬头望天，时而暗自思量。良久，汉子直立起身，望着群山峻岭，自言自语道："果然不出我所料。"

此刻，汉子正站在山巅边观测边记录，从实测数据中，推断自己的天文理论。

过了许久，当启明星快要升起的时候，汉子才将那些物件一一拆解，放回到原来的石缝中去，并用茅草盖好。待一切安置妥当，汉子直立起身，向着东北长安的方向望去，眼里闪射出希望的光芒。

这位汉子，便是阆中的民间天文学家落下闳。

落下闳因汉武帝年间研制《太初历》而出名。

《太初历》之前，中原大地都沿用《颛顼历》，年代久了，日月差数得不到更正，出现了朔（每月初一）晦（农历月末）该见不到月亮却见到月亮，上弦（每月初七、初八月面朝西）、下弦（每月二十二、二十三月面朝东）的时候却见到了满月。到了汉武帝年间，人们因无法掌握时令，强烈要求改制（改正朔）。于是，汉武帝下诏，广征民间人士进宫，与朝廷历官共同制作新历。经同乡谯隆举荐，落下闳以民间天文学家身份被汉武帝招进宫中。之后，落下闳所研制的《太初历》被汉武帝选用。汉武帝见落下闳制历有功，封其为侍中，但落下闳拒不受官，回到故乡阆中，继续从事天文学研究。

中国古代在农学、医学、天文、算数上成果突出，落下闳除医学之外，其他三项均有建树，实乃人中之龙凤。

天文学方面，落下闳除了研制出《太初历》之外，还制造出模拟天数的浑天仪，提出"浑天之说"，与当时社会上奉行的"盖天说"形成对立。虽然"浑天说"没被大多数人接纳，但并不影响其传承下来，千百年后，无须佐证，宇宙本来之形态，恰似"浑天"无异。

农业方面，落下闳首次将二十四节气纳入历法，让历法与农业节气结合。于是，人们在以历法计时的同时，也凭二十四节气来指导春种秋收，二十四节气在农业生产上发挥了巨大的作用。

算数方面，落下闳发明"通其率"。通其率是用连分数辗转相除，以求渐进分数的一种算数方法，比后来发明类似算数方法的印度数学家爱雅哈塔早六百多年，比提出连分数理论的意大利数学家朋柏里早一千六百多年。可见古代中国之强盛，并不仅仅在物质层面。通其率的诞生，对中国的算数进步起到了巨大的推动作用，也为后世的天文历算提供了简便可行的计算方法。

此外，落下闳还确立以一年之中的正月为岁首，一年四季以春夏秋冬排序。此种排法，不但改革了西汉之前不合理的岁首制度，也让岁首和人们的农业及生产生活息息相关。此后，人们将正月初一定为"春节""元旦"，落下闳因此被人们称为"春节老人"，他的故乡阆中被称为"中国春节之乡"。

有人不免感叹，如此大才之人，怎会守着故乡，不去入朝为官，实在遗憾。殊不知落下闳拒官不受，返乡潜心天文研究，其作用远比在朝中为官大得多。落下闳归乡之后，将渊博的天文知识悉数传于后人，在他的推动之下，汉唐时期阆中成了我国重要的天文研究基地。

此后，阆中还出现了多位著名的天文学家，如西汉末年的任文松和任文公父子，三国时期的周舒、周群和周巨祖孙三代人。唐代风水大师袁天罡和李淳风等人，更是定居阆中，终身未再外迁。

可有一点不明的是，落下闳如此功勋卓著，却在《史记》等众多古籍中鲜有记载。按理来说，落下闳所在的年代，正与司马迁同时，且落下闳进京制历之时，还是拜在司马迁门下，制历如此重大的事，《史记》怎会没有落下闳的相关描述？司马迁撰史以严谨、求实著称，理应不会犯这等低级错误。两千多年来，每当人们提及此事，不免多有困惑。此中蹊跷在哪呢？我们在后文中自有交代。

金子不会因岁月的洗礼而失去光泽。落下闳虽然在历史上没博得正名，但这并不影响后人对他的纪念。如今，在阆中古城，不但建有落下闳纪念馆、落下闳故居、观星楼、星座苑等众多具有纪念意义的建筑，而且阆中市政府还在七里新区命名长公大道、创办春节老人网站、发行落下闳纪念章等，用来纪念这位为阆中百姓带来无上荣誉的天文学家。

《太初历》的制定，可以说是整个中国历史上一个具有破天荒意义的创举，这不仅仅是一部简单的历法制作，它代表我国在天文学研究方面曾经达到的一个惊人的高度。

英国李约瑟博士曾在《中国科学技术史》一书中，称赞落下闳是"世界天文学领域中最灿烂的星座"，并将落下闳所处时代的东西方天文成就做了比较，总共列出了十大成就，其中属于落下闳的成就就有3个。

2004年9月6日，是一个值得四川人骄傲的日子，经国际天文学联合会小天体提名委员会批准，中国科学院国家天文台将落下闳发现的编号为 16757 的小行星，正式命名为"落下闳星"，以表彰落下闳在天文学方面不可磨灭的贡献，这也是国际天文学联合会用小行星命名的第十六位中国科学家或文化名人。在四川，落下闳是继巴金之后，第二个获此殊荣的川籍文化名人家。

历经两千多年的漫长岁月，落下闳终于可以在一片盛赞中得到属于自己的一份荣誉；而这一份荣誉，他一等就是两千一百零八年。

神仙炸了坑

却说公孙卿在朝上给武帝吹了一个很大的牛，顺带还将了倪宽一军，并从武帝那里得到了人生的又一桶金。不过，他也明白，自己已一脚踏入了朝门，但从刚才倪宽对他的态度来看，这显然不是一件好事，搞不好最后会落个有命捞没命花的下场。虽说武帝被他的长生之道洗了大半个脑，但朝中诸如倪宽等一众老臣，若是真的闹起来，以他目前的实力，连和倪宽拍桌叫个板的实力都没有。要想在这皇城之巅下活得久一点，过得好一点，那就必须想一个更好的办法。这个办法就是找一个靠得住的后台。以目前的情况看，他最能搞定且必须搞定的人只有一个，那就是汉武帝。想到这儿，公孙卿当即招来了一个叫壶遂的人，两人窃窃耳语一番之后，壶遂便匆匆忙忙地离开了。

一个真正的坏人，是永远都不会把自己摆在一个坏人的位置上的；相反，越是高级的坏人，我们越会觉得他是一个值得崇敬的好人。因为历史时常在以一种不合理的姿态前行，往往这一类人，会在某个时刻掌握历史前行的方向盘。

元鼎六年（前 111），汉朝出了一件新奇甚至诡异的事件：九月三十子夜时分，长安西山坡，有仙人下凡降于此，红紫之光交替闪烁，耀眼异常。附近村民皆有目睹，众人顶礼膜拜，大约一刻钟后，红紫之光忽灭，村民聚众上山寻找，未果，只寻得一个三尺见方的圆坑，坑壁焦黑，有烈火灼烧之迹，此外别无他物。

消息传回未央宫，武帝立即命人上山搜寻仙人，差人保护仙人下凡现场，并亲自前去祭神祀，拜苍天，迎仙人。最后翻遍了山上的每个角落，就是不见仙人半点踪迹，气得武帝扼腕叹息，捶胸顿足，悔恨未能留住仙人。

要说也是，武帝盼星星盼月亮，就盼着仙人下凡，好不容易盼来了，却又没能留住他，只留下这么一个四面焦黑的神坑，叫谁都郁闷。武帝始终不能明白的是，下凡的仙人哪去了？为何会砸出一个大坑？脸先着地了？

就在汉武帝日日思仙不得仙，郁闷至极的时候，还有个人比汉武帝更郁闷，这个人就是御史大夫倪宽。如果用一句话形容倪宽现在的处境，就是捉鸡不成蚀把米，还被倒打了一耙，别提那心里有多憋屈了。

自从方士进宫以来，武帝迷恋仙道，梦想长生不老，甚至都有些懒于朝政了。前段时间，倪宽编出午夜神仙降临的假故事，本想借机会一举拿下方士集团，哪想不但没能拿下，反倒使武帝愈加尊崇仙人了，直夸公孙卿神机妙算，识得天道。倪宽当然知道，那所谓的神坑，不过是公孙卿在他编出来的故事上，又做了些手脚而已。他才是神仙下凡的始作俑者。但是，倪宽即使知道内幕，也无法去向武帝揭穿。一来武帝寻仙正在兴头上，搞不好会迁怒到自身；二来这谎本来就是自己撒的，在揭穿公孙卿的同时，自己也脱不了干系。真是有苦无处诉，进退两难。

自从公孙卿在武帝面前得宠了后，还有一个不怎么起眼的人，也开始对公孙卿仇视不已，这个人就是武帝身边的太监——淳于陵渠。

本来，淳于陵渠是武帝身边一个非常得宠的太监，可自从方士进宫之后，淳于陵渠渐渐失去了武帝的信任。由此他心生嫉恨，开始恨起这公孙卿来了。谁也未曾料到，在几年之后的某一天，正是因为淳于陵渠的这份嫉妒，竟起到了难以想象的作用。

中国历代的皇帝，无论政绩如何，总有一样功课不能扔下，那就是都期盼长生不老，无一不在这一课题上投入大量的真金白银。而且，越是有建树的皇帝，越是对这一课题感兴趣。秦始皇、汉武帝、朱元璋，莫不如此。更有如秦始皇者，长生不得，那就长死，给自己连个重见天日的机会都不留，一狠心，建了个水银囹圄。

闲话打住，我们还是回到原来的故事中去。

一场长生梦

公元前 110 年（汉武帝元封元年）。

武帝在未央宫内室中备了一桌酒菜，差人召公孙卿来见。于是，有了下面一段对话：

武帝："公孙爱卿，朕昨夜忽得一梦，今日醒来想了好久，还是想不明白梦中之意，爱卿给朕解解如何？"

公孙卿："皇上，在给您解梦前，臣有一言，不知当讲不当讲？"

武帝说："爱卿有啥就尽管说吧。"

公孙卿："皇上可知，当年秦王嬴政一生征战天下，睥睨四方，痴于长生，而终不得道，为何？"

武帝说："秦王暴戾，神灵所不容。"

公孙卿："非也，秦王虽暴，但却终结了大小七国连年的征战，还了天下百姓一个休养生息的环境。比之七国间连年征战，秦王也算是有功德之人。"

武帝说："此话怎讲？"

公孙卿说："臣研习长生之道几十载，自忖在这一领域没有我不知道的了。在下以为，长生之道不是谁学了，谁懂了，谁就可以长生不老，关键要看机会与运气，机会、运气来了神仙才有可能降临。不然，就算很懂那又能如何？故长生成仙之道可遇不可求，全看个人机缘与造化，我只能尽力而为。”

要说这公孙卿果真是狡猾，两句看似有点道理的鬼话，就轻而易举地把责任推了出去。按理来说，在武帝这种习惯了掌控一切的人面前说这种话，搞不好那是要杀头的。

武帝说：“爱卿，你可知道李少君、少翁、栾大等人？”

李少君、少翁、栾大三人，是公孙卿进宫之前武帝身边的方士，后因欺君之罪，被武帝一一诛杀了。

公孙卿说：“知道，如果论资历，这些人还是我的前辈呢。”

武帝：“那你可知，朕为何诛杀这三人？”

公孙卿暗忖，这是要干掉我了吗？心里这样想，但面上却不露半点声色，就故作镇静地说：“臣听知一点，但知道得不详。”

武帝说：“他们真正让朕失望的，是他们也懂你说的道理，可他们就是不说出来。其实朕也知道，求仙不易，你说出来，朕不会把你怎么样；但若是骗朕，那就不要怪朕不客气了，这才是朕真正杀他们的原因。”

公孙卿：“皇上英明啊。”

武帝：“公孙爱卿，今天你据实相告，朕已心安，不会再难为你。你尽力就行了。”

为啥公孙卿说成仙有可能竹篮打水一场空，而武帝没有责怪于他呢？关于这个问题，有两个答案。

心理学告诉我们，分析一个人的行为路径，首先要从他的心理路径开始。而人的心理活动是由性格因素决定。简单地说，就是性格决定命运。这里不同的是，汉武帝的性格决定了公孙卿的命运。稍微读点汉史的人都知道，汉武帝执政时期，最明显的特点就是穷兵黩武。所谓穷兵黩武，就是只要我汉武帝看得到想得着的地方，那都是我的。张骞就是武帝的西域望远镜，武帝把望远镜伸出去一瞧，哎哟，没想到这些地方还藏着我汉武帝没看见的土地，没说的，看见了不吃，那就不是我汉武帝的性格。于是，有了后面的西域之战。自古人类的战争就是土地的战争，可是汉武帝打下西域之后，完全没把那点地方放在眼里。他对战败的西域各国说，别待在那鸟不拉屎的地方了，你们现在都是我的人，那就集体搬家吧，搬到我这，我给你们安排地方，离近了好照顾。虽然最后西域众小国没有东迁，但从这一点可以看出，汉武帝不惜举兵攻打西域，其实就是为了心理上的满足，你要让我觉得，你是臣服于我的人，我穷极一生，要的也就是掌控一切的感觉，其他的真不重要。只要你知道我能掌控你，那么把你举多高我都无所谓。这一点，从汉武帝后来在托孤一事上，表现得最为明显。众所周知，武帝托孤亲信之一的车骑将军金日磾，那可曾是匈奴的太子啊。但武帝没有计较，还委以重权，真是只要你们说怕我，普天之下咱就是一家人了。而前面被武帝灭了的三个方士，为何而死？就是他们欺骗武帝，给了武帝一种无法掌控的感觉。历史告诉我们，凡是让武帝有了这种感觉的人，最后都死翘翘了，何况你三个小小的方士。写到这，武帝不动公孙卿的第一个原因就明了了，那就是坦白从宽，抗拒从严。

　　武帝不动公孙卿的另一个原因，站在今天的我们看，是幸运的。因为科学让我们知道，我们头顶上蓝的是大气层，大气层下飘忽不定的那是云彩，但在汉武帝那个年代，要想知道这些无异比登天还难。汉武帝虽穷极一生对长生之道痴迷不已，但并不代表他对此完全深信不疑。其实这点非常好理解，你看现在买彩票的人，他知道一定会有大奖，但他能断定大奖就一定会是他的吗？可这并不影响彩民每天孜孜不倦地去买彩票啊。武帝就是中国历史上第一个彩民，而公孙卿就是第一个销售彩票的人。彩民中不了奖，你杀卖彩票的老板也无济于事呀，这就是游戏规则。比武帝更早追仙的秦始皇不也是死了吗，你汉武帝凭啥就中这头等彩？这是客观存在的事实，武帝知，公孙卿也没糊涂。这便是武帝不动公孙卿的另一个原因。

有了这两个原因，可以说公孙卿在汉武帝面前不但不会死，而且前途那是一片光明啊。但汉武帝显然忘了另一个极具教育意义的说辞——小人得志。这点在公孙卿后来的事业发展中表现得淋漓尽致。

此事我们往后再表，眼下我们先看这君臣二人的对话。

公孙卿说："有皇上此言，公孙卿就是去死，也值了。现在就请皇上将昨夜之梦说出来吧，臣给皇上解一解。"

武帝说："昨夜朕梦见自己立于山顶，四面迷雾重重，如临茫茫沧海，朕高呼，亦无人应答。忽然，云雾深处飞出一条黄龙来，在朕头上盘旋了几圈之后，便张嘴把云雾吹散了。云雾散去，朕才发现，朕所立之处是一块七彩斑石，而黄龙吹散云雾后，竟然能开口说人话。他对朕说，若要长生，得行黄帝之事。长生的根本在于窥天道，而后制人寿，顺天之所向，才能走上黄帝之路。公孙爱卿给朕解解，这到底是什么寓意啊？"

其实武帝的这个问题，就是一句话：如何学黄帝窥天道，而后长生。

公孙卿听到这儿，一下子就明白过来了。今日武帝设宴只请他一人，而且还是在这内室之中，原来是要干一件非方士干不可的大事——制历。

公孙卿道："皇上，您博览群书，想必也知道黄帝先制历而后成仙的故事。依臣之见，此乃黄帝托梦向您指点成仙之道呀。臣提议，即刻组建制历团队，为皇上制成仙之历。"

武帝点点头，道："嗯，爱卿和朕想到一起了，今日叫你来，也正是为了此事，不知爱卿能否接此重任？"

公孙卿一听，当即跪拜在地，道："承蒙圣上抬爱，微臣才有今日。能为圣上分忧，那是微臣求之不得的事啊，臣愿担此重任，即使肝脑涂地，也在所不惜。"

武帝见公孙卿这样表态，心中很是欣慰，便道："好，那就有劳爱卿了，朕令你全权代理此事。"

公孙卿道："皇上请放心，臣立即着手此事。"武帝略一思忖，又道："还有一事，朕要提醒你，制历一事，不要走漏了风声，不要将不必要的人牵扯进来，你知道吗？"

公孙卿当然明白，制历乃是一件可遇不可求的肥差，他当然不希望有人来坏了他的好事，便道："皇上放心，微臣心中明白。"

至此，汉武时期又一件极具意义的大事——制作《太初历》，正式拉开了帷幕。只是世人皆知《太初历》是出于落下闳之手，却不知是从武帝与公孙卿的一番私密对话开始的。

伏羲传说

若问汉武帝谋求长生，为何一定要制新历？这要从远古流传的神话开始。

历史本就是雾里看花，模棱两可，有的流于口头，有的赋在纸上。但自秦始皇焚书坑儒之后，留存下来的史料更是少之又少。秦始皇当初烧掉万千古籍时到底是怎么想的，我们已无从考证。但有一点，我们是完全可以肯定的，那就是后世研究历史的人，一定会每日在睡梦中掌掴秦始皇无数次，直打得皮开肉绽，仍觉不解恨。倘秦始皇有知，也一定气得吐血，想我嬴政当年也是嚣张跋扈，叱咤风云，如神一般的存在，普天之下，皆俯首称臣，不想今日我困于这兵马俑之中，被你等黄毛小儿凌辱，他日若能诈尸，定取你等首级。呜呼！想想都可怕。还是继续将你困于水银牢笼之中，不解其封，方为上策。

闲话不提，言归正传。既然以制历之名开始，那咱们就要把这事说透，说多透呢，透到历史的骨子里去。

相传还在上古年代，有这么一号人物，名曰伏羲。没错，就是那个排在三皇五帝之首的伏羲。

老话有言：每个传奇男人的背后，必然有一个神一般的老妈。用这句话形容伏羲的母亲，那是再合适不过了。

上古时代有个叫华胥国的地方，地方多大，人口几何，人均 GDP 多高都已无从考证，这都不重要，重要的是，这地方有个女人，名曰华胥氏。看到这里，我们会忍不住想，上古时期的人们，能把人名起成这样，那生活得是有多么的无聊。这名字，要放在今天，连最低级别的小刚永强和翠花都不如，顶多就是个中国人，彻底没有辨别性，出门一喊华胥氏，估计地里头干活的女人都会应声。且不说这伏羲母亲的名字多搞怪，能流传下来就算数，况且名字都是父母之命，伏羲母亲就算嫌自己名字难听想改个好听点的，那伏羲他母亲的母亲也不同意啊，父母之命不可违嘛。

据推算，华胥氏应当算是性格比较刚烈、勇猛，敢于手撕鬼子的那一号姑娘。因为此女喜欢一个人到荒无人烟的地方游玩。大家注意，此女之单人游玩，非今日之背吉他拿单反的单人旅行。今日旅行，首先是没有大的安全隐患的，你不可能走着走着跳出来一只老虎叫你拿命来。但华胥氏那个时代，人可能还是各种食肉猛兽的重点就餐对象，这种时代背景下，华胥氏一个姑娘，跑出去玩今天文艺女性的调调，你是不是"飒"啊？但是，比之今日连逛街都要呼三喝四的新时代女性，确实让人耳目一新。

可能是天生勇猛，且运气颇佳，文艺范十足的华胥氏，竟然神奇般地安全长大了。有一天，华胥氏来到一个叫雷泽的地方单人旅行，在茂密的丛林之间，偶然看到一个巨大的脚印，有多大呢？我也不知道。但我敢肯定，一定是非常大，因为它连我们见多识广的华胥氏都被吸引了。按理来说，若是一般人走在荒郊野外，看到一个如此之巨大的脚印，那第一反应肯定是撒丫子就跑啊，脚印这么大，谁知道这什么玩意啊！但是华胥氏艺高人胆大，非一般女性也，她不但没跑，反而拿出自己的脚，放进这个巨大的脚印里比画，可能是要比画比画这脚印到底有多大。其实我一直认为，华胥氏可能就是碰到了一个坑。比的结果怎么样，我不知道，也不重要，重要的是华胥氏把自己的脚往这坑里一放，顿时一种奇妙的感觉遍布全身，历史没有记载这种奇妙的感觉到底是痛是痒，华胥氏也没说，但我推断，这应该是一种很不错的感觉，因为踩完这玩意儿，华胥氏就怀孕了，你说这奇怪不奇怪？得亏华胥氏是生在上古时代，她要生在今天，那完了，三姑六婆、七邻八院还不用唾沫星子把她淹死啊。

且说这华胥氏自己生得传奇，怀个孩子更传奇，怀了十二年才得以临盆。这意思就是说，华胥氏的整个青春年华啥都没干，就怀孩子了。果然，母爱才是最伟大的，不然华胥氏这种奇女子，会有什么事让她愿意用一整个玩酷耍帅的青春来换呢。

怀满十二年，这孩子就到了出生的时间了。按理来说，生下自己怀了十二年的玩意儿，这怎么也是件可喜可贺的事，毕竟就算再伟大的母爱，十二年的光阴，早消磨烦了。但显然，生孩子这事儿，对于华胥氏来说，就是一场噩梦。为啥呢？因为生到一半，华胥氏晕死过去了，倒不是疼得受不了，是受了惊吓。原来这孩子生到一半，华胥氏低头一看，妈呀！这啥玩意儿啊！怎么是个人首蛇身的怪物？剩下一半还在华胥氏肚子里呢，华胥氏就没胆量生了，人生中第一次感到了害怕，当即晕死过去，祈求这只是个梦魇。不料待会儿醒来一看，还是这个，得！华胥氏也没招了，没啥说的，自己怀的，哭着也要生完。这个人首蛇身的孩子一出生，华胥氏就决定要取个响亮的名字，一改家族起名不靠谱的短板。果然，经过华胥氏动用全身文艺细胞之后，取了一个放在今天也霸气十足的名字——伏羲。

于是，伏羲的传奇人生，就从一个传奇的母亲和一个帅气的名字之中启程了。

据神话传说记载，伏羲还有个妹妹，名曰女娲，就是后来补天的那位大神。谈到此二人，还有一个神话故事可以说出来聊以一笑。

相传，伏羲和女娲二人居于昆仑山，不知怎的，故事的主人公给二人设置了这样一个故事背景：全世界就剩这两个人了，假如兄妹二人不能共结连理，那人类历史就要中断了。于是，在这样的故事背景下，二人开始商议，要不咱俩凑成一对儿，传承造人大计？可是，二人又不好意思，觉得这样有违伦理，是要遭天谴的。于是，二人心生一计，便是问天。怎么个问法呢？就是一人搞一堆火，然后看两堆火间腾起的烟能否交融在一起，交则合，分则离，此为天意。倘若二人遵从了天意，那以后再出什么事情，可就不能怪我们兄妹二人了。从现在中国13亿多的人口来看，显然，那烟是合在一起了。那天一定是个晴朗无风的大好日子，不然，那烟不散才怪呢。不过这不重要，重要的是，二人开了我们人类近亲通婚的先河，此后几千年，这神一般的习俗，就这样被人类文明裹挟着传承了下来。

作为人类的祖先，伏羲显然有着上天赐予的无穷神力，不但近亲结婚没给人类带来危害，还搞得地球上人丁兴旺，喜气洋洋。但人类显然没有上天赐予的主角光环，只能算伏羲和女娲造出来的一片浮尘。浮尘有了困难，有了迷惑，自然就会请教人类的大BOSS伏羲，伏羲也不负众人之仰望，一一解答。比如有人问我昨天吃了一块烤野猪肉，今天肚子就疼到抽筋，这是怎么回事啊？伏羲就呵呵一笑说，回去吧，没事儿，记得多喝热水。再比如说，有人问伏羲，我玉米种下去都一个多月了，咋还不见苗呢？伏羲就说，没事儿，你回去舀两碗水倒上就好了。众人一试，果然灵验。于是愈发对伏羲顶礼膜拜。

但总有伏羲解答不了的时候，比如说一旦人们请教伏羲天相的时候，什么时候下雨啊？这两天怎么老是刮风啊？每逢此刻，伏羲答不上来，就顿感颜面大失，恨不得以头撞地来化解尴尬。长此以往，伏羲觉得自己必然会跌落神坛，于是，静下心来，环顾四方，小心翼翼地揣摩日月经天、斗转星移，猜想大地寒暑，花开花落的变化规律。

这便是制历的源头。

黄帝的不老传说

如果说伏羲的传说是人为杜撰出来的神话故事，那么轩辕黄帝就可能是有历史依据的真实存在，虽然现在学术界对于轩辕是否真实存在的问题争议颇多，但是有争议就可能有真的一面，且不说我们信不信，主要是中国的历代皇帝信了。历代皇帝中对此深信不疑的大有人在。这一点，关联到这本书后面的故事，所以拿出来叙叙。

相传公元前三千年左右，地球出现了一个天神级别的古惑仔，此人名曰蚩尤。蚩尤在中原大地上攻城拔寨，烧杀掳掠，所过之处寸草不生，人民生活在水深火热之中。而当时的执政党，也是我们的另一位祖先级大神炎帝，与蚩尤交战良久，却久攻不下，最终和黄帝达成合作协议，共同伐暴，而后才有了后来的人间沃土，太平盛世。

《史记·五帝本纪》上有一段对黄帝的记载：

生而神灵，弱而能言，幼而徇齐，长而敦敏，成而聪明。轩辕之时，神农氏世衰。诸侯相侵伐，暴虐百姓，而神农氏弗能征。于是轩辕乃习用干戈，以征不享，诸侯咸来宾从。而蚩尤最为暴，莫能伐。炎帝欲侵陵诸侯，诸侯咸归轩辕。轩辕乃修德振兵，治五气，艺五种，抚万民，度四方，教熊罴貔貅貙虎，以与炎帝战于阪泉之野。三战，然后得其志。

司马迁对黄帝的这段记载，可以说是很高大上了。即使你看不懂，也没关系，你只需要知道这段话的中心意思就好了：轩辕黄帝这个人，很牛逼啊。

黄帝后来凭着自己的主角光环和个人能力，顺利地平定了天下，成为中原大地上的无敌至尊。而后兴制度、任官职、理宗族、济天下。最重要的就是在伏羲的基础上，加强对天文知识的研究，推算历法，做干支，以十天干配合十二地支来计时，开拓了人类历史上第一套完整的历法，这套历法沿用数千年，长盛不衰，就是今天我们俗称的农历。

对天文历法的研究，让黄帝窥得天道，从而达到了天人合一，不死不灭的无上之境。看出来了吧，重点就是这个不死不灭的长生之道。后来的历代皇帝，无不羡慕黄帝，皆不遗余力地寻找黄帝当时成仙的秘籍。所以，我们信不信其实不重要，重要的是历代皇上们信得五体投地了。

关于黄帝窥天道得以成仙的事，有这样一个故事，算是记载了他成仙的过程。

黄帝晚年的时候，着手发明鼎。当第一个鼎顺利铸造出来之时，天空突然乌云密布，狂风怒吼，接着从雨雾之中飞下来一条威武的神龙。黄帝大惊，这什么玩意啊？神龙降落在黄帝的面前说："我是天帝派来的神龙，天帝看到你为推动人类文明所制的历法之后，非常高兴，所以派我来授你长生之道，顺便带你去天廷觐见一下天帝，来吧，我带你飞。"

之后，黄帝便跨上龙背，腾云驾雾，飞升而去。

这便是黄帝窥天道得以长生的故事。由此可见，欲得道成仙，制历才是王道，这也是汉武帝为何选择制新历的原因。

君不知，在古代，若要制一个新历，那可是很重大的一件事，都快赶得上今天制定一部新宪法了。如此重大之事，汉武帝竟然托付给满口胡言的公孙卿。后来的事实证明，这件事武帝确实是想得太过于简单了一些。

淳于陵渠的嫉妒

经常看电视的人都知道，电视剧里面总有些千篇一律的雷人情节，比如某人肇事后必然失忆，要恢复记忆必须再摔一次；咳嗽一旦捂上毛巾，一准要吐血；再比如，两人大声说话没人听见，可要一秘密商量个什么事儿，那隔墙准会有耳。这都快成了铁定的规律。

艺术来自于生活，而历史往往也脱不了生活的俗套。

有人曾专门研究过，为何古代宫廷之事，总是很容易被泄露？

后来，揭开这个谜底的答案是：由于皇宫里的人做什么都要人伺候，无论何时何地，总有个下人静立在事件发生的不远处，就像一个人体录音机，总会有人偷着按录音键。于是，皇宫成了泄密事件最多的地方。

不过，这也印证了一句谚语：不打碎鸡蛋，怎么做蛋糕？

且说武帝在未央宫设宴召见公孙卿一事，太监淳于陵渠就是守在旁边伺候的人，虽说淳于陵渠可能有意回避过，但是作为一个下人，回避不代表远离，必须站在一个可以招之即来的地方。于是，武帝与公孙卿的这次谈话，被候在门外的淳于陵渠一字不落地听了进去。

前面说过，这淳于陵渠本是武帝身边一位红人，可自从公孙卿进宫之后，渐渐地被武帝给冷落了。淳于陵渠因此将这份怨恨记在了公孙卿的头上，总寻思谋个什么办法，来好好踢公孙卿一脚，不料公孙卿连制历这种大活都秘密地接在手里了，这要被他搞成了，将来岂不是更红！

要说这淳于陵渠，天生也就是个做太监的命，凡事总想搞成地下党的做派，跟做贼似的。当天夜里，他便乔装打扮，连夜出宫，直奔倪府。倪宽未曾料到，这皇上身边的人夜半时分急急忙忙而来，吃不准要干啥，但也不敢怠慢，还是认真地迎见了他。淳于陵渠骨子里其实还是个小喽啰，一见御史大夫如此重视自己，一扫近日不被皇上宠爱的阴霾，精神上好像得到了满足，便把武帝召见公孙卿的事统统地告诉了倪宽。

淳于陵渠："皇上最近有点异常，大人您看出来了吗？"

倪宽一下没摸准这话啥意思，也就不敢随意接茬，追问："啥异常啊？"

淳于陵渠："老实告诉大人吧，这朝政可能要转向了。"

倪宽听了心里一惊："公公这是啥意思啊？"

淳于陵渠："前几日与您在朝上针锋相对的那位公孙大人公孙卿，已秘密接到皇上的旨意，准备要挑起我大汉朝制历的重担了。"

倪宽一听，心里又是一惊，但他想不明白，制历一事，你一个太监跟着掺和个啥。

淳于陵渠说："我日日在皇上身边，皇上要刮什么风，下什么雨，我都能猜个八九不离十。此次制作新历，皇上既然是秘密下诏，那就是不想让别人抢了公孙卿的功劳。如果我没猜错的话，制历乃国之大事，噱头极大，论功一点不比征战沙场的将军逊色，所以，新历制成之日，就是公孙卿位列九卿之时。到时候，巧舌如簧的孙卿本，必然会借新历一事迷惑皇上，那个时候，公孙卿想提拔谁，那还不是一句话的事吗？况且您在朝廷上给过他难堪，如果有一天公孙卿得势，再加上有皇上的庇护，难免不把第一个矛头对准大人您呐。"

淳于陵渠这一番话，说得是句句在理，倪宽听得老脸一会红一会绿。他确实想过，武帝痴于仙道一事，可能在短期之内不会有什么改变，只求不要动了朝纲就行。不想这怕什么来什么，连制历这样的大事，都要为求仙开道，这可如何是好。但现在制历的事已秘密下旨给了公孙卿，如果不是淳于陵渠赶来报告，他还蒙在鼓里呢。

可淳于陵渠为啥要把秘密制历的事告诉自己呢？

倪宽不愧是官场老狐狸，越是心里慌乱的时候，脸上越是淡定。为了探明淳于陵渠的意思，他小心翼翼地问淳于陵渠："那依公公的意思，这事儿该怎么办才好呢？"

淳于陵渠说："简单，两条路，要么阻止公孙卿制定新历，要么广召天下精通历法的人与之抗衡。到时候，只要大人您制的新历比他的好，那他再怎么蹦跶也翻不起什么大浪了。"

这淳于陵渠本是一个胸无大志，又无点墨的太监，他的这点小嫉妒的心思，终日在脑子里盘旋，没有让他脑子超负荷，反倒凝成其人生中少有的妙计，不可谓不神奇。

倪宽一听，有道理。可这历法到底要怎么制呀，况且这事皇上已有令了，强行掺和，搞不好会把自己搭进去呢！

淳于陵渠说："我给您提个醒，当今历法确实偏差很大，民间改制呼声也很高啊。"

倪宽："嗯？那依公公的意思是假戏真做，制定新历？"

淳于陵渠说："难道大人还有更好的办法吗？"

倪宽："这事我如何给皇上说呀？"

淳于陵渠说："您就假装不知秘密下旨一事，不知道不就完了吗？再说，制新历还要借口吗？这可是国之所需，民之所盼的大好事。您一片忠心，天地日月可鉴，更何况，制定新历还可流芳千古，泽被后世啊。"

淳于陵渠这一番话，犹如寒冬里的一阵暖风，吹得倪宽是心花怒放，没想到，这原本以为的坏事，现在竟然成了一件大好事。

倪宽心里也有了底，于是追问："不知这位公孙卿是哪里得罪了公公呢？"

闻及此语，淳于陵渠迟疑了一下，说："我十二岁入宫，十三岁净身，十五岁开始服侍圣上，如今服侍皇上二十余载，我不求荣华富贵，鸡犬升天，但求皇上万岁，我亦能鞍前马后伺候，仅此而已。我的意思大人能懂吧？"

所谓敲锣听声，说话听音，纵横官场大半生的倪宽当然明白淳于陵渠的意思了。

是啊，一个男人从娘胎生出来起，谁不是被父母寄予厚望，盼子成龙？即使不能如此，哪怕做一个普通的人，男耕女织，夫唱妇随，平平淡淡过完一生，谁又说这不是一件幸福的事呢？可有一类人，他们抛父舍母，净身入宫，注定与幸福无缘。他们将幸福置之度外，不就是为了能在天子面前近身伺候，以得到众人的瞻望吗？而如今，一个装神弄鬼的人，竟然夺了这本该属于他们的宠爱，这叫人如何咽得下这口气？

打发走淳于陵渠，倪宽一番思量之后，决定召见一个人，这个人就是太史令司马迁。

司马迁的春天

司马迁，字子长，龙门（今山西河津）人。西汉伟大的史学家。司马谈之子，任太史令，因替李陵败降之事辩解而受宫刑，后任中书令，发奋继续完成所著史籍，被后世尊称为史迁、太史公、历史之父。汉武帝年代时期，掌管汉室历书、天文、祭祀等。早年曾游历四方，广见而博学，其父司马谈，为司马迁的上一任太史令，司马谈病逝之后，司马迁子承父业，出任太史令。

司马迁任太史令以来，兢兢业业，本分勤勉，可他毕竟只是一介文官，所交之人也多是与他一样无足轻重的人物。其父司马谈虽然在官多年，累积过一些政治资源，但是人走茶凉，更何况那些稍有分量的人物，大多退的退，亡的亡了。每逢午夜，司马迁趴在眼前堆积如山的竹简上，不由感叹人生多磨难，草木怯逢秋。即使自己熟知历史，满腹经纶，可面对政治的残酷、身份的卑微，只能仰天长叹，涕泪长流。政治，永远不是他们这些书中君子所能玩转的，身在朝中，唯求一世平安，这或许就是他一个太史令最该有的归宿。

政治有时候就像是一场恋爱，关键要看你能不能在特定的时间，特定的环境，遇对特定的人。

不需急，司马迁，命运在向你招手，一场盛大的政治爱恋正徐徐向你走来。

对于倪宽的召见，司马迁很是意外。虽然二人同朝为官，但倪宽是朝中重臣，位高权重，而司马迁虽官至太常，但地位和那些底层上班打卡的公务员没什么区别。所以，二人平常上朝，也就是个点头之交而已，倒不是谁瞧不起谁，只是一个搞政治的和一个做学问的确实难易撞出火花。因此，当司马迁闻得御史大夫紧急召见他时，难免会一头雾水。不过，疑问归疑问，司马迁见御史大夫有请，也不敢延误，简单收拾一下便去了倪府。

还未进倪府大门，倪府管家就早早候在了门外。一见司马迁前来，管家急忙上去，双手作揖谦恭地迎进府里。这让司马迁这个底层公务员受宠若惊。要知道，在汉朝，一个御史大夫的管家，无异于现在最高检察院检察长秘书，在等级观念盛行的古代，这一职位，在一般的官员面前是可以横着走的，今天竟对他司马迁毕恭毕敬，这叫人如何能不惊讶？

对于司马迁的到来，倪宽显然已候多时。一番谦让，宾主落座，家长里短闲聊了一通后，司马迁紧张的心情慢慢平静了下来。倪宽看两人已聊得熟络，便说：“今晚夜色真美啊，我们出去赏赏月如何？”

司马迁顿感诧异，暗自琢磨道：这倪大人半夜三更地把我叫来，难道就是为了和我拉拉家常、看看月亮吗？

　　司马迁不晓其中之意，但也不便推辞，于是起身随倪宽来到窗外。只见一轮满月悬挂天际，又圆又大，冰清玉洁。

　　倪宽率先开口了："如果我没记错的话，今天是初八了吧？"

　　司马迁说："是，今天正是初八。"

　　倪宽不言，却轻轻叹了一口气。

　　司马迁见状，忙便问："倪大人有心事啊？"

　　倪宽说："初十，本是月亮半圆之际啊。"

　　司马迁说："是啊，我大汉使用《颛顼历》久矣，时令偏差已成必然，可身为人臣，皇上不放话，我们有力也使不上啊。"

　　倪宽听出了司马迁话语之中的无奈，便说："倘若圣上开得金口，你能否改制出一部适时的新历来呢？"

　　从进门到现在，司马迁一直被倪宽搞得云里雾里，此刻才算明白要他来的真正目的了。这样再好不过，父亲终其一生未实现的愿望，不经意间降在了他的头上，作为一名历官，还有什么比这更令人兴奋的呢？

　　有人不禁要问，改制新历怎么会是司马谈的毕生愿望呢？这话还得从汉武帝的爷爷，汉文帝刘恒身上说起。

　　当年刘邦于不惑之年出道，半生打拼，在刀光剑影中完成大一统基业，建立了大汉王朝。此时的汉朝是无比年轻的，浑身散发出旺盛的生命力。但是，半生的征战，刘邦已从一个意气风发的中年人，变成了一个风烛残年的老人，也不知是惰性使然，还是心有余而力不足，总之，汉朝一切沿用秦制，官服还是秦朝设定的黑色，官职也是一公九卿、郡县乡亭那些叫法。秦始皇一统天下之际，独尊《颛顼历》，刘邦照单全收，就连秦时十月为岁首也都原封不动地承袭了下来。

　　到了刘恒这一辈，汉朝出了一个少年天才贾谊，十八岁的时候，贾谊就以博古通今闻名于郡中。河南太守吴公是个爱才之人，闻得郡治里有如此杰出之青年，便招揽过来，收入门下。后来，刘恒提拔吴公为廷尉，贾谊得以一同赴京。吴公知这贾谊乃大才之人，必不是自己"池中之物"，于是，就将贾谊举荐给文帝刘恒。刘恒亲测之后，发现这年轻人真有两把刷子，封其为博士，不久更是追升到太中大夫，也算是创造了一个汉代政界的奇迹。从此，贾谊就开始了上朝听政的政治生涯。

人言新官上任三把火。这贾谊上任的第一把火，就是改秦时的制度和官服，以形成大汉自己的风格。之前，被刘邦拜为博士的叔孙通曾制定过一套一切从简的朝仪制度，其余的就是啃秦时剩下的骨头了。贾谊的这次改制，就包括了重新修历。但后来不知是何种原因，除更改法令外，其余全被刘恒压了下来，于是历法改革之事也就被搁置了。再后来，贾谊因政事得罪了当时的丞相周勃和太尉灌婴，受到打压，最后郁郁而终。

至此，关于历法的更改，一直到武帝时期，再没人提起过。

后来，司马谈为什么要把改制新历当作自己的毕生愿望呢？原因有二。

其一，汉时的文武百官晋升极不公平，有的可一步登天，平步青云，如贾谊、卫青；而有的终其一生得不到提拔，默默无闻便是他们的归宿，如司马谈。若论抛头露面，提拔速度最快的要数武将和顶层文官，这两类人中，加官晋爵的不计其数。原因是文景时期，朝中内有霍乱，外有匈奴虎视，导致近卫侍从和沙场驰骋者格外吃香。要论这最苦闷的职位，非历官、司仪莫属。于是，这些人员就鲜有问及了。可谁又甘心这样一直沉默地混下去呢。司马谈虽说是个没啥脾气的好男人，但也经不住岁月的蹉跎啊，谁还不想干出一番光耀门庭的大事来？但他这个职位，要想干惊天动地的大事，只能是研制新历了，此外还真没什么盼头。

其二，若论中国最能开创未来的人，那非文韬武略者莫属，这类人多数做了皇帝。可要论最有理想的人，这个奖杯一定要颁给中国的文人。君不知，自古文人多思量，所谓修身，齐家，治国，平天下，大概是每个文人秉烛夜读的最大动力了。文人最怕什么？最怕满腹诗书烂在肚子里，一腔理想消磨在岁月中。司马谈终其一生，没有实现自己人生的理想，但并不代表他没有远大抱负。

可惜可叹的是，司马谈一直到死，都没有等到皇上下令制历的那一天。

当然，司马谈还没执拗到一生只在一棵树上吊死。制历无望之后，他找到了新的人生目标，那就是写一部前无古人后无来者的史书。然最终年岁不饶人，这个理想至死也没能完成。但令他没想到的是，他终其一生未能实现的两大愿望，竟然全在他儿子司马迁的手上完成了。

且说司马迁得知倪宽有意让他改制新历后，马上从座位上惊起。他知道，人生有没有出路，职场有没有功绩，全在倪宽这一句话里了。想到这，慌忙匍匐于地，慷慨陈词道："若能为大汉朝制作新历，我定当全力以赴，万死不辞。"

倪宽看着跪拜在地的司马迁，满意地点了点头。

随后，将司马迁扶起，邀入后室，备置佳肴，摆酒畅叙，折腾了一个晚上，才算进入正题了。

后室之谈

临近子夜的长安城内，万籁俱静，打更人拖着疲倦的步伐，绕着城墙打更。只有偶尔传出一两声狗吠，在寂静的长安街头回荡。一轮皓月悬挂在城头，皎洁的月光像水似的倾洒下来，把长安城装裹成一片银色的世界。

倪府后室，灯影摇曳，倪宽和司马迁对桌而坐。

说实话，倪宽并不急着把制历这样的重任交给司马迁这个他并不了解的人。在宫中，他对司马迁只是略有耳闻，知道他是个博学多才，敢于直言，不愿随波逐流的人。今日约见，说是会客，实则为揣测。一番探究后，他发现司马迁的言谈举止之间，确实有那种书中君子的温文儒雅。有一点让倪宽不放心的是，他不知道司马迁到底在朝中属哪一派，这点很重要。他倪宽这么做，不就是为了以后不出岔子嘛。

于是，倪宽问司马迁："你怎么看宫中这群方士？"

在司马迁回答之前，我们有必要对汉朝方士这个职业给大家做个简要的说明。

在古代，人们没有天文望远镜，也没有先进的测绘工具，有的只是一个肩膀上顶着个脑袋，所以，要探究天文知识，人们只能凭两只眼睛看，一个大脑去想。思维是个神奇的东西，想什么的都有，有人说，天上的星星是无数个太阳，我们居住的地球是方的，天是圆的，我们是被盖在天底下的，这便是"天圆地方"说，持这种观点的人可称为唯物主义者；有人说，天上的星星就是神灵的眼睛，蓝色的地方，有神仙居住，人在做，天在看，这就是"天神说"，持这种观点的人可称为唯心主义者。经过了数千年的思想撞击，从事天文研究的大部分就分成了两派，整天争来争去，就是争不出一个结果来。因为无论是哪一派，都觉得自己有理，凭什么你想象的就是对的，我想象的就是错的。于是谁说服不了谁。到了后来，唯物主义者制造出一些简单的天文测绘仪器，从光影里印证了他们的部分想法。于是越来越多的人，开始偏向唯物。这仅限于那些搞天文研究的人。对于不搞天文的人来说，唯物、唯心都差不多，反正我们也不懂。

于是，在行业尚未细分的古代，上面的两类人统称为方士。从严格意义上讲，司马迁算是半个方士，而与倪宽对抗的公孙卿则是一帮唯心方士。所以倪宽向司马迁发问，其实是想知道司马迁到底是哪一派方士。

但司马迁不知道倪宽和公孙卿结下了梁子，不过并不影响他回答这个问题。

他的回答是这样的："方士，不可一概而论，其一遵星辰，为降神说；其二遵法道，为自然说。我虽无大学，但也不敢妄同神论，万法自然，才是我求学之本。"

这段话翻译过来就是：我司马迁，不信鬼神。

倪宽听完这话，满意地点点头，忙举起酒杯说："司马大人，我敬你一杯，就敬你不信鬼神。"

一杯饮完，倪宽终于可以放心地对司马迁吐露心事了。

倪宽说："最近，宫里来了一群装神弄鬼、迷惑圣上的方士，你知道吧？"

司马迁点点头："知道。"

倪宽说："这些人中，有一个叫公孙卿的最得皇上赏识，已经封官，还上朝议政了，你也知道吧？"

司马迁又点头道："知道。"

倪宽："那皇上密令公孙卿制一部新历的事，你知道不？"

司马迁："啊？这事儿我不知道。一个装神弄鬼的能制什么历，这不是祸国殃民吗？"

倪宽："嗯，这事我也是刚刚才听说，你我都是吃朝廷俸禄的人，碰到这种事儿，不能不管！"

司马迁说："那咱们怎么个管法呢？这密令可是皇上下的呀。"

倪宽说："我倒是有一个办法，但还得你来帮忙，这也是我今日叫你来的目的。"

司马迁："大人您尽管吩咐吧。"

倪宽："我想让你制历。"

......

这场谈话一直持续到深夜，末了，司马迁才从倪府后室走出来。临别前，倪宽双手一揖，说："慢走，那我们明日朝中见。"司马迁还礼之后，大步走了出去。

刚出大门，倪府早有马车等待。虽已至午夜，但司马迁眼里分明闪耀着明亮的光。

抬头望望天，他告诫自己，要铭记这个夜晚。想当初，自己年轻气盛，踏马四方，没有我去不了的远方；而如今，久居朝内，别无他梦，只盼有我司马迁一展拳脚的时候。所幸天不负我，今夜与倪宽的一番对话，激起了我满腔热血，先父要是泉下有知的话，也一定会为我高兴吧。

武帝的意外

第二天，司马迁早早起来，一夜未眠的他，看起来神采奕奕，丝毫不见半点疲惫之相。一番梳洗之后，便向朝中走去。

武帝这两天心情不错，宫中新进的这群方士，看起来还是有几分能力的，说起成仙之事来，头头是道。公孙卿的制历工作也正式展开，成仙之日，指日可待了。另外，前几天西域臣服来的众国使者，也刚打发走了，天下再也没有我大汉威武到不了的地方。

最近朝中无事，上朝也没啥可议的，但过程还是要走一下，不然那些恼人的老臣又要来直言进谏了。

朝上，百官跪拜之后，按理来说，依然是那个老程序，由倪宽先起头奏事。但是，让人有些意外的是，平常很少上奏的司马迁却走出队列，下跪叩拜道："皇上，微臣司马迁有事要奏。"

武帝一愣，心想，你一个史官，有啥好奏的呀。唉，既然有事，那你就先说吧。

司马迁："恕微臣直言，昨夜我夜观天象，发现月已饱满，但昨日是初八，照常理讲只会是半弦月，由此可见《颛顼历》偏差十分明显了，微臣请求重制新历。"

武帝一听，心里面就有点不高兴了，难道我没长眼睛吗？难道我让别人制历，还需要请示你吗？

武帝："好，朕知道了。制历是国家大事，不可造次，容朕考虑考虑再说，你先退下吧。"

站在前排的倪宽忙站了出来，说："启禀皇上，近日民间怨念四起，皆因当今历法不合时宜，延误农时，百姓种瓜不得瓜，种豆不得豆，望皇上开恩，准制新历。国之大兴，本在人才，司马迁精通天文历算，我愿与他携手，网罗天下英才，共同改制新历。"

不得不说，姜还是老的辣。

武帝听完，当即为难起来，你倪宽跟着掺和个啥啊。从了你吧，打乱我的成仙计划；不从你吧，当着文武百官又驳了你的面子，这叫我如何是好？

不得不说，汉武帝驾驭人确实有过人之处，比如今天这样的尴尬时刻，武帝没有拿皇权去压制倪宽，反倒说："好吧，那就依倪爱卿之言，准予制历。"

至此，司马迁的命运便和倪宽紧紧地绑在了一起。制定大汉新历不日便将启动。

远在巴山蜀水、终日爬山望天的落下闳，你的春天快来了。

且说这武帝在朝上碍于倪宽的面子，准了他和司马迁的上奏。但这并不代表对倪宽就没有怨气，尤其到了晚上，心里的不满情绪更是弥漫开来：倪宽啊倪宽，你贵为御史大夫，在朝中也混了这多年了，像司马迁那样的新人不懂事也就罢了，你怎么也这么不懂朕呢？

不行，我在朝上给你留面子，不代表朝下我不怪你。"来人呐，给我把倪宽叫来。"

倪宽知道武帝必会找他训话，但他实在没想到会是半夜时分。心想，昨夜我没睡好，今夜你还来整我。不过，倪宽心里这样想，腿上却是跑得飞快。

到了皇宫，武帝板着一张脸，说："倪爱卿来了？"

倪宽说："拜见皇上。"

武帝嘴上嗯了一声，意思是倪宽别站着了，过来坐吧。

倪宽坐下之后，武帝说："先罚你三杯。"

倪宽不敢多言，咕嘟咕嘟三大杯下了肚。

武帝开腔了："倪爱卿，今儿在朝上，你怎么回事啊？你难道看不出朕说考虑考虑是啥意思吗？你跟着凑什么热闹啊？"

倪宽："皇上听我解释，这制历是我大汉迫在眉睫的事情，是国家之根本。离开了历法，农民种不好地，大家吃啥？再说，司马迁为人实在，口碑也不错，他主动提出制历，陛下您应该支持才对啊。"

武帝："你知道这事的来龙去脉吗？就知道瞎掺和。"

倪宽故作不知状："微臣不知，还请皇上明示。"

武帝说："朕就实话告诉你吧，制历的事我早已安排人去做了，你不知道不怪你。前一阵子，朕做了一个梦，梦见黄帝派来天神对朕说，若要成仙，先得制历。于是，朕就派公孙卿着手此事了，你现在明白了吧？"

倪宽一听，说："皇上，恕微臣直言，我正是知道这事，今天才在朝上站出来支持司马迁的。"

武帝一听，更生气了："你这是什么意思啊？这不是公然和我作对吗？"

倪宽见武帝面露惊诧，忙说："皇上别急，微臣这样做，也是为了皇上您好啊。"

"哟呵，还为我好，你不拦我路就不错了。今儿要说不出个所以然来，看我怎么处罚你。"

倪宽说："微臣斗胆问皇上一个问题，大汉先祖是靠什么打下江山的？"

武帝纳闷，答道："那是先祖披肝沥胆，南征北战，用百万将士的鲜血和生命打出来的。"

倪宽说："微臣斗胆再问，天下安定，应以什么为重？"

武帝说："当然是以天下百姓的生计为重了，这个道理朕还是懂的。"

倪宽说："吾皇圣明。那您是想一人成仙，还是想让举国上下的黎民百姓和您一起成仙？"

这一句话，直接把武帝给问住了，人人都成仙了，我这个皇帝做得还有意思吗？再说，都是仙了，哪个还怕皇帝呢？

武帝："废话，朕肯定是想一人成仙。"

倪宽说："既然这样，皇上为什么要怪我呢？"

武帝："朕怎么就不怪你呢？"

倪宽说："皇上您想呀，公孙卿的新历制出来之后，必然会主打神仙牌，百姓一看，这也可以成仙，那还种地干什么呀？岂不人人都去成仙了？"

武帝点头："嗯，是这个道理。"

倪宽："既然这样，那何不让两拨人同时制历，公孙卿为您量身订制神历，专供您成仙用。我等组织人再制一历，专供天下苍生用。这样，民不误生计，您也不误成仙，岂不是两全其美了吗？皇上怎么要怪罪我呢？"

武帝一听，哈哈大笑："还是倪爱卿想得周全啊。"

这一次君臣对话，可以说是让武帝坐了一次精神过山车，转忧为喜。

不过，对于倪宽来说，这事儿也挺无奈的。自古王侯将相夜半对酌，多半是讨论国计民生的大事，而我倪宽半夜三更到皇室来，却要与武帝讨论鬼神之事，这叫我堂堂御史大夫，如何在青史留得好的名声？

这正是：可怜夜半虚前席，不问苍生问鬼神。

无奈归无奈，但汉武帝说话还是算数的。

公元前111年（汉元鼎六年），汉武帝正式下令，由倪宽、公孙卿、司马迁等人负责修改历法，同时组织朝廷内历法官员以及民间天文学家共同制历，不得有误。

据统计，此次先后参与制历的人员计三百多位，创中国历史制历人数之最，同时耗去国库钱币也最多。

中国五千多年的历史上，从未有过如此大规模的制历活动；后世有学者认为，"文景之治"缔造了历史上国泰民安的空前盛世；到了汉武帝时代，虽然四域穷兵黩武，但内部相对安宁稳定的环境并没有受到大的影响。朝廷兴太学，协韵律，作诗乐，沉淀下了前所未有的文化底蕴。那时，除边疆之外，中原的广大地区都开始了全民文化的培育活动，比如蜀郡太守文翁开展的"文翁兴学"等，都大范围推动了全民文化的普及与提高。

文字这东西，不看不懂，看了就会被它塑造。

民间层出不穷的天文学家，就是那个时期全民文化水平提高的一个直接体现。所以，汉武帝在下令召集民间天文学家之后，全国各地被举荐的有两百多人，形成了开启新历制作的中坚力量。当然，这其中也不乏滥竽充数者，如千里迢迢投奔公孙卿制作神历、企图靠这种邪门左道谋取官职的人也不在少数。但总体来看，以实践观察验证制历的人要更胜一筹。

要说对踊跃应诏现象最高兴的人，当属倪宽。不要忘了，当初倪宽是如何执意提出制历的。所谓人多力量大，多一个天文学家的加入，就多一分压倒公孙卿的胜算。

　　此时，还有一位姗姗来迟的主角即将登场，他就是我们在前文多次提及的阆中天文学家落下闳。

第三章

初试锋芒

口传心授

　　落下闳出身农家，自幼聪慧，品行端正，为左邻右舍所乐道。武帝即位后，四方征讨，蜀地相对太平。时任蜀郡太守文翁，兴办教育，普惠民生（史称"文翁兴学"）。落下闳在当时蜀地兴起的大办教育之风中，接受了青少年时期的文化知识洗礼，为后来的天文学研究奠定了扎实的基础。

　　落下闳成年之后，也曾有过走上仕途，为天下苍生谋福祉的念头，是父亲病榻上的一次谈话，改变了他的人生轨迹。

　　前面说过，汉朝沿用秦时的《颛顼历》，由于时令节气不清，民间按《颛顼历》春播秋收，导致蜀地即使风调雨顺，也难有丰收之象。落下闳家族世代务农，深知其中的苦楚，这就催生了很多善察天象的民间能人，他们靠观风测雨耕作，往往也有不错的收获。落下闳的父亲就是这样一个人。

　　幼时的落下闳，除读书之外，农忙时节，也帮父亲耕种农田，时常也听父亲讲一些种田的心得，这让落下闳觉得很神奇。原来，不是所有的知识都来自"四书五经"，祖祖辈辈口传心授的生产生活经验，才是最管用的本领。

　　落下闳的父亲一生本分，他穷尽其财，让落下闳读书，并不求儿子将来能飞黄腾达，谋取功名，只希望儿子今后知书达理，行为端正，不为乡里人所诟病便心满意足了。

　　人终有老去的那天，再强健的体魄，也经不住岁月的风霜的磨砺。一次偶然感染风寒，让落下闳父亲明白，自己老了，或许肩上这副担子该卸一卸了。

　　于是，他把落下闳叫到床前。望着眼前这个身形端正、举止文雅的儿子，不由得感到阵阵欣慰。

　　父亲说："闳儿，为父年世已高，有些话我想跟你谈谈。"

　　落下闳恭敬地伫立在父亲的病榻边，说："父亲大人，您说吧。"

　　父亲说："我自幼不识得一字，但大道理还是懂得一些的。我们落下家族世代在阆中务农，从未出过官宦之人，也没有那个念想。你从小聪慧，我倾尽家财，让你读书。如今，你已求学十余载，想必肚里也有了些许墨水，我想让你承继家来，挑起家中这副担子。"

　　落下闳跪在父亲床前道："父亲的养育之恩，儿都铭记在心，您放心好了，儿决不让您失望！"

　　落下闳父亲看着跪在面前的儿子，心里顿时多出了几分安慰。生子如此，夫复何求？

　　父亲说："好，你愿挑起家庭这份担子，为父我十分欣慰，也不枉疼你一场。你拿笔来，为父要你记一些东西。"

　　落下闳不敢怠慢，起身奔向书房，拿来笔墨，又搬来平时吃饭的条桌，一切摆置妥当后说："父亲，您说吧，我会好好记下的。"

　　父亲说："好，我说你写。十月冬风凛冽，地冻一指，需要在月中月圆之前，将麦种播撒下去。"

　　父亲话音刚落，落下闳便在摊开的竹简上，一字不落地记录下来。落下闳知道，这是父亲在给他传授务农的心得，想让他今后少走弯路。

父亲看落下闳停笔之后，继续说："二月中下旬，是土地复苏之际，需对田地进行翻松，切记不要过早，不然湿气尽失，以第一场温风来时，最为适宜。"

落下闳继续埋头记录。

父亲："土地翻松之后十日左右，选定籽种，先去谷物之寒气，然后浇少量水，晒一天；开春昆虫鸣叫起十日内，是播种的最佳时节。"

落下闳越记越觉得心惊，想不到父亲竟将务农之事琢磨得如此透彻，难怪每年春播时节，左邻右舍都来向父亲请教种田事宜。

父亲："盛夏雨多，田中多忙，如日中酷热烦闷，天多积云，且呈翻滚之势，当即刻归家，否则会被大雨阻在田内。"

落下闳父亲说完这句话，转头看了看认真记录的落下闳，眼中不由得泛起一抹不易察觉的担忧，可怜天下父母心，谁人不知疼子女。

……

从日上竿头，一直到太阳偏西，父亲的心得陈述不止，落下闳手中的笔记录不停，途中光磨墨就磨了十余次。整整一天，落下闳都沉浸在父亲的智慧中，等到全部记完之后一看，不由得吃了一惊，父亲留下来的务农心得竟然整整记了一大摞，计百余条。

父亲说完，长长地舒了一口气。虽然卧病在床，但此刻心头却泛起从未有过的轻松。他看了看还在低头整理的落下闳说："闳儿，这些都是你以后务农时，必须要注意的要领。你熟读诗书，外面的世界比为父知道的多，为父也没有什么好的东西传给你，我务农揣摩到的这些心得，就算是留给你的财产吧。"

落下闳再次跪拜在父亲床前，说："儿子一定谨记您的教诲，并好好用于将来的农事之中，请父亲放心。"

父亲说："好，我相信你会比我做得更好。"

此后多年，落下闳在父亲的悉心指引下，全身心投入到田地耕作之中。每到年终，家里总会有不错的收获，一家人的日子因此过得衣食无忧。每当秋季谷物满仓时，落下闳总要感叹一番父亲的智慧。仅靠这些心得，让他这个不谙农事的年轻人有了丰厚的回报。于是，对面朝黄土背朝天一辈子的父亲越发敬佩起来。

文府会谈

得益于父亲的教诲，落下闳三十五岁的时候，已经是附近十里八乡有名的种田能手了。以往每到春耕春播，左邻右舍的人总爱来请教父亲种田的事。但现在，乡邻们有了疑惑，不再叨扰年迈的父亲，而是直奔落下闳而去。

十余年间，落下闳几乎每次下地耕作，都要观观风看看雨，然后对照父亲传授的心得，一一琢磨，觉得记述不详的加以补充，觉得有偏差就加以更正。

每逢农忙春耕，落下闳总比别人早几天或是晚几天，田间管理也与别家不同，但无一例外的是，每到秋收的季节，同样的地，同样的作物，落下闳的收成总是比别人要多收一点。久而久之，大家都知道阆中有个会种地的人叫落下闳，于是纷纷前去请教，落下闳的名声也因此传得更远更响。而凡是去请教过的人，自家作物的产量都会有明显的增长。

文翁曾于汉景帝末年到蜀地任职，那时，他兴教育，修水利，促耕种，虽说年年风调雨顺，但民间的收成总是不如人意。此事直到文翁离任依然不得其解。后来他退了官，在蜀地养老，听说阆中腹地有些村庄年年收成不错，派人一打听，原来是当地出了个种田能手落下闳，是他示范带动的结果。于是就派人请落下闳到府上一叙。

此时，正值腊月农闲时节，落下闳将谷物收拾妥当之后，便在家潜心看书。

这天，落下闳正看得忘乎所以的时候，突然外面一阵吵闹声将他打断。落下闳放下书本，侧耳倾听，那声音越来越近，好像是冲着他家方向来的。他站起身，想出去探探究竟；还没迈出门，一个孩子猛冲到他面前喊："闳叔，闳叔，一队身穿官服的人来找你，已经到村口了。"

落下闳定睛一看，这不是隔壁老王家的孩子吗？见孩子大喊，落下闳心里也糊涂了，很是纳闷：官府的人来找我干什么，我又没犯王法呀。索性不想那些，大丈夫光明磊落，怕啥？想到这，便大踏步向外走出。

没行几步，大门忽地被推开，迎面走进一个身着官服、满脸红光的汉子，身后还有几个随从，屋檐下是一辆马车和一众围观的人群。

汉子进了门，见迎接他的是个皮肤暗红、一脸精干的年轻人，料想此人就是传言中的落下闳了，当下呵呵一笑，双手一揖道："敢问阁下就是阆中种地能手落下闳？"

落下闳见来人报出自己名号，顿时有些惊愕，见来者并非蛮横之人，随即回礼道："正是在下，敢问大人光临寒舍，有何贵干？"

身着官服的汉子没想到，这个以种地闻名的乡下汉子落落大方，行为举止间透出一股儒雅气，不由得从心里暗自赞叹："不必多礼，我是蜀中文翁太守府上的管事，太守闻阁下在阆中一带研习农务，颇有名望，大为赞赏，特派我邀阁下到府上一聚，太守要亲自见你。"

落下闳吃了一惊，没想到自己种地的事都传到太守府上去了，躬身作揖道："谢太守抬爱，草民不胜荣幸，但粗布裹身，不成体统，容我换身衣服再去吧。"

官服汉子哈哈一笑，道："无妨，你去便是。"

不一会儿，收拾整齐的落下闳从里屋走了出来。正要上车，忽然身后传来父亲的叫唤。落下闳忙折转身，问道："父亲大人有何见教？"

落下闳父亲说："你名声在外，此去官府，恐怕是要委你以公干，为父只告诫你一句话，莫为小财害民生，莫因小情误大爱，如果是为乡民谋福的事，切不可推辞。"

落下闳说："父亲，您放心吧，儿子记住了。"

黄昏，一辆马车从落下闳家驶出，转弯便上了大路，几个孩童不住在后面追逐，边跑边喊："闳叔去做官喽，闳叔去做官喽，哦，做官喽……"

夕阳西下，马车已拐过好几个山坳，车后腾起的缕缕黄尘，被晚霞染得一片金黄。

马车一路飞奔，驰上了通往都江堰方向的大道。很快就驶出阆中地界，天色也渐渐暗了下来，雪花从天空洋洋洒洒飘下。雪下得虽小，但地上也蒙上一层土灰色。马车朝前行出几十多里路，不知落下闳感觉马车突然停下，便探头询问车夫，"不往前走了吗？"

"阁下，今天太晚了，我们就在前面的驿站休息一夜，明日一早出发。"车夫说道。

这一晚他们便在驿站住下了。第二日一早，天未大亮，他们就起身出发了，马车在平稳的大道上飞奔着。

自战国著名水利专家李冰兴建都江堰工程以来，这里气候越显湿润，虽是冬日，但满目青翠，滔滔江水，奔流而下，蜀地从此有了"水旱从人，不知饥馑"的"天府之国"景象。

落下闳坐于车内，隐约听到水流之声，掀开车帘一瞧，惊道："车手好车技啊，不知不觉就到了都江堰边。"

驱车的车夫，半立于马后驾鞍处，四匹清一色黝黑发亮的骏马踢踏如风。车夫见落下闳夸奖，转过头对着车内说："阁下，坐稳了，过了都江堰，就是大平原，天黑之前，一定将你送至文府。"

落下闳探出头说："不打紧，你大可放心驾马，我没有那么娇气，有劳壮士了。"

车夫直起身子，甩开手中缰绳，口里一声"驾！"四马便在平原之上疾奔开来。

日头下山的时候，只听文府门口一声"吁……"，马车便稳稳地停了下来。

文府内大步走出一位汉子，落下闳下车定睛一看，正是前去接他的那个官服汉子。此刻他已脱掉官服，换上一身紫缎长袍。

原来，汉子在落下闳动身之后，便先行一步回了文府。

汉子见落下闳到来　，急忙上去相迎："辛苦辛苦，阁下快里边请，文太守已等候多时了。"

文太守，便是汉景帝年间的蜀郡太守文翁。

文翁，名党，字仲翁，庐江舒人（今安徽省舒城县人），自小好学，精通《春秋》，年轻时任郡县小吏，后被考察提拔。汉景帝末期，被任命为蜀郡太守。文翁生性温和、仁爱，喜欢教化传导。到蜀地之后，他见这里地处偏远，加之历代征战，导致民风野蛮落后，于是开始兴教重学，着手教育引导。他在蜀郡挑选出张叔等十多名聪明有才华的县郡小吏，亲自加以教导，然后选送到京城继续深造，有的在京城太学中就读博士，有的学习法规法令。几年之后，这十多名求学人员学成归来，文翁让他们担任蜀郡之中的要职，并按实际考察结果提拔使用，有的甚至做到了郡守刺史。

除此之外，文翁还在成都修建学堂，把周围的青年学子招收进来，条件差的收为学宫子弟，接受教育改化，免除他们的徭役；让条件好的学宫子弟填补郡县官员的空缺；学问稍差的则主管孝悌力田。蜀郡从此学风大盛。为了让他们尽快成长，文翁时常选取学宫子弟在自己身边做事，每次外出各县巡查，会从学宫中挑选一些通晓经书、品行端正的弟子一起前去，让他们从事宣传教化，推行律令法规，以及熟悉官府任职的流程。全县的官民看到了这些，都觉得很荣耀，于是争先恐后将自家青年送入文翁学宫就读，甚至不惜花费钱财，以求能成为学宫子弟。

由此，蜀地的教育得以普及，民风得到极大改善，到京城求学的人数同求学之风盛行的齐鲁一样多。到了汉武帝时期，武帝广纳贤才，重视对人才的培养，推广文翁的兴学经验，诏令全国的郡县都设立学宫，于是有了"学宫从文翁开始创办"的说法。蜀地民风大好之后，当地人民对文翁极其爱戴，即使后来文翁迁任别处，依然尊称文翁为太守，这是真正的民心所向。文翁也为蜀地的变化很是欣慰和自豪，退官之后选择长期居住在蜀地，并利用自己多年的人脉资源，继续为蜀地培养人才，为蜀郡各县推荐杰出青年才俊。后来文翁在蜀地逝世，人民为了纪念他，为他修建祠堂，前去祭祀的人络绎不绝。

此次文太守召见落下闳，正值文翁退官定居蜀地之时。文翁的住所紧靠时任太守府而建，人们习惯称之为文翁府。

且说这落下闳被官服汉子迎进文府，见文太守已等候多时，便不敢怠慢，紧随官服汉子径直走向府院深处，后进入一座后花园。园中有一方清澈玲珑的小水潭，虽是冬日，但水中鱼戏浅底，岸边绿草密集，不大的后花园被装扮得极其精致。

绕过小水潭，另一侧是一个古色古香的红顶方亭，亭内陈列有石桌石凳，凳上坐着一老者，面前石桌上摆有茶，茶边有简，老者正低头看着。

官服汉子看到老者后，急步向前，拜倒在亭外，口中道："启禀大人，阆中落下闳已随我前来。"

老者闻言，放下书简，直立起身，摆摆衣襟，转身回道："快快有请。"

落下闳循声望去，只见老者虽已年迈，但不显迟滞木讷之态，有一双明亮的眼睛，神采奕奕，举手投足间慈祥又不失威严。

落下闳料老人就是文翁太守，上前跪于官服汉子身后，道："草民落下闳，拜见太守。"

文翁见落下闳拜伏在地，急忙走出方亭，双手扶起道："阁下不必如此多礼，请起请起。"说完将落下闳引入亭中，差人奉茶。

两人落座，文翁趁喝茶的工夫，将落下闳仔细打量了一番。见此人虽是一身粗布衣褂，但周身却透着普通农人所没有的书卷气，甚至比许多蜀郡官员看上去更儒雅，不仅长得一表人才，而且眉眼间透着精明，心里不由得欢喜。

文翁道："久闻阁下观天象、授农时颇有收获，而且对前去求教农事的乡民悉心指导，令阆中百姓连年增收。今日阁下赏光，文翁不胜荣幸啊。"

落下闳没想到，德高望重的文翁太守，对他一介草民如此客气，再次跪拜道："大人过奖了，比起大人在蜀地的功德，我区区作为何足挂齿。大人自入蜀以来，倡学兴教，令我等布衣也能入学断字，要不是学堂教化，哪有如今的落下闳。我的一切都是大人所赐。今日得见大人，请再受小民一拜。"

文翁见落下闳又要跪拜，赶紧将他扶起："不必多礼。当官做事，本我分内之职，实不足道。"

文翁让落下闳坐下之后，就问："听说你会观天象而授农时，福泽乡里，今日邀你来，就是想专门请教你，不知阁下肯否赐教？"

落下闳说："大人言重了。草民定当毫无保留地禀告。"

文翁："你观天授时之道是怎么得来的？"

落下闳便将父亲务农心得传授与他，他又加以改进的过程细说了一遍。

文翁听后道："令尊竟是如此有能耐之人，我怎么早没耳闻？老人家现在身体安好？"

落下闳说："家父现居阆中老家，数十年的农事操劳，身体大不如前，出入已多有不便了。"

文翁听到这里，眼里暗了下来，说："可惜呀可惜！如果令尊年轻十岁，我定不会让老人家泯为众人。好在你还年轻，亡羊补牢为时未晚。我再问你，你只是靠父亲的心得才把握天时的吗？这天可不遂人愿，你又是如何推算天时的呢？"

落下闳说："大人是否听说过民间的二十四节气？"

文翁道："这个我倒时常听说。不过，这二十四节气之于农事已不太准了。"

落下闳说："二十四节气虽有诸多不准，但是它将一年十二个月划分为二十四段，每段气候变化明显，对指导农务是有借鉴意义的。"

二十四节气起始于秦朝末年，由民间发起设立，用以掌控春种秋收时令，包括立春、雨水、惊蛰、春分、清明、谷雨、立夏、小满、芒种、夏至、小暑、大暑、立秋、处暑、白露、秋分、寒露、霜降、立冬、小雪、大雪、冬至、小寒、大寒，共二十四个节气。

在这二十四个节气中，立春、立夏、立秋、立冬四个节气将一年大致分为四大季，标出了春种秋收的基本规则。

小暑、大暑、处暑、小寒、大寒五个节气主要反映气温的变化，用来表示一年中不同时期寒热程度，标识出每个时令段内农作物管理的应对措施。

而雨水、谷雨、小雪、大雪四个节气反映了降水现象，表明降雨、降雪的时间和强度，这些时令的到来，意味着农牧业应当注意水涝和雪灾，如果这个节气段没有降水，证明本年雨水势必不够充足，农业生产应当进行水利补救。

白露、寒露、霜降三个节气反映的是地上潮气和寒气程度深浅的现象，反映出了气温逐渐下降的过程和程度，气温下降到一定程度，水汽会结为露珠；气温继续下降，不仅凝露增多，而且越来越凉；当温度再降之时，则露珠会凝结为霜。

小满、芒种则反映有关作物的成熟和收成情况。惊蛰、清明反映的是自然物候现象，尤其是惊蛰，它用天上初雷和地下蛰虫的复苏，来预示春天的回归。

夏至、冬至合称"二至"，表示天文上夏天、冬天的极致。春分、秋分则合称"二分"，表示昼夜长短相等。

雨水表示降水开始，雨量逐步增多。惊蛰之际，春雷乍动，意为惊醒了蛰伏在土壤中冬眠的动物。霜降、清明含有天气晴朗、空气清新明洁、气温逐渐转暖、草木开始繁茂之意。

落下闳一番独到而深刻的见解，令文翁伸出了大拇指。有了这一手，在乡下种田应该不是难事了。但眼前这个男子似乎又话犹未尽，不及发问，只听落下闳又道："家父务农之时，时常立于田中观天象，久而久之，就揣摩出了一些天气变化的门道。家父将他的心得传于我，我又结合时令及与农作物种植的对应关系加以揣摩验证，这样，也就摸索出一套行之有效的办法出来了。"

落下闳说完，文翁恍然大悟，果然是青年才俊。如此聪明睿智之人，留于乡野实在是浪费人才了。于是起了留在府内并推荐委以重任的想法。

十二月的蜀地虽不算十分寒冷，但夜间寒气较重，两人似乎忘了时间，直谈了三个多时辰，若不是官服汉子担心文翁受寒前来提醒，两人不知还要谈到什么时候。

官服汉子提醒后，文翁一拍脑门道："哎呀，你看我，人老不中用了，竟然忘了这个。阁下快快屋里请。今日识得阁下，又学到如此之多的田间学问，实在让人受益啊。"

随即，文翁站起身，吩咐官服汉子道："赶快备酒备菜，请落下闳先生进里屋，今日我要与先生开怀畅饮。"

官服汉子一声遵命，便转身准备去了。

文翁的任命

入夜，四下寂静。文太守里屋，灯火通明，隐约可见窗上映出对面而坐的人影来，偶尔还传出几声爽朗的笑声。

一张金丝楠木的红几上，摆着一坛美酒，酒已开封，只这四溢的酒香，就知是上好的陈年佳酿。酒坛旁边摆着七八个菜。主座上，满面红光的老者情绪饱满；对面的中年人，此刻已经满脸通红。二人频频举杯，交谈甚欢，像是两个久未谋面的老友。

两人正喝在高兴处，不由得说话的声调高了，话也多了起来。

文翁说："阁下，你知道我退官之后，为什么还要留在蜀地？"

落下闳说："知道。因为蜀地今天的繁盛景象，全是您老人家倾力而为的结果，这里凝聚着您的心血和割舍不断的情愫。"

文翁说："是啊，我自幼离家求学，二十二岁入县衙做小吏，人至中年被察举进京，承蒙先帝厚爱，委我以蜀郡太守。初入蜀地，不敢轻怠，先兴水利，后办学堂，倾尽所有推进教化，改善民风。所幸天不负我，如今蜀地已现脱胎换骨之相，我心甚是安慰。圣上念我治郡有功，命我为各郡巡查。我人虽不在蜀地，但心依然在此。每每路过蜀郡，都要过来巡看，唯恐前功尽弃。举凡有德才兼备之人，也多荐往蜀地。实话说吧，蜀郡就是我的第二故乡，无论我做官与否，这里都是我牵肠挂肚之地。今日见到阁下，便被阁下务农之独到、观天之智慧所折服。我入蜀地后，一直在寻觅让本地农业更上层楼的贤士，今观阁下可担此大任，不知先生肯否为蜀地大众苍生接下这副担子？如阁下不愿为凡事操心，执意回乡，我不强留；如阁下愿为蜀郡百姓舍小我成大我，那么我先替蜀中百姓敬阁下一杯。"说罢便双手端起酒杯。

落下闳见文翁如此诚恳，还要代表百姓敬他，忙不迭地道："大人，使不得、使不得，我有何德何能让大人如此厚待，更不敢妄谈蜀郡万千百姓了。我自小与黄土为伴，是大人的兴学促教才有了我的今天。来贵府之前，家父曾对我有嘱咐，那便是我的答案。"

文翁忙问："家父是怎么说的呀？"

落下闳说："莫为小财害民生，莫因小情误大爱，如果是为乡民谋福祉的事，切不可推辞。"

落下闳说完，文翁一脸惊愕，想不到落下家族有如此贤德之人，不禁喟叹道："令尊实在令人敬佩，只可惜早年我未识得此人。"

落下闳举起酒杯说："草民今日承蒙抬爱，感激不尽。我落下闳愿谨遵大人之令，为蜀地百姓效犬马之劳！"

文翁也连忙端起酒杯，道："好，今日你能受此重托，我心甚慰。明天我便着手安排此事，蜀中农业振兴的大业，就托付给阁下了。令尊之高风亮节，让我钦佩不已，他日我定当亲自登门拜访。"

落下闳说："大人既然说到家父，草民还有一事，很是纠结。"文翁说："何事？阁下但说无妨。"

落下闳说："家父年迈，如今卧病在床，且家父独我一子，我若就职，必然不能回家照顾他老人。家父待我恩重如山，生为人子，不能守家尽孝，必然会终生遗憾……"

文翁哈哈一笑道："这点你大可放心，我会在官府为你安排房舍，配备下人，将你家人从阆中悉数接来，让你既可操持政事，又能在家尽孝。这样你满意吗？"

落下闳没想到文翁这样理解自己，还考虑得如此周全。人生如此，夫复何求？于是，举起酒杯道："大人，落下闳敬您一杯。他日，我定当不负您的厚望，以造福蜀地百姓的丰硕成果向大人表达我的感激之情。"

文翁哈哈一笑，随即两只酒杯碰在一起，发出清脆悦耳的撞击声。

蜀地风波

第二天，文翁就派人将蜀郡司农叫到府上，向其推荐落下闳。见文翁亲自引荐，蜀郡司农不但没有异议，反而连声道谢，许诺决不会埋没落下闳才能，并将委以他重任。

公元前 122 年 10 月，汉武帝狩猎时捕获一只"一角而足有五蹄"的兽，于是改年号为"元狩"。

这一年，34 岁的落下闳走出阆中，正式到蜀郡赴任。蜀郡司农给他安排的是蜀农视察吏，这是一个单为落下闳而设定的职位。这一职位不需要参与政事，理论上落下闳还是一个农民；不同的是，他已是蜀郡的农业督察了，负责各地的农业视察，根据视察中发现的问题，提出督察意见并落实到位。

此后，落下闳整日奔走于蜀地各县郡，考察农业状况，结合不同地点，不同作物，制订出不同的增收计划。每到一地视察完之后，落下闳都会在当地官府中找一名勤于钻研农事的人，传授给他们耕种之道。从第二年开始，落下闳任蜀农视察吏后的郡地农业开始节节攀升，各县只要得知他会到访，便派人迎接，夹道欢迎。

不想落下闳这埋头一干，时间就过去了五年。如果不出意外的话，也许落下闳就这样在蜀郡各地游走一辈子，或许蜀地官民会像爱戴文翁一样去爱戴他。可是，对于一个天才来说，上天显然不愿意让他就这样日复一日地终老下去。

落下闳的人生远不只如此，他还有更宽更长的路要走，他必须到一个更高更适合他的地方去。

每一个天才的崛起，必定会从某一件偶然的事情上生发。落下闳便是如此。

公元前 118 年，蜀中大旱，时至六月，滴雨未下，举目之内，一片焦黄，千里之野，草木不生。好在前两年，蜀地农业大丰收，家家都备有不少存粮，只盼熬过今年，明年能有个好的收成。

然而，上天仿佛执意要在这块沃土之上留下灾难的痕迹。公元前117 年，蜀中旱象未减，截至四月底，依旧不见雨水降下，农业耕种举步维艰。官府已开仓放粮，但灾民太多，这么多人同时张口，官府的仓储也支撑不了许久，整个蜀地，开始人心惶惶。

落下闳站在干涸的大地上，看着背井离乡、面黄肌瘦、啼饥号寒、衣衫褴褛的灾民，内心无比焦灼，可是老天不下雨，他也无能为力。他举目望天，天空一片晴朗，没有一丝云彩。"难道天要亡蜀？老天啊，这里千千万万的黎民百姓也是您的子民，求您开恩降雨吧！"落下闳一遍遍地在心中祈祷。

这时，有官员跑来向他报告，南充地方有灾民聚集，声称天不下雨是老天爷发怒了；若要想下雨，必须祭天，而且祭天必须是十个未成年的孩童。虽然官府已派人过去安抚，可无奈灾民太多，眼看要镇压不住了，如果明日日中之前没能阻止的话，这十个小孩性命就要不保了。

落下闳听到这里，顿时惊得目瞪口呆。他命人驾车，以最快的速度赶赴南充。

南充地处蜀中东北部，嘉陵江上游，因居充国南部而得名，自春秋以来，先后设都、州、郡、府、道等所治。公元前 202 年，汉高祖刘邦平定天下，建立汉朝，南充才有历史。

灾情像蝗虫一样蔓延开来。当一个人吃不到饭的时候，会变得异常暴戾；当一群人吃不到饭的时候，就会酿成暴动。自古灾荒之际，灾民最易造反。

　　落下闳赶到南充之时，已是深夜。夜把一切包裹住，包括所有的躁动不安。街上一副破败的景象，静悄悄的，连一丝声响都没有，只有街边一角，一个破败酒家门前的幡子在随风摆动，像是在预示着某种结果。

　　夜，死一样的沉寂。

　　第二天一大早，落下闳就早早起身，赶到了事发现场。那是离南充不远的一个村子，村子不大，百来户人家。落下闳老远就望见村边聚集着许多人，隐约还能听见人群中传来的哭喊声。行至跟前，村民聚集的地方正是用来祈风求雨的龙王庙。人在无计可施的时候，唯一的期盼就是那些虚无缥缈的神灵了。

　　落下闳来到人群中，听到一个熟悉的声音在喊："大家听我说，大家听我说……"走近一看，原来是文翁太守身边那个官服汉子，他挤了过去，来到官服汉子身边。

　　官服汉子对落下闳的到来感到很诧异，但此刻这些显然都不重要了。未等落下闳细问，官服汉子便说："落下大哥，这可怎么办啊？村民们执意要以杀害孩童的方式祭拜龙王，这不，都快压不下去了。"说着往后边的高台上一指。

　　落下闳顺着官服汉子手指的方向望去，顿时吃了一惊。只见高台上，一根粗壮的树干被横绑着，上面依次绑着十个面黄肌瘦的孩子，大的不足十岁，最小的可能只有三岁。或许是饿的，或许是因为绑得太久，此刻，这十个小孩都不惊不喊，只有那肮脏的脸上一抹抹流过的泪痕，才证明他们曾做过反抗。

　　高台之下，是几个比台上小孩看起来更让人怜悯的人，他们匍匐在地上，满嘴都是沙土，有的还在呜咽，有的已一动不动，可能是晕死过去了。想来这些人是高台上那些孩子的父母。

落下闳看着眼前这惊心的一幕，觉得一股气血往上涌，冲得他站立不住。他急忙跳上高台，大声说："大家听我说，我是阆中的落下闳。"

听到落下闳的声音，灾民们稍微安静了下来。人们投去惊慌、恐惧、祈求的眼神。此前，落下闳曾多次来这里巡查农业，大家也听闻过他的名声，此刻，他的到来，让灾民们仿佛抓住了最后一根稻草。

落下闳望着台下的灾民们喊道："大家听我说，天下不下雨，根本不是龙王爷做得了主的事，这样做只能害了这些无辜的孩子。请大家听我的劝，放了这些孩子吧。"

灾民们见不让祭天，似乎眼前的希望破灭了，当即又躁动了起来，台下有人喊："如果不信龙王，谁来让老天下雨啊？"

落下闳说："天降雨水，不是龙王的功劳，那是气候的原因。"

又有人说："气候？巫师说这是龙王发怒，要祭天。你不能叫天下雨，就不要阻挡我们。"

这一句话，把台下的灾民的亢奋情绪又煽动起来了。落下闳在心里暗暗生恨，都这种时候了，竟还有巫师来发死人疯。突然，不知是哪位灾民被冲昏了头脑，大喊了一句："落下闳污蔑神灵，神灵听到了更不会降雨了，我们杀了他祭天。"

转瞬之间，台下一下子就爬上十多个人来，想要捆住落下闳。落下闳被这突如其来的举动吓了一跳，连连后退。眼看灾民就要动手了，就在这生死时刻，突然传来一声震耳欲聋的怒吼："住手！"

灾民们被这突如其来的大喝怔了一下，不一会儿，又有人疯狂地扑向落下闳。

这一声大喝的人，正是那官服汉子。此刻他两眼暴睁，一脸愤怒，灾民的举动，已经让他忍无可忍。一声怒喝后，他扯掉了自己的上衣，露出一身精壮的肌肉和满是刀痕的后背，让此刻的他看起来像个修罗。"锵"一声，他拔出腰侧宝刀，只见他横刀向上，举目望天道："苍天在上，今日我郭解为保落下闳性命，破誓出刀，再开杀戒。"

说罢，一个"鹞子翻身"就跳上高台，手起刀落，几颗硕大的人头便顺着高台滚下，一直滚到人群中间去，鲜血顺着高台缓缓而下。剩下的几个灾民，一看天神降世，吓得惊慌逃命，只留下目瞪口呆的落下闳。

郭解这一出刀，立即吓住了台下的所有人。随即，郭解扬刀割断台上捆绑着小孩子的绳子，将他们一一救下。转身横刀一指，面向人群，人群惊得连连后退。郭解持刀向台下说："我郭解今日既然开了杀戒，就不怕多杀几个。谁敢杀这些孩子，我就杀谁。"

灾民没见过这等修罗，当即吓得四散。台下留下一滩血迹和几具身首异处的尸体。

一场变故，终于以一种谁也没想到的方式收尾。

郭解其人

前文提到的"官服汉子"，叫郭解，这里有必要单独拿出来说一下了。读过《史记》的人都知道，在《游侠列传》中，司马迁把郭解作为最后一个游侠列入，并且占了很大篇幅以来彪炳史册。这是一个值得一书的人物。此人不仅在南充救了落下闳一命，而且在研制《太初历》一事上，郭解也发挥了很大作用。

司马迁在《史记》中写道，郭解，字翁伯，汉代第一侠士。郭解父亲就是一个游侠，汉文帝时期因行侠仗义，触发了法律被处死。

受父亲影响，郭解从小就心狠手辣，颇具游侠气息，凡得罪过他或他看不顺眼的人，想杀就杀。后来做了流寇，亡命天涯。郭解最早做过雇佣军，包藏罪犯，私自铸钱，甚至挖掘坟墓敛财，此类行径，在郭解身上数不胜数。但郭解运气好，每次被抓获时，都能设法逃脱，或者遇到大赦。

成年之后的郭解，在心性上发生了变化，或许是良心发现，或许是迫于现实，在行为上有了很大的收敛，开始散财结义，广交朋友。但秉性之中心狠手辣、霸气凌然的作风依然没有改变。

他重义轻财，与当地的官吏和豪杰多有结交，假如有人与他志气相投，就算跟他有恩怨，他也愿用以德报怨的方式去结交人家。这种颇有江湖味儿的为人作风，让很多人愿意来结识他，纷纷以做他的门客和朋友为荣。郭解在当地声望颇高。

有一次，郭解的外甥在酒桌上仗势欺人，对人强行灌酒，结果被人一怒之下杀死了。郭解的姐姐把外甥的尸体放在街头，借此来羞辱不为外甥报仇的郭解。后来，杀死外甥的人找到郭解，说明事发的经过，坦言自己的错误。没想到郭解听完之后，不但没有怪罪此人，反而说这是他外甥的错，随后就把此人放了。郭解将这事情处理得如此公正，让众人不禁对他刮目相看，于是越发尊崇他。

还有一次，郭解出门，看路边有人很不礼貌地直视着他。随行的门客看到了，觉得很生气，要上去杀了那个不尊敬郭解的人，没想到郭解急忙拦住，说："在自己的家乡得不到别人的尊重，这是我做得不够好，怎么能怪人家呢？"后来，郭解动用自己的关系，叮嘱尉吏说："那个人是我一个很重要的朋友，麻烦你到了践更之时放过他。"

在西汉时，接受别人的钱代人服役叫"践更"。践更每月一次，一连几个月，那个人都没有被找去践更，感到很奇怪，经过打听才知道是郭解找人替他做了解脱，于是心生悔意，袒胸露腹赶到郭解那里去谢罪。郭解因为这件事更加被众人所敬重。

雒阳邑有两个人互相结了仇，当地有个贤士听闻此事，多次从中调解，但二人始终不听。郭解知道了之后，就趁着夜里去见这两人，并加以劝解，二人知道是名噪一时的郭解前来劝解，就化解了恩怨。郭解看二人和解，便说："我听说雒阳邑也有人多次来做调解，你们不听。今天你们听了我的劝解，我感到很荣幸。但是我不想驳别人面子，你们和解的事不要声张，等下次人家再来调解时，你们再顺势和解。"说完，就趁着夜色悄悄地离开了。后来大家听说了这件事，被郭解居功不傲、做事低调的品性所折服。

郭解名声很大，但做人做事不喜欢张扬。平时在县衙，他从不坐车出行。到附近县里去找人办事，能办则办，不能办也不责难人家。因此，许多人都争相追随他，甚至江湖上的亡命之徒也愿依附于他。

游侠这种被世人尊敬的人，却为当时统治所不容。郭解的声望引起了汉武帝的警觉，于是下令剿灭全国各地的游侠。名满天下的郭解迫不得已离乡出走，开始亡命天涯的生活，后来他到太原落脚。太原官吏知道后，想将郭解扣押处死，但又害怕江湖上追随他的人来报复，只好装做不知。不久，汉武帝为了壮大长安的经济力量和人口数量，下令各郡国资产超过三百万的大户迁往茂陵居住。

此时，武帝诛杀游侠的风头已经过去，但负责人口迁移的杨县掾想趁此机会，将郭解这个不稳定因素清除出去，于是将郭解的名字写入迁移名单中。大将军卫青在看到迁移名单后，对汉武帝说，郭解家贫，不符合迁移条件，还是放了他吧。没想到武帝听后说："一个普通的老百姓，竟然能让你卫将军替他求情，可见他并不穷呀。"

郭解无奈，只好迁移到茂陵。临行前，当地很多人来为他送行，给他的礼金加起来就过千万。就在郭解与一众旧识道别的时候，杨县掾和他的父亲杨季主先后被人杀了，赶去报官的杨家人还没进宫门，就被人在宫门口杀死了。

这一系列的杀人案触怒了汉武帝，武帝下令逮捕郭解。郭解只好将家人安置在夏阳，随后孤身一人北上临晋。与郭解素昧平生的临晋豪杰籍少公，听说郭解流落到当地，仰慕郭解的为人，冒险帮助他逃出了关，郭解一路逃到太原。籍少公被官吏查到时，为了守住郭解的行踪秘密，在官兵赶来之前自尽了。

据《史记》记载，公元前 126 年，郭解最后在太原被擒获，武帝下令就地处斩，并诛杀其家族。

太史公对其评价道：

吾视郭解，状貌不及中人，言语不足采者。然天下无贤与不肖，知与不知，皆慕其声，言侠者皆引以为名。谚曰："人貌荣名，岂有既乎！"于戏，惜哉！

游侠豪倨，藉藉有声。权行州里，力折公卿。朱家脱季，剧孟定倾。急人之难，免雠于更。伟哉翁伯，人貌荣名。

有人不禁要问，郭解在公元前 126 年就被汉武帝诛杀了，那为何公元前 117 年能在南充救下落下闳？答案就在司马迁的《史记》里。

司马迁在《史记》中，留下了两条明显的线索。

一条便是太史公对郭解的评价。《史记》称，太史公见过郭解，所以知道他身材短小。虽然这位"太史公"是不是司马迁本人目前尚有争议，但可以肯定的是，这个人无论是谁，他都是在皇室之中书写历史的人。

试问，一个朝廷中的史官，如何能见到四处奔命的郭解？如果司马迁只是听闻，那么以司马迁对历史的认真态度，他不会将一个未加考证的江湖传言写进那本倾尽自己心血的著作。因此，答案显然是司马迁确实亲眼见过此人。"太史公"对他的评价也不假。那么另一个问题来了，司马迁久居宫中，是如何见到郭解的呢？这一点，落下闳进京制历的经历给了我们答案。落下闳后来进京制历时，文翁派郭解前去保护落下闳，而落下闳进京制历是司马迁接待的。如此，答案就浮出了水面，即郭解随落下闳去长安之后，司马迁得以面见此人，后来听闻此人就是侠士郭解，方才在亲眼见证之后，将其记入史册。

另外一条是，诸多野史记载，郭解本人是一个身材魁梧矫健的汉子，那么司马迁为何要将郭解写成"短小精悍"之辈呢？这个答案，司马迁同样给我们留下了线索。首先我们知道，一心要诛灭郭解的人是汉武帝，而司马迁在朝中为官，他写的史书必然要被汉武帝过目。汉武帝没有见过郭解，所以他不知道郭解到底长什么样子。司马迁恐郭解被杀，于是在史记中将郭解写成了"短小精悍"，而他自己的评论，也用"太史公"这一官职来代替。可见司马迁是在知道郭解其人之后，故意如此，以求郭解能假以他人的身份存活于世。

大侠者，郭解也！大智者，司马迁也！

那么，还有一个令人不能明白的问题是，郭解于公元前126年被抓捕之后，为何没被诛灭？这个答案，要从自杀的籍少公身上说起。

当时，郭解一路逃亡，负责抓捕他的官兵一路追逐。可每至一处打听郭解的下落，总有人会奉上金银细软，祈求官兵网开一面。但官兵是奉了皇上之命的，岂敢疏忽？他们断然不会徇私枉法。后来追查到是籍少公帮助郭解逃离，便一直追到籍少公家中，没想到籍少公已自杀身亡。籍少公也是当地有名的贤人，竟愿以自己的性命来帮郭解逃脱，可见郭解确实是万众仰慕的大英雄。

谁人不惜大英雄，只因英雄不识君。

一众官兵从籍少公家中出来之后，决定放过郭解，不再追捕。但是皇命难违，于是有人就想了一个办法，在当地郡府的大牢中，择一名作奸犯科的死刑犯，以郭解之名就地处决，回去复了皇命。自此，郭解才从汉武帝的手下逃脱。

同年，文翁在各郡例行视察，途经此地，有人向他举荐郭解，不过此时的郭解已经不叫郭解，而是更名为郭平了。文翁一生爱才心切，接见之后，发现郭解果然是人中之大才，所以留在了身边。后来郭解见文翁是个明白事理、为人和善的人，遂将自己的身世告诉了文翁。文翁听过之后，不但没有责怪郭解，还对他大加赞赏，并留在身边。再后来，文翁识得落下闳，同样委以重用，这才有了郭解在南充救下落下闳那一幕。

辞职回乡

公元前 117 年，南充事件十日之后。

连日来，落下闳很少出门，整日待在家中，沉默不语。家人察觉异常，知其在南充受惊，便不再多言语，只是在生活上，对其照顾得更加悉心。

这天深夜，沉默了多日的落下闳一反常态，虽已到三更，但他屋内的灯光还在摇曳，窗户上的倒影，时而来回踱步，时而伫立踌躇，时而又绕桌疾走。

此刻，落下闳毫无睡意，他心绪繁乱，内心正进行激烈的斗争，直到东方泛起鱼肚白，落下闳屋里的灯火才熄灭。不等天放大亮，落下闳便一身整洁地出了门。虽然一夜未眠，但他的脸上，除了眼里略带血丝外，竟不显一丝疲惫之态，反而一扫十余天的阴霾，举手投足间让人感受出一股磅礴之气。

他走出院落，独自一人悄无声息地推开大门，之后一路向东，朝太守府的方向走去。

经过十天的闭门思索，他终于作出了一个抉择。这个抉择，他选得不易，走得更是不易。

人生不过三万天，一生真正作出抉择的时刻能有多少呢？落下闳，你可知你这一夜的抉择足以彪炳史册？你可知你的抉择任重而道远？你可知你的未来充满坎坷？你可知你的人生将迈向永恒的辉煌？

文翁府内。

当清晨第一缕晨光掠过卧室的窗棂时，文翁便睁开了眼，多年来的公务操劳，让他养成了早起的习惯。如今虽已退官在家，可这个习惯却一直都没有改变。他翻身下床，走至门口，还未及开门，门已轻轻地被人从外面推开了。文翁一看，原来是府上一个夜间守门的下人。

下人说："太守，您醒了？落下闳一早就来求见，已在府内候了多时。"

文翁一听，很是诧异，这太阳才刚刚露头，落下闳就来等候多时，如此迫不及待，难道是有什么大事？文翁不敢耽搁，简单梳洗之后，便快步赶去接见。

一阵脚步声将落下闳的思绪打断。他抬起头，见文翁前来，赶紧上前跪拜道："一早求见，多有打扰，还请大人见谅。"

文翁见落下闳如此多礼，连忙上前扶起道："不必多礼，快请坐，有事但说无妨。"

落下闳道："好，那我就直说了——我想辞职归家。"

文翁一惊："这是为何？"

落下闳说："大人，十日前南充之事你可听闻？"

文翁一听落下闳此言，当即明白了。那日郭解回来之后，脱光上衣，自备荆木，前来请罪。一番细说之后，文翁不但没有责怪郭解，反倒对其加以赞赏，大丈夫临危不惧，敢作敢为，何罪之有？不过，对落下闳而言，恐是受了惊吓，才有了退缩之意。想到这儿，文翁哈哈一笑说："南充一事，郭解已将详情告诉我了。我深感自责，日后我会安排身手矫健之人长随于你，谅此类事件不会再次发生，你大可放心。"

落下闳听了文翁这话，摇了摇头说："大人，你误会我的意思了，我落下闳不是那种遇事便退缩的人。十年寒窗，五年效力，倘若我如此不堪，岂不是愧对大人提携，愧对落下家族列祖列宗？我辞职不受，实是想去做别的更重要的事。"

文翁听完，知道是误会了落下闳，心里有些自责。但此刻，除了自责，他更想知道落下闳接下来要去做什么。

文翁问道："什么事呀？非回家不可？"

落下闳说："大人以为，南充受诘难根本的原因是什么？"

文翁说："是川民腹饥难忍，失去理智，才让你受了连累。"

落下闳说："非也，这只是表面现象。我认为，真正的原因是人民长期被鬼神之说迷惑，以至在天降大灾时，才执意认为是上天在发怒，于是才有了杀人祭天的愚蠢想法。鬼神之说一日不破，杀人祭天之事便一日不息。"

文翁听闻，甚觉惊奇，没想到落下闳思虑得如此之深。于是问道："那依你之言，该如何做才好呢？"

落下闳说："当追根求源，拨云见日。"文翁一惊，不知何故让落下闳出此"追根求源、拨云见日"之言。

落下闳说："我多年窥天，自问心得还是有一些的，虽不能透彻天道，但大凡风起云涌，雨落花开，皆实为自然本象，所谓鬼神之说，尽是谬论。我愿回乡潜心研究天气变化之道，如若不成，我愿受人唾骂；倘若成功，我不求功禄，只求扫了这世上日益兴盛的妖邪之气。"

文翁听完，惊得说不出话来，他早知落下闳非俗人，但也绝没有想到，这个从阆中田间走出来的汉子，竟有如此高远之抱负。此刻，落下闳谦卑的身影在他眼前慢慢高大了起来，就算是他，也不得不感佩起来。他自觉一生无愧于川民，但眼前的落下闳见识之深远，襟怀之广阔，远非自己所能及。良久，文翁叹口气，道："你我相识虽年不过十，但你今日之志向，实令我敬佩。所谓英雄，大概莫过于阁下吧。"

落下闳说："英雄不敢言，我落下闳只求心安理得。"

文翁双手一揖，道："公，大义也。"

落下闳说："还请大人恩准，许我回乡。"

文翁说："谈何恩准？你做的事，足以叫我汗颜，今日领略阁下之胸襟，已是我文某的荣幸了，岂可阻拦？你大可放心，我会一如既往地支持你的。你回乡之后，郡府对你的饷银无须更改，依旧月月送达。倘有难处，你尽可来找我。"

落下闳听完，当即一拜，道："大人对落下闳的恩情，落下闳永世不忘，他日若能习得成果，定不忘大人恩典。"

文翁说："不必如此，这是你个人作为。你去吧。"

落下闳拜谢之后，转身大步走出文府。文翁看着那个远去的背影，心生澎湃，不由得点了点头。一番收拾之后，当天中午，落下闳便差人套马驾辕，和家人一道回阆中去。

一路上，落下闳浮想联翩。几年前，也是在这条道上，他被文翁赏识，此后便走出阆中到郡府任职；今日走的还是这条大道，只是此时的他已不是来时的他了。

正想着，忽闻后边有疾驰的马蹄声，落下闳掀开车帘，向后望去，见马上之人是郭解，忙令人停车。

几个跨步，后面的骏马便行至车前，郭解下马道："落下大哥，你走得好急啊，这是文太守赠予你的东西，太守说了，请你务必收下。"说罢便递给落下闳一个一尺见方的紫檀木盒。

落下闳知道，郭解追出这么远，那他只有接受的份了。于是接过盒子道："有劳郭兄弟了，请替我谢太守大人。"

对于落下闳，郭解也是极其佩服的，不然便不会在南充破誓相救。他知道此次一别，再见其人不知会是什么时候，惆怅离别之情涌上心头，对落下闳肩头一拍，道："落下大哥，保重。"随即便跨马扬长而去。

落下闳送别郭解之后，打开紫檀木盒一看，顿时惊住了，没想到盒中竟是数十两银子。落下闳知道这是文翁太守怕他为钱财所困，才有此相赠，不由得心生感动。他对着郡府方向深深一拜，然后跨上马车，一路绝尘而去。

浑天说的诞生

公元前 117 年，蜀地天干地旱，久未降雨。这一年，落下闳辞职回乡，开始了自己的天道求索之旅。

一门学问，有人终其一生也未必能学尽，即使今天，我们借助各种辅助工具，能做到学有所成已很了不起了。而对于两千多年前的天文领域，落下闳要追根究源，颠覆鬼神之说，求得天道，难度之大，可想而知。

一方面，这需要无数次的试错；另一方面，相较之前的观天务农，天文学研究不只是难了一个档次。古代除了圭表和滴漏之外，没有像样的观测工具，一切只能靠肉眼观察想象。天上之事，看得到摸不着，它不像瓜果蔬菜五谷杂粮，会让你抓在手中吃在嘴里。还有一点，那就是信奉了几千年鬼神之说的大众会接受你吗？

两千后的今天，我们很难想象回乡之后的落下闳，面对这些难题时的心理活动。但我们可以肯定地说出，落下闳观天之初，必然经历过一段痛苦、迷茫的艰难时期。

尽管万事开头难，但落下闳并没有被重重困难所吓倒。历来成大事者，必将在心性上异于常人。

落下闳知道，观天首先必先观日。日乃万物之首，且与人类生活最为息息相关，人间白昼之变化，皆源于此。

其次是要观月。月乃夜明之物，且变化多端，其中必有天之奥妙，所谓窥天，便是窥此中万千之变化。

再次是要观星。星有千万，但鲜有相同，正如树叶，世间绝无完全相同的两片。星天杂乱，看似静止，实则亦在游走，星空变化之道，亦是天空博大之妙。

接下来便是观风。所谓观风，便是观风之走向。春东夏南秋西冬北。春季之风，多从东方而至，且湿润温暖之意颇盛，每逢东风吹拂，天地万物便开始重生。夏季之风，多由南向北，且燥热之气甚强，南风吹至，多是要进入酷夏之时。秋风西起，多带寒意，且风中干冽，每逢秋风四起，蝉鸣蛐叫便逐渐消声，田间作物多由绿转黄，谷果可摘。冬季之风，从北而至，一年之中最为凛冽，冷硬无比，抚脸而过，有如细刀刮面，一场大风一场寒，北风掠过之际，便是霜雪下降之时。这春夏秋冬对应东南西北，落下闳通过多年观察，已获知其中的迹象，但不能完全明白其理。如果窥得风行之道，一年四季之变化的奥妙也就可以知道了。

最后便是雨。窥得雨道，这是落下闳此番辞官的直接原因。君不见，灾荒连年，尸横遍野，民不聊生，皆是天不降雨的缘故。所以窥得雨道，就是落下闳最想做成的第一要事。

经过思考和分析，落下闳便将上述观测重点纳入了他的探求计划。

有了这个计划，下一步便是如何具体实施了。而要实施，必先有一个安全、便利的观察场所。经过十多天的寻找与比较，最后落下闳将这个地点选在了他祖屋后面的大山顶上。此山颇高，虽然爬上去很难，但也满足了落下闳的一个要求，那便是安全。林中偶有野兽出没，如立于低处，必然招致猛兽袭击，而上了山顶，便可免除这个担忧。况且高山之处，视野宽广，利于观察，加之风力强劲，可以更好感受风之所向。

选定了地点，落下闳便在一块大青石旁收拾出了一小块平地，用来放置可能用到的工具。

不出两日，一切便收拾妥当。

接下来，落下闳开始思考观日该从何下手。进过一番目测，落下闳发现，太阳游走轨迹季季不同，夏季居于正空，阳光进不到屋内。冬季向南游离，中午时分日光倾斜，可直射屋内后墙。可见太阳的游走路线在不断变化。虽然，这些道理落下闳都懂，但究竟该从何处下手呢？

　　这时，一个生活中的小事，触动了他的灵感。时逢夏日，村中饥民以野草为食，每逢午时，村边树下便有人在树下小歇。有趣的是，每隔三炷香的工夫，人便要随树荫挪动，树、人、日三者之间，似乎藏着某种必然联系。落下闳马上意识到，日出有光，如遇遮挡物，树下便会出现阴影，且日动则影动，如此便可用影子来观测太阳游走的规律了。

　　想到这，落下闳奔向山顶，将一根长且直的树干立于山顶，观察影子的变化。经过多日的观测，落下闳发现，日、树干、影子之间，始终保持着直线关系，这点发现，让他心情很是激动，因为直线意味着精准。

　　虽然早在落下闳之前，就有人发现了光与影子之间的联系，但落下闳对影子的认识显然不仅仅是建立在前人研究的基础上。

　　落下闳辞官归乡，一心研究天文。他知道，只有对既有事物持怀疑甚至推翻的态度，才能在前人研究的基础上实现突破和创新。如果没有这样的态度，也就没有了落下闳后来的故事。

　　西汉年间，中国已有了自己的计时工具，最常见的就是圭表。圭表是古人通过对日影的观察制作出来的一种度量日影长度的天文仪器，早在公元前 20 世纪年的陶寺遗址时期，中国就有了最简单的圭表仪器，后来的日晷也是在圭表的基础上发展起来的。圭表的主要结构是由一根直立于平地上测日影的标杆与石柱和一根正南正北方向平放的测定表影长度的刻板组成。圭表的诞生，意味着在四千多年前的古代，我们的祖先已经初步窥探到了太阳运行的规律。不过，圭表的缺点也很明显，一是它并不精准，二是它只能在晴日的中午才能有效使用，这就对掌握时间造成困难。于是古人造出了另一种可以弥补上述缺陷的计时仪器，那就是滴漏。

　　公元前 2600 年左右，滴漏计时开始在中国大地上出现。滴漏是古人在观察水滴落下测量时间流动而发明的一种较为精准的计时仪器。古人通过观察岩洞水落滴石有明显的节奏，便反复以一容器蓄水，下设一孔，令水滴下，寻找出规律，以漏滴三下为一秒，以漏滴每六十秒共一百八十次为一分，以计算每六十分共一万零八百次为一时，每二时滴漏二万一千六百次为一个时辰，暗喻日有十二辰之理。黄帝的臣子计时，就是根据这个道理，苦苦钻研了十五年，终于发明成功了滴漏器皿，这样就能非常准确非常精确地以分秒计算秒、分、时、辰并计日为钟。至此，为大可司天象，计算出十年、百年、千年、万年、万万年，为小可计分、秒。

此后滴漏这一计时技术就成了主要的计时工具，并一直传承了下来。

公元前 1400 年，经过一千多年的演化改进，在滴漏的基础上又诞生了更为精准方便的计时工具——漏壶。漏壶也叫漏刻，古人利用滴水、沙多少来计量时间的一种仪器。按流媒可分水漏和沙漏。水漏是以壶盛水，利用水均衡滴漏原理，观测壶中刻箭上显示的数据来计算时间。沙漏是为了避免水因气温变化而影响计时精度而设计的，其原理是通过流沙推动齿轮组，使指针在时刻盘上指示时刻。

滴漏和漏壶在落下闳的天文观测与研究中起了重要作用。

经过实践，落下闳发现，以观日的方法观月同样有用，只是观月时投下的影子没有日光下那么明显，不过这一点他可以自行改进。

落下闳自从日月同观之后，便不分昼夜地往山上跑，这便急坏了他的家人。家人既怕他上下山跌伤筋骨，又怕他劳累过度毁了身体，于是多次劝说，可落下闳一心扑在研究上，哪顾得了这么多。

通过一年的观察，落下闳从日月星辰的运行中，意识到了它们之间的某种必然联系，虽然他还不能解释这种联系的本质，但对这种联系的认识让他对心中固有的"天圆地方"之说产生了怀疑。

这个想法一冒出来，落下闳便不想再放弃，他越想似乎越觉得有道理，反倒是"天圆地方"说越发经不住他的验算和推敲。

终于，经过无数个日日夜夜的观测，落下闳心里明亮起来：天地万物皆处于一个球体之中，脚下之地，也非方正物，而是一个球体，这个球体悬于天际，因为某种力量的推动而不停旋转，这种旋转又遵从某一特定的轨迹，于是才有了春夏秋冬、昼夜交替的现象。只有这样解释，才符合日隐月见、昼去夜来的自然之态。所谓"天圆地方"的盖天之说，纯属子虚乌有的事。如天空万物真如"盖天说"所言，如何解释太阳西落东出现象？又如何会有春夏秋冬四季之别？

至此，落下闳取得了他人生中的第一个大成就，那就是颠覆性地提出了"浑天说"，并以大量实际测验的数据加以佐证。

这时，离落下闳辞官归家已有四年之久。

落下闳没有想到，他这个以一己之力提出的结论，竟然拉开了后世长达两千年的"浑盖之争"。他更没有想到的是，后世无数的天文学家站在他"浑天说"的基础上，进行了更深入的天文研究，由此迈上了中国古天文学研究的新征程。一直到两千多年之后，当人类借助各种仪器，对天空进行一系列的探测之后，他的"浑天说"才被正式确定了下来，并成为世界公认的天文理论。

两千多年后，当人们再次追忆这位天文学巨匠时，不由得感叹中华五千年文化的灿烂辉煌。

2004年9月6日，一则来自《科学时报》的报道在四川乃至中国引起轰动：经国际天文学联合会小天体提名委员会批准，国际永久编号为16757的小行星正式命名为"落下闳星"，以此纪念两千多年前提出"浑天说"的中国四川阆中天文学家落下闳。

再见文翁

"浑天说"的猜想不断得到验证，这让沉浸了四年之久的落下闳激动不已。

四年，对人的一生来说也许只是弹指一瞬，但对于一个埋头研究学问的人来说，却是漫长的。专注，让落下闳忘记了闭门研究的那些日日夜夜，岁月让他又经历了一场人生的磨炼。辞官时，他还是一个略显年轻的精壮汉子，那时的他年轻气盛，意气风发，既有为天下苍生造福的梦想，也有不惧被人唾骂的勇气。如今，阆中日夜的山风将他熏染成一个沧桑的中年人，他变得更加历练持重了。

皇天不负有心人，不破天道誓不还。

从辞官那天起，落下闳未曾有过一日松懈，日日观测，时时验算，风雨无阻。他就像根一直受压的弹簧，不曾有片刻的松弛和自在。

对"浑天说"做完最后一次验证后，他深深地吸了一口气，四年了，他从未像现在这般轻松，也从未像现在这样迫切地想要去见一个人。

长久伫立之后，落下闳翻身下山。这座人迹罕至的高山，已经被他踩出了一条蜿蜒的小路，从山的最高处一直延伸到山坳里。他一刻不停地奔向家里，一头扎进自己的卧室，便悄无声息。过了好一阵子，落下闳从卧室出来，此刻的他不再是先前那身装扮，他脱掉那身粗布衣，换上了一袭黑亮的新袍，一番梳洗后，身上透出一股藏匿不住的精气神。

他要去拜见一个人。他知道，他能推断出"浑天"这一天文理论，除了自己的努力外，还得感谢一个人。不然，他不可能安心地在阆中的大山里研究四年。他曾对要拜见的那个人说过"他日若能成功，定有您一份功劳"。今日，他要去兑现自己的承诺。

这个人，就是蜀郡太守文翁。

四年前，蜀地旱灾肆虐，庄稼颗粒无收，愚昧的乡民寄希望于杀人祈雨，落下闳毅然选择回乡探寻天道，文翁当时是第一个支持他的人，并在回乡的路上赠予他银两，让落下闳好生感动。

事实上，自从落下闳回乡之后，文翁在每年冬季都派郭解送给他金银细软，酒肉粮油。正因为如此，落下闳虽饷银不多，但日子却过得衣食不愁。说来也巧，郭解每次前来，落下闳都在山上，所以四年内两人从未谋面，只留下些问候，托家人传话给落下闳，言语之间，多是关切。

公元前117年的那场大旱到第二年才缓解，第三年蜀地风调雨顺，人民得以丰收，郡府曾派人请落下闳归职，但被婉言谢绝了。落下闳不去任职，为的是有朝一日探求出个结果，好去拜见文翁并当面致谢。

落下闳也曾有过登门拜谢文翁的想法，但一想到自己的承诺，便隐忍了下来。如今，他再也等不得了。

一番收拾后，拿起所记录的观测数据，落下闳便驾起马车，一路向蜀郡方向奔去。马车一路飞驰，落下闳按捺不住他迫不及待想表达的心情。午时出发，第二日的傍晚就行至都江堰，落下闳想起前两次路过此地的情景，不免有感叹了一番，三次经过，三种心情。

落下闳感到了文翁府上，文府守卫见车上走下一位一身黑袍的中年汉子，甚觉眼熟，可一时之间想不起来者是谁，但也没有怠慢，忙接过马车，便要迎落下闳进府。落下闳见守卫迎他进府，双手一揖说："还记得我落下闳吗？"

那守卫一听，顿时想起来了，忙说："啊，是落下大哥！快里面请。"

落下闳摆摆手说："不用，你进去通报，我就在这里等候就是了。"说罢，便跪拜在文府门前。

守卫一看，忙奔向府内通报。

不一会儿，一阵急促的脚步声向这边走来，正是文翁和郭解等一行人。

文翁听说落下闳来了之后，人未进府，而是跪在门外等候，旋即疾步而出。

落下闳看文翁出来，两人四目相遇，未及言语，热泪不觉在眼眶中打转。落下闳道："大人，草民落下闳前来拜见。"

文翁急步上前扶起落下闳，说："阁下不必多礼，快快里边请。"

落下闳起身，心里一阵感动。

文府后室。

一张红木几，一坛酒，七八道菜，灯火摇曳，酒菜飘香，两人相对而坐。

多么熟悉的场景。

九年前，落下闳被郭解从阆中请到文府，那是他第一次见文翁，也是在这间后室，二人杯来盏往，好不欢欣。也就是那次酒后，文翁推荐落下闳出任蜀郡的农业视察官，那一刻，落下闳心潮澎湃，至今想来，仍是历历在目。

九年后，还是这间后室，还是他们俩，可当年那个精神矍铄、浑身透着威严的老人已不复存在，取而代之的是一位头发花白、面容苍老、行动蹒跚的老者，只是脸上的慈祥与从容依稀能辨出老人当年的风采。

有人说，见证时间的痕迹，是人最痛苦的事。这句话对于现在的落下闳来说，最合适不过了。有什么能比看到恩人老去更让人痛心？有什么能比一个英雄的迟暮更让人惋惜？

此刻，落下闳唯有将他研究的成果摆在他老人家面前，或许才能让他有些许的慰藉。

望着眼前的恩人，落下闳端起酒杯，说："大人，我敬您一杯，您这些年对我的恩情，我都铭记在心！"

文翁笑了笑说："这都是你应得的，比起你的作为，我所做的只是举手之劳，你不必挂在心上。"

落下闳："如果没有大人您，哪有我落下闳的今天。四年了，未曾前来探望大人，不是落下闳不想来，只是没有成果，我无颜见大人。如今，终于有了收获，我便一刻不停地赶来了。记得四年前说过，他日若有成果，定不忘大人恩典。今日前来，便是要兑现当初的诺言。"

文翁没想到，四年前说过的一句话，他都快忘记了，可落下闳还记得，便心生安慰说："阁下不必如此，我文翁除了一身官衙气外，并没为你做过什么。我不求贪图阁下功劳，只求获悉你此番研究成果如何，文某便心满意足了。"

落下闳从身后掏出一摞简册，恭敬地递到文翁面前，说："大人，这便是我四年的研究成果，我已悉数记在上面了，请大人过目。"

文翁接过去，只见册上首页右侧工整地写着"浑天之说"四个大字，顿觉惊奇，一时不能领会其中的含义，便随手翻看起来，从第一页起，上面井井有条地记录着一次次的观测数据：

"甲午年，八月十日，戊辰，日有出，影落于地，长一尺六寸四厘九毫。

"甲午年，八月十日，己巳，日起树梢，影落于地，长一尺两寸七五毫。

"甲午年，八月十日，庚午，日至斜东，影落于地，长九寸八毫。

"甲午年，八月十日，辛未，日中，影落于地，长六寸四厘三毫。

"甲午年，八月十日，壬申，日过中西，影落于地，长九寸三厘二毫。

……

"甲午年，八月十日，乙亥，月有出，影落于地，长一尺七寸。

"甲午年，八月十日，甲子，月上东稍，影落于地，长一尺四寸。

"甲午年，八月十日，乙丑，月至斜东，影落于地，长八寸九厘。"

文翁翻看了几页，越看越奇，一日之中的十二个时辰，落下闳皆有记录，未曾漏过一刻，此中心血，可见一斑。

略过册前，翻至中间：

"丙申年，四月二日，壬辰，日有出，影落于地，长两尺一厘五毫。

"丙申年，四月二日，癸巳，日上树梢，影落于地，长一尺八厘九毫。

"丙申年，四月二日，甲午，日至斜东，影落于地，长一尺四厘六毫。"

……

翻至末尾，文翁又见：

"丁酉年，八月十九日，甲辰，日有出，影落于地，长一尺九厘八毫。

"丁酉年，八月十九日，乙巳，日上东稍，影落于地，长一尺七厘七毫。

……

"丁酉年，八月十九日，癸卯，月至斜东，影落于地，长一尺二厘。"

文翁看到此，长吸一口气，叹道："想不到至昨日癸卯时分，你还在悉心记录。四年之中，阁下从未有过一刻间断。此中勤奋，令我文某人敬佩。来，老朽敬你一杯。"落下闳端起酒杯："大人言重了。比起终日受黄土之累的万千农人，我吃这点苦算不了什么；比起大人一生为民呕心沥血的功劳来，我这点作为岂能上得了台面？这杯酒还是我敬您。"

文翁："你我相识多年，不必客套。我刚才所言，也是出自肺腑，你不要自谦了。四年不见，难得一聚，你我今日大可放开，一醉方休。"说完哈哈一笑，一饮而尽。

落下闳也是豪爽地将一大杯酒一口喝了下去。

文翁说："看完简册，我有诸多疑问想请教阁下，不知可否？"

落下闳说："大人请讲。"

文翁说："册中记录我能略懂，可首册上'浑天之说'四个字，我始终不能领悟，此为何意啊？"

落下闳说："大人，在回答您之前，我可否先问您一个问题？"

文翁哈哈一笑说："好啊，想问什么，你说吧。"

落下闳说："大人以为，天地之形该为何态？"

文翁略一思忖，说："天圆地方，古人已证明过了，这个我自然明白。"

落下闳接着问："地若为方，那它的边在哪里呢？天若为盖，那太阳何故东出西落？"

文翁思索了一下，道："此中道理，我未尚全知，还请阁下赐教。"

落下闳说："今日我来拜见大人，就是做好了倾诉一切的准备，只求大人在听完之后，不要怪我离经叛道。"

文翁说："但说无妨。"

落下闳说："古人确实对'天圆地方'之说做过多次的验证，但是以我四年的观测所得来看，'天圆地方'乃子虚乌有。天地之状，当如浑子，上容日月星辰，下及我们脚下之地，所有天体皆为球状，且日夜不停息地各自转动。"

落下闳顿了一下，接着说："之前，我本也对天圆地方的理论深信不疑，但通过不断观测、运算与推演，我开始怀疑天圆地方说的合理性了。因为诸多观测数据都无法证明这一理论的正确。于是，我尝试另做几种天体运行的推演，经过反复验证，我深信天地万物皆存于球体中，且长转不息。只有这样理解，才能与天体运行真相相符，所以我叫它'浑天之说'。"

文翁听着，好一会儿才回过神，说："长转不息？你是说我们脚下的土地也在转？"

落下闳坚定地说："是的，在转。"

这显然不能令文翁信服。他低头环视了一下四周道："这没转啊，我怎么感觉不出在转呢？"

落下闳说："大人有所不知，土地之大万万里，人处其间还不及大漠之中的一粒细沙，其中的细妙之处我还没能完全弄明白，但脚下之地自转则是必然之理。"

文翁没有再发问。虽然还有太多不解，但自己在这方面是外行，就算再问下去，依然是弄不明白。其实他心里清楚，自己弄不弄明白不重要，重要的是"天圆地方说"千百年来已深入人心，落下闳提出浑天说与之相对抗，必然会遭到众人的讥讽、嘲笑，甚至攻击、抹杀，就怕到时候，纵然我有心护他，也是鞭长莫及、力不从心了。

一番思索之后，文翁说："今日闻得阁下浑天之说，实是三生有幸。文某有诸多不明，不怪阁下阐释不清，是文某天资愚钝、才疏学浅。不过有一事，我倒是想提醒提醒阁下。"

落下闳说："大人，什么事？"

文翁说："敢问阁下钻研天地之道，为的是什么？"

落下闳说："为的是被鬼神迷惑的万千苍生。"

文翁赞赏地点点头，说："若是为天下苍生，我倒希望阁下此理论暂且不要声张。"

文翁的话，一时让落下闳有点摸不着头脑，于是问道："这是为何呀？"

文翁说："阁下可知，今日天下遵'天圆地方说'者有多少？"

落下说："成百上千吧。"

文翁说："尊'浑天之说'者有多少？"

落下闳说："独我一人。"

文翁又问："阁下想没想过，目下天文学说只能遵从一种。"

落下闳听到这儿，心里一惊，明白了此中原委，不由得黯然神伤，仿佛掉进了冰窟窿。

　　文翁见落下闳有些失望，便安慰道："阁下也不要过于灰心，向来新学派的崛起，都有一个认知、接受和沉淀的过程。如阁下能找到志趣相投之人共同研究并加以佐证，我想'浑天之说'离公之于世便不远了。"

　　落下闳说："可是，在这深山野岭之中，上哪里去找志趣相投的人呢？"

　　文翁说："这样吧，我来通知一下蜀郡官员，如有潜心研究天文的人，我来给你搭桥牵线。"

　　四年未见，探讨天文不是二人交流的主要内容。一阵推杯换盏之后，二人聊起了四年来年各自经历与感悟。

　　两人一直谈到深夜，这才各自归去。

唐都其人

　　光阴倏忽而过，就在落下闳从文翁府回去三个月后，文翁再次派郭解请落下闳到府上一聚。

　　落下闳很是不解，不知文翁此次相邀所为何事。于是问郭解说："郭兄弟，不知大人此番叫我去是为何事呀？"

　　郭解说："我也不清楚。不过昨日，我见广汉郡太守举荐了一个人，好像也是个搞天文的。叫大哥前去，应该是大人想让二位在一起相互交流交流吧。不管什么事，大哥去就明白了。"

　　落下闳听到这儿，说："真的？太好了！走，我现在就去。"说罢就要上车。

　　郭解见落下闳这样着急，哈哈一笑说："大哥，你总该收拾一下了再走吧？"边说边往落下闳身上瞅。

　　落下闳马上明白，自己一着急，连衣服都没换，多亏郭解提醒，不然就要穿这一身邋遢衣服进文府去了。忙又下车，往卧室奔去。郭解与落下闳相识几年，还从未见他这样手忙脚乱过，于是朝落下闳喊道："大哥别急，日头还高，等你准备好后，我们再走也不迟。"

西汉时蜀地分为三郡：一为巴郡，土地最为广袤，位于蜀地之东；二为蜀郡，位于蜀地西侧，文翁、落下闳所在地即为蜀郡；三为广汉郡，位于蜀郡和巴郡之间。

秦朝时期，蜀地只设两郡，即蜀郡和巴郡。公元前 201 年，汉高祖刘邦下令，分蜀郡东与巴郡数县于梓潼首设广汉郡，辖 13 个县，广汉郡由此而来。历史上有"分巴割蜀，以成犍、广"之说。

文翁早些年视察巴、蜀、广汉各郡的时候，曾结识过一位叫李首的小官员，文翁退官后，李首成了广汉郡的太守。由于二人脾气相投，久而久之便成了好友。文翁闲来无事，常去广汉郡会李首。

也就是落下闳拜见文翁不久，李首派人邀文翁前去相聚，文翁欣然赴约。自从落下闳提出"浑天之说"后，文翁一直在帮其寻找志趣相投的民间天文人士。这日到了广汉之后，文翁便很自然提到广汉是否有精于天文的人才。李首见文翁有求，便差人在府郡内调查。不知是运气好，还是命中注定，不久就有人禀报，说广汉真有一个研究天道的能人，名曰唐都。文翁听后，很是高兴，恳请李首将唐都招来一见。此等小事于李首何难？李首想都不想，立即派人去请唐都。

唐都，广汉人士，祖上以经商为业，发车马道路之财。后秦汉相争，天下动荡，唐家为图安宁，开始弃商从农，到唐都时已是地地道道的农耕之家了。

唐都幼时，家境殷实，自小便进学堂识文断字，成年后在家务农。他有一个爱好从小到大都未放弃，那就是喜欢夜晚躺在院子里看星星。起初，唐都一个小孩，只是图个好玩，借以打发无聊的时光。可看着看着，便成了习惯，而且似乎还隐约看出了些星辰变化的门道来。于是，他不顾家人反对，将家产交给弟弟经营，一个人搬到一处人迹罕至的大山中潜心研究起天文来。几年之后，唐都对星辰之道颇有心得，在当时的天文界很有名气。后来，司马迁的父亲司马谈专程拜访唐都，惊叹其在天文领域的高深造诣，遂拜唐都为师，并在唐都门下学习天文。司马迁年轻时，曾随父亲去广汉，拜望过唐都一次。

唐都天文造诣虽高，但为人谨慎低调，从不向外张扬自己的成绩。所以，他的名字也只在天文历法界被人所熟知。这也是身为广汉太守的李首不知道他的原因。

九年前，落下闳于阆中被郭解请出，从此名气大振；九年后，一个同样具有传奇色彩的人，在广汉的大山深处也被官府之人请走，也许此时的唐都和当年的落下闳一样，在惊愕之中怀揣一抹忐忑。殊不知，上天让两个爱好与追求相同的人走到一起，也许将降大任于斯人，希望其成就一番事吧。

唐都，你且放心去吧！

广汉郡府内，文翁听说唐都被请到了府上，便出门迎接。唐都看到面前这位前呼后拥的老人，料定就是约自己前来一聚的文翁了。这位大名鼎鼎的蜀郡太守，虽然看上去须发斑白，老态龙钟，但庄重中不失和蔼，于是上前去跪拜道："草民唐都，拜见文大人。"

文翁扶起唐都，招进广汉府里的一间厢房。

二人落座，文翁说："今日把阁下请来，一是阁下在天文方面的造诣文某早有耳闻，想一睹真容；二是我蜀郡府上有一位出色的天文人士，文某想为二位引荐一下。"

唐都未曾听说蜀郡也有天文高人，当即问道："多谢大人抬爱。不知大人所说这位高才何许人也？"

文翁说："此人名叫落下闳，祖上世代为农，其父精于农事，善察天道，落下闳受父真传，青出于蓝而胜于蓝。后来我推荐他为蜀郡农业督察，专司蜀郡的农业生产，成绩斐然。四年前蜀地大旱，落下闳体恤民情，执意辞职研习天道，现已有不俗成果。阆中腹地与外界鲜有来往，落下闳虽有作为，但苦于没有同道中人相互探讨，昨日我来广汉，闻得阁下也是这方面的能人，遂起了引荐之心。"

唐都虽与落下闳同为民间天文学家，但不同的是，落下闳对天道有研究，但没有同道；唐都结识过不少同道中人，但很低调。所以当文翁说要引荐他与落下闳相识时，唐都并不想急于去见落下闳。当听说落下闳也是一位颇有建树的民间天文学家时，倒是勾起了他的兴趣。遂问道："不知大人所说的这位青年才俊有什么天文绝学？我这样问，大人不要误会，天文统为一派，但也有行、道之分，道不同则不相为谋。"

唐都此言，一方面是想探听落下闳虚实，另一方面也有难言之隐。因为他对天道有一套自己的见解，尤其是星辰之说。唐都认为，星辰立于虚玄而不坠落，行于太空却不紊乱，可见其有自身运行轨道。星辰夜行为半圆状，而白天不可视，如白天能见，星辰是应以一个圆形轨迹在运转。倘若真是这样，那自己脚下所踩得这块土地，便极有可能为圆形。不过这些都是自己的猜测，这些猜测还缺乏确切的论据，所以他不便声张，他不敢突破传统轻易去冒这个险。

文翁反问道："阁下认为，天形究竟该为何状？"

唐都说："我不敢妄下结论。"

就这一句话，让文翁突然放心了。因为，如果说唐都遵从"天圆地方"学说的话，这个问题他必然会斩钉截铁地回答出来，但唐都却没有回答，而是以一个不敢妄下结论的话搪塞过去。这足以证明，唐都对天圆地方说也是持怀疑态度的。

文翁想到这儿，呵呵一笑，举起酒杯说："我敬阁下一杯。"

唐都被文翁突如其来的举动搞得摸不着头脑，但也未多想，端起酒杯说："大人请。"

一杯饮罢，文翁长吁一口气道："阁下认为，如天圆地方之论有误，当如何对待？"对于这样坦诚直白的问题，唐都听后先是一惊，然后答道："如若有误，当推断其正误。"

文翁说："'天圆地方'之'地方'二字又该作怎样的理解？"

听到这儿，唐都似乎已猜出什么来了，难道有人和我的看法一样？心中不免有些激动。看眼前这位老者，也不像是故意隐藏心机之人，于是痛快地答道："'地方'之说，恕草民不能推崇，我倒是有别的理解。"

文翁早就看出唐都对天道的看法有异于别人，虽不能透彻地了解，但可以肯定，他正与落下闳被同样的问题所困扰。想到这，文翁越发坚信自己的判断了，脸上不禁露出喜色，道："还请阁下直言。"

唐都于是将自己对星辰轨迹和脚下之地转动的推测说了出来。

文翁听完，复又端起酒杯道："来，阁下请满饮此杯。文某这趟广汉之行没算白来。实不相瞒，落下闳对天道的认识亦是语出惊人，和阁下所言如出一辙，可见你二人志合道同。落下闳曾向我坦言，'天圆地方'之说实属谬论，地之状当如浑子，万物皆裹其间，周而复始自行运转。这与阁下是不是异曲同工呢？"

唐都听到这儿，一下子从座位上站了起来说："啊？落下闳当真如大人刚才所言？"

文翁点点头。

唐都做梦也没有想到，他苦苦寻觅的同道人，竟然是这个名不见经传的落下闳。他上前跪在文翁面前道："还请大人引荐。"

文翁赶紧上前扶起唐都道："阁下不必多礼。如阁下方便，明日便可随我回府相见。"

唐都说："谢大人，草民一定前往。但去贵府与落下闳会晤，必然

要做一番深入探讨，并借以时间论证，还容我先回家安顿一番后，再去
拜会。"

文翁知道唐都是要做长线准备了，不禁在心里暗暗高兴："好，我
会让李太守派人把你送至我府，不劳阁下自行备车之苦。"

第二天，文翁向李首言明唐都和落下闳会面的事，见李首满口应
承下来，这才放心地回蜀郡去了。

文翁回蜀郡四日后，李首便派人把唐都一路送到了文府。

落唐之谈

落下闳随郭解到文府时，文翁和唐都已等候良久了。文翁派人将
落下闳径直请进后室。经文翁引见，落下闳、唐都二人客气一番后双双
落座。

如果说孟德斯鸠、卢梭是开启近代西方民主思想先河的启蒙人物
的话，那么落下闳和唐都就是中国历史上敢于直面自然本相并向封建迷
信发起挑战的开山鼻祖。

鬼神之说早已有之，直到今天依然有人笃信不疑。这倒不是说信
的人怎么样，不信的人又如何如何。而是在中国两千多年前的那个时
代，迷信就像今天的科学一样盛行，人们受认识水平的限制，除了相
信，此外别无他选。有人说，科学都这么发达了，可今天还是有那么多
人相信迷信，这是不是说科学就不能彻底战胜迷信？

对于这个问题的回答，我们不能以非彼即此的态度去作一个选择。
诚然，在落下闳窥得天道两千年后的今天，依然有迷信的存在，这并不
是说科学无法取代迷信，而是科学给了另一种可以依赖的选择，而且这
种选择符合人类发展的个性需求。如果一个人就是要相信鬼神，对抬头
三尺有神灵深信不疑，那么再好再实用的科学对他也无济于事。

卢梭曾提过两个建设性的学说，叫"人民主权说"和"社会契约

论"，这简短的十个字奠定了西方国家走向现代化的思想基础。落下闳和唐都在中国历史上对迷信鬼神的颠覆以及对中国历史发展所产生的影响，同样可以用卢梭的观点去论证，这样，落下闳和唐都在中国历史上所做的贡献也就一目了然了。

卢梭所提出的"人民主权说"，是说人们有权保留自己的权利，这是任何组织和个人不能侵犯的，也是生而为人的基本准则。比如，人民有权利保留自己的思想不受约束。事实上，人的思想在大多数情况下，也是无法被约束的，这当然也是权利的一部分。而"社会契约论"则是对"人民主权说"的一种限制。卢梭认为，人生来有各种权利，而权利在无数个体的运用之中，必然会产生互相伤害的情况，所以就有必要规定一种社会契约，这种社会契约就是人们必须共同遵守的准则，否则就要被"人民主权说"所分割出来的全民权利所制裁。

落下闳和唐都科学性提出天地之道，就如同卢梭对封建专制帝国提出的"人民主权说"，人民有认知自由和思想自由的权利，这种权利是可供选择而不是单一性和强制性的。"浑天说"之前的人们就单一地相信了鬼神，落下闳就打破了这种会无限蔓延且无益的僵局，首次将这种选择性的"自主权"摆在了每个人面前，这种"自主权"对后世的启发是巨大的，正是因为这种启发，后来的阆中才有了"天文学故乡"的美称。

而"社会契约论"，落下闳也有极其相似的一点，就是他首次揭示宇宙运动最深的规则，这种规则是"天地万物如浑子"，事实上，这也正是宇宙的本来面目，这个无限大浑子的存在，也相当于是向当时的封建迷信提出的另一种"社会契约论"。

说到这儿，对于落下闳和唐都的贡献，我们可以用一句简短的话来表达：给予了人民另一种"主权"选择，为后世天文学界提出了另一种"契约规则"。这是值得我们永远铭记的。

这样的两 **（涂抹不清）** 不让他们相遇，那连上帝都说不过去。而文翁，则是有幸见 **（涂抹不清）** 历史的当事人。

三人落座之后，文翁便差人备上酒菜。此时的落下闳，虽然知道唐都也是民间天文学家，但他不知道唐都也对"天圆地方"之说产生了怀疑。因此，他并不急于将自己的理论摆出来。相反，唐都倒是知道他的"浑天之说"的。

此前，文翁让落下闳先不要声张自己的理论，落下闳仔细思忖之后，觉得很是在理。即便对面坐着的就是他的同道，他也依旧不敢轻易开口。但彻底不说，又会觉得可惜，毕竟这是见到的第一个同行，而且还是在文翁的府上。

几番推杯换盏之后，文翁便开始切入正题。

文翁说："我川蜀之地人杰地灵，今日让二位同聚府上，实是我文某的荣幸。物以类聚，人以群分，像二位这样对天文有着高深造诣的人，早该在一起好好叙叙了。"

说罢，文翁转过头对着落下闳道："还请阁下见谅，那日我去广汉认识唐都后，便自作主张邀他来与你相聚了。"

落下闳说："大人言重了，今日能见到唐都这位天文界的前辈，我感激还来不及呢，怎会抱怨大人呢？"

文翁哈哈一下说："好，你二人尽可坦诚相叙，我文翁才疏学浅，不是此中之才，我先去处理点事，二位敞开聊吧。"说罢，便走开了。

落下闳对文翁的举动很是奇怪，但唐都看到文翁主动回避，心里不由得更加敬佩起这个老者来。文翁这样做，等于给唐都吃了一粒定心丸。

首先，文翁是官场之人，你们所要探讨的问题，那是要颠覆传统理论的，搞不好真的会把自己搭进去，文翁的回避，摆明了是说，不管你们所研究的理论有多么荒谬，但在这里，没人会对你们说三道四。

　　其次，你们提出的理论，对于旁人是不能泄露的，少一人倾听，就多一份安全。文翁作为一个曾经的官场中人，没有以自己的身份给他们施压，反而用主动回避的行动来尊重他们，这叫人怎不心生感动？

　　文翁刚走，一场对于天文理论的探讨，便从落下闳接下来的一个举动中展开了。

　　落下闳低头看了看桌上呈列的水果，顿时心生一计，拿起一个鸭蛋橙仔细端详起来，却始终一言不发。这让唐都很是奇怪，突然唐都明白过来了，这是落下闳在试探他啊，那鸭蛋橙的形状呈椭圆状，正好如天体之态，橙皮上的点点橙眼不正是天上的繁星吗？想到这儿，唐都看破不说破，静静地等待着落下闳先开口。

　　落下闳把那鸭蛋橙好生端详了一会儿之后，拿起桌上的水果刀，双手恭敬地递到唐都面前说：“我看这橙子形状俊俏，色泽艳丽，个头硕大，当为果中精品，先赠予先生，先生请。”唐都呵呵一笑，双手接过道：“好，那我就恭敬不如从命，先收下，谢了。”

　　落下闳说：“这橙子是川地特产，很受大众欢迎，但每个人享受它时，切割方式各有不同，不知先生平常是如何切橙的呢？”

　　唐都没有说话，拿起水果刀，将橙子一分为二，橙子的切面正好是两个椭圆形，唐都拿起其中一块倒扣在桌子上，然后用手将另一半轻轻一触，那一半橙子便在桌上滴溜溜地转了起来。

　　落下闳看着唐都的一举一动，心里不禁越看越喜，知道自己碰到了知音。

　　唐都说：“我认为，橙子这等水果，当如此才能品出它的本味来，而且这橙皮之上，似有点点繁星在闪烁，实在是不可多得的美味啊。”

　　落下闳从唐都切橙子的那一刻，便知道唐都领会了他的意思，但没想到唐都会说得如此透彻，仅从一个橙子就猜透了他所有的心思。他站起身对着唐都深深一揖，说："先生高人，今日得见，实在是三生有幸。还请先生稍候，我去取样东西来，恳请先生指教。"说罢便转身跨出门去。

不一会儿，落下闳回来，手上多了一样东西。落下闳说："让先生久等了。"

唐都说："不急不急，快请坐。"

落下闳坐下之后，向唐都递过来一摞厚厚的册子，上书"浑天之说"四字，唐都知道这便是落下闳的研究成果了，当即双手接过。落下闳说："这是不才之物，今日得见先生，还劳先生指教。"

唐都翻开册子，只见上面密密麻麻地记满了好几年的观测数据，每日每个时辰都有记录，很多数据旁还加上备注。唐都越看越心惊，不由陷入了沉思。很显然，落下闳的观测数据与对天体运转的推断，恰恰符合他的猜想。

良久，唐都抬起头，深深吸了一口气，放下手中册子，踱向窗边，边走边说："从小我就喜欢在自家的院子里看星星，越看越觉得其中奥秘无穷。三十二岁后，我不顾有人反对，将父亲赐予我的田产转赠与兄弟，然后独自归隐山中，用心研究星辰变化之道，至今已有二十余年。我自感所获颇多，但见到阁下的观测记录后，实在是自叹不如。我虽也有同阁下一样的猜测，但从没如此细致入微地观测和记录过。与阁下相比，我从前之所为不过是一腔空念罢了。"

落下闳说："先生过奖了，与先生二十年如一日的专注相比，我这四年实在是算不了什么。"

唐都说："阁下不必谦虚，我研修天文二十载，见过的同道也不下十人，如阁下这般精细繁复的推测还是头一次见到。阁下对天体运行计算之细微，足见其中花费的功夫，我诚然不如阁下也。"

落下闳说："先生过谦了，不知先生对天之道是如何理解的，还请赐教。"

唐都说："我研习天道十年的时候，便对'天圆地方'之说产生了怀疑。但那时还是没有根基的猜测。此后几年，我悉心研究此道，愈发觉得我的猜测是正确的。可我有一个无法跨越的障碍，就是每日天明之后，星辰便隐而不见，这就让我无法继续观察，虽然试了很多方法，但最后都以失败告终。我虽无系统的理论支撑我的猜测，但我深信'天圆地方'之说是谬误的，只恨我没有推翻这一谬误的研究成果。此间，我也见了很多研究天道的人，但我从没说出我的猜测，只因他们都没对'天圆地方'之说产生怀疑。你也知道，天文理论对的只能是一个，如若证明我是对的，那也就意味着他们错了。在我的理论体系没有完全形成之前，我是绝对不能公布的。今日见到阁下观测的数据与记录，方才恍然大悟。如若没有阁下，说不定我永远都没有机会说出这些了。"

落下闳听闻唐都说话，立即肯定道："先生所言甚是，之前我也曾想这一问题，是文太守提醒之后我才醒悟。我所苦恼的正与先生如出一辙；今日先生所言，也正是我心中之所想也。"

当落下闳谈到文翁的善意提醒时，唐都心头不觉掠过的一丝愧疚来。叹道："大智者，莫如文太守也。"顿了一会，唐都又说："阁下可能有所不知，那日在广汉太守府面见文太守时，文太守已揣测出我的天象认知观了。他断定你我为同道中人，于是将你的'浑天之说'简要与我叙述过了，也正因为如此，我才迫不及待地赶来会你。今日一见，似脑灌醍醐，过去所有的疑虑都烟消云散了。"

落下闳不知此前还有这样一曲。他佩服文翁在不露声色间便明晰了一切，道："文太守是人中高人，九年前，如果不是文太守的赏识，我如今可能还是阆中山野的一介村夫，更不可能有今日同阁下高谈阔论了。"

唐都说："你我二人今日得见，当敞开心扉，好生交流。我有个不情之请，不知阁下能否答应？"

落下闳说："先生不必客气，有话请讲。"

唐都说："好，那我就直说了。其实这些年以来，我虽然名义上在与其他人做交流，实则在暗中寻觅志同道合之人。倘若能被我寻到，我甘愿付出所有，倾尽心血。今日见到阁下，方知你就是我要找的那个人，所以我请求同阁下一起推测'浑天之说'理论。"

落下闳闻言大喜，说："先生说哪里话呀，能与您这样的前辈共同切磋，是我前生修来的福分，怎能让您求我，应该是我求您才对呀。"两人一拍即合，聊得甚是欢愉。

夕阳西下，霞光万道。落下闳和唐都从屋里走出来，晚霞中二人脸上都挂着微笑。半天的交流已让落下闳和唐都视对方为知己，二人之间也不再生分，看起来更像是一对忘年之交了。

文翁见如此情形，自然了然于胸，也未多问，只是对唐都说："落下闳身边还缺一个高人，不知阁下愿意赴任否？"

文翁所说的落下闳的职位，不过是有饷无职、专司天文研究的职位了。当初落下闳从文府回去时，文翁说过，即使落下闳不在任了，其研习天文期间的饷银也可以照领。现在文翁当唐都面说出，只因看他二人志趣相投，何不也许唐都一份饷银，让其安心和落下闳一起回乡研究呢。

落下闳和唐都听文翁说完，旋即明白了文翁的意思，接着双双就要跪拜，文翁急忙拦住他们："二位不必多礼，我也想看看待会天上升起的明月呀。"

说罢，文府院落内又传出了一阵爽朗的笑声。

浑仪的诞生

公元前 113 年，阆中的山顶上，多了一个观天的身影，这个人就是唐都。

两月前，唐都在文翁的帮助下，同落下闳一起来到了阆中。虽然唐都来之前就打理好了一切，并做好了所有准备，但唐都没有想到，他这一去，便从此踏上了人生的最后征途；他更没想到的是，有生之年的他再也没有回到故乡。

回到阆中之后，落下闳和唐都便着手进一步完善"浑天之说"。有必要解释一下的是，"浑天之说"虽然已被落下闳通过自己的观察推断出来，但这种推断，还只是建立在猜测的基础上，换句话说，就是还缺少一个更直接、更有力的物证。

此后三个月，落下闳和唐都又开始对"浑天之说"进行实地观测，但除了取得几个有说服力的数据外，再也找不出更好的明证。二人的研究陷入了僵局。

他们以为，对"浑天之说"的研究，很可能就止步于此了。没想到，一件小事，突然触发了落下闳的灵感。

一天午后，落下闳、唐都正在庭院散步，忽闻外面几个小孩儿在大声吵闹，其中还伴有孩童的啼哭声。二人恐小孩遭到什么意外，急忙出去查看，只见几个小孩子在争抢一辆木制的小马车。落下闳赶紧上前，制止了几个孩子之间的争抢。

其中有个年纪稍大的小男孩，落下闳问他："怎么回事？为什么要抢啊？"

那大点的孩子说："这辆小木马车是村东头二爷爷给我们做的，现在你争我夺的都想玩，于是就打起来了。"

落下闳接过那辆小木马车，仔细端详了起来。这小马车虽说只是个一尺见方的玩具，但做得小巧精致，惟妙惟肖，两个车轮可以自由转动，马儿大小，车辕长短，与真正的马车比例很协调，把玩起来，确实让人爱不释手。

落下闳看着手中的玩具车，对那个稍大的孩子说："你们想过没有，这么精巧的玩具扯来扯去，会被弄坏的，最后谁也玩儿不成。"

那孩子说："那我们该怎么办？"

落下闳环视了一下身边的孩子，对那个稍大的孩子说："你们几个，就数你年龄最大吧，你可以把小伙伴们组织起来，轮着玩儿啊，一人玩儿一会儿，这样多好。"

孩子总是天真的，听了落下闳的话，照落下闳说的蹦蹦跳跳玩去了。

落下闳看着孩子们欢快地玩在了一起，不禁哈哈笑了起来，边笑边和唐都向院里归去。

忽然，一丝灵光从落下闳脑海中闪过。霎时，他愣在原地，脸上露出了激动的神色。唐都不知道落下闳为何如此，望着他问道："落下兄，你怎么了？"

落下闳还沉浸在自己的灵感中，只是面上表情更加激动，突然他双眼发亮，抱着唐都大笑着说："唐大哥，我终于知道我们该怎么做了！哈哈哈哈。"说着便拉起唐都，不由分说地向院内疾步而去，径直来到了一堆干柴前。

唐都对落下闳一惊一乍的举动很是费解，看着眼前这堆柴，不知道落下闳在激动什么，便问："落下兄，到底怎么了？"

落下闳稍微平复了一下自己的心情，说："唐大哥，你觉得我们做一个模型怎么样？"唐都问："什么模型？"

落下闳说："当然是天体运行的模型啊。你想，如果我们按照天体运行的轨迹，按比例做出一个模型来，再加上我们推测与验证的数据，这'浑天之说'不就出来了吗？"

唐都听完，也是一个激灵："对呀，之前我们怎么就没想到呢？这样吧，我来负责观测天体运行的轨迹并做好记录，你对我观测出来的数据进行运算，我们合作，不正好可以做出一个完整的浑天模型吗？"

　　落下闳见唐都明白了自己的意思，兴奋地说："我们现在就着手准备怎么样？你看这堆干柴有很多粗壮的树干，正好可为我们做模型用。"

　　二人想到此，再也按捺不住心中的激动，立即就忙活了起来。但制作一个天体模型，岂是说做就做那样简单？

　　几个月间，二人按着自己的设想，不断用木头制作各种环状木条。终于，经过了几个月的不断试错和更改之后，一个天体运行的模型初步做成了。看着面前这个木质的模型，二人知道"浑天之说"的天文理论又向着成功迈进了一大步，欣喜不已。

　　因为这一模型是基于"浑天之说"而制的，二人决定给它定名为"浑仪"，意为研究浑天之说的仪器。

第四章

宫中
有令

候遇之行

公元前 111 年，汉武帝下令，征调民间天文学家进京，与宫中历法官员一起共同改制新历。

这个消息，就如平静的湖面抛进巨大的石块，让整个天文历法界都炸开了锅。当时宫中的历法官主要分为两个派系，一个是以倪宽和司马迁为首的"主学派"，另一个是以公孙卿为首的"主神派"。"主学派"主张以科学和学术研究为基础制历，而"主神派"则是要为武帝得道成仙制出一部神历。说直白点，二者之间就是学术和神术的区别。

在前面的几个章节中，我们已经阐述了武帝同意启动制历的细里。写到这儿，我们必须旧话重提，说明几点：

一、公孙卿是奉武帝之命，制作一部供武帝专用的成仙神历。

二、倪宽则是恐方士乱政坏了朝纲，于是找司马迁另制新历，分庭抗礼。

三、武帝之所以同意倪宽和司马迁另外制历，是因为他们所制新历主要为大汉臣民所用；而公孙卿所制之历，则是专供自己成仙之需。

鉴于以上几点，我们不难发现，倪宽和公孙卿在制历上并非完全对立。或许在最初的时候，公孙卿制历确实让倪宽有了危机感，但随后，武帝同意司马迁制历，就意味着两种历法可同时进行，双方各扫门前雪就可以，没必要去管他人瓦上霜了。

历史总是客观的，多数情况下，它是不以人的意志为转移的。但任何一段不合理的历史，如从人性的角度去发掘，都可以找到一个合理的答案。这个答案，或许就是历史不合理的一段小插曲。因而，历史才和人类有了如此交织不清的关系。

本来，武帝的一纸诏令，完全可以让两个制历集团的内在矛盾烟消云散。但是，能挤进朝廷的人，哪个能没有一点野心？谁人不想出人头地？这事坏就坏在了公孙卿的野心上。

当初，倪宽为了阻止方士乱政，在公孙卿上朝的第一天就公开阻止，可最后事与愿违，倪宽一晚上琢磨出来的妙计，反而阴差阳错地给公孙卿创造了一个难得的捞财机会。

本来这事儿就挺够倪宽郁闷的，可一波未平一波又起，武帝竟私下命令公孙卿启制新历，这就像一个人摔了一跤之后，面前正好碰到一个粪坑，这叫倪宽如何能不恶心？

为了出这口恶气，倪宽拉了一个同伴入伙，这个同伴就是司马迁。当夜倪府二人的密谋，就这样在一轮明月的见证下问世了。按说这事在武帝同意另制新历之后，与公孙卿的矛盾本可以消失在岁月的尘烟中，永不为世人所知了。但凡事总有个差错，恰好历史就喜欢钻这种看似无关紧要的空子。

这个空子就是倪宽和司马迁密谋时，被另一个人听见了，这个人就是候遇。候遇青年时期在阳城拜师苦读《春秋》，多年钻研，总算有了造诣，在阳城地方小有名气。所谓人怕出名猪怕壮，候遇博得小名之后，不由飘飘然起来，仿佛觉得自己是人中之大才，不该屈居于阳城这样的小地方，于是起了去长安镀金的念头。在尚未有科举制的汉朝，想要进京镀金的渠道极其单一，那就是靠人举荐。候遇有心镀金，但无人举荐，为了打破这种桎梏，他不惜变卖家产到处去给人送礼。皇天不负有心人，最后竟真有人把他举荐给了倪宽。举荐候遇这人姓甚名谁现在已经无从考证，不过想来应当是倪宽在官场中的旧识，不然也举荐不到他这儿。既然是旧识，人家把人都送来了，那也不好拒绝。再说倪宽也不差那一个人的饭食，于是就把候遇收在了自己的门下。

前面我们说过，倪宽之所以打压公孙卿，是因为担心方士力量在朝中壮大，万一壮大后将矛头指向他，那他岂不是落下个不能善终的结果。历任朝廷大臣的沉浮告诉他，眼前位高权重不代表将来还位高权重，退位之后又被拉出来鞭尸的也不在少数。所以，倪宽现在要做的事其实就是一件——平平安安地活到寿终正寝。

这也是倪宽贵为三公之后的唯一一个愿望。"多一事不如少一事"就成了他晚年行事的信条。

在这样的背景下，我们再回过头来说候遇。候遇不惜变卖家产以图进京镀金，一番折腾，终于如愿进到长安这座镂银镶金的都城，算是完美地跨出了镀金的第一步。但要想镀金成功，只跨进这座大门那是远远不够的，还必须在这熙熙攘攘的人群之中，做出一点功绩来，那才算让自己的人生有了质的跨越。

起初，候遇得知自己被举荐到大名鼎鼎的倪宽门下时，激动得差点跳起来。倪宽作为时下朝廷内数一数二的人物，那朝政大事必然是多如牛毛，有事儿就会犯难，犯难就会需要有人出主意。门客是干啥的，那可不就是给主人出主意的吗？有了倪宽这棵多事的大树，还怕我候遇没有施展才能的地方？

俗话说，不怕一万就怕万一，这倪宽到了任政后期，秉持他那"多一事不如少一事"的思想，游走于朝廷上下。这可急坏了倪府里的那一帮子门客，这倪宽什么事儿都尽量不插手，那门客还有什么作为，巧妇难为无米之炊呀。

司马迁进倪府会见倪宽的当天夜里，正好被候遇看到了。候遇看这来人面生，周身亦毫无高官气派，但倪府管家却对其表现得毕恭毕敬，这不由得让候遇心生好奇，于是一路尾随。这一尾随，便发现这其中有大猫腻，因为管家带着司马迁一路直奔倪府后院的密室。

倪府密室，地处倪府院落的中央，紧靠后花园，花园之中花木茂盛，假山林立。每至夜晚，园中便影影绰绰，朦胧不清。候遇一个激灵，便悄悄地拐入了花园之中，藏在密室的窗户外，偷听二人交谈。

于是，那夜原本只有二人当知的谈话，就变成了三个人。

候遇得知二人制历的出发点和落脚点之后，不由心中起了想法。公孙卿在武帝面前得宠的事儿，候遇也听闻了一些，只是没想到的是，他的顶头上司竟然要和武帝身边的红人对着干。一直找寻出头机会的候遇，回去琢磨了一夜，也找不到在制历这件事情上，他能有啥出头的机会，更何况，人家是密室谈话，他一旦声张，倪宽第一反应很可能是他竟然偷听，这要触怒了倪宽，那可就得不偿失了。

这候遇琢磨了一夜也找不到人生的突破口之后，甚是沮丧，自己藏在后花园的草丛内，忍了半夜的蚊虫叮咬，偷听来了这样一个一手信息之后，竟然毫无作用，这叫他如何能甘心。此刻，我们仿佛听见候遇在对天祈祷："老天，请给我指条出路吧！"

出路在这一番祈福之后，立马就有了。候遇突然想到，他之所以这样沮丧，是因为他始终把自己定位成了倪宽的人，所有他才发挥不出这条信息的价值来。那最需要这条信息的人是谁呢？当然是公孙卿了。如果他把这件事告诉公孙卿，那岂不是很快就能得到公孙卿的赏识。况且公孙卿久居皇上身边，说话办事诸多方便，说不准以后还能通过公孙卿和皇上混个脸熟呢；如果再想得远一点，说不定以后还可以在朝中为官，那岂不是人生大圆满了？

一件事情，两次密谋，竟然都戏剧性地双双泄露。历史的恶作剧总是建立在一个个出其不意的时刻。

有了人生机会的候遇，第二日便悄悄跑去给公孙卿报了信儿。公孙卿闻知此事，立马大惊，虽然他从上朝第一天起就知道倪宽对他不待见，但自己根基未稳，岂敢轻举妄动，只好隐忍避之。惹不起还躲不起吗？

但事实并不能如公孙卿所愿，即使他如这般视而不见，麻烦也并不会因他的隐忍而远离，宁静的水下是波涛汹涌的暗流。看来隐忍已经不是上策了，如不奋起反击，迟早有一天会被这股暗流所吞噬。

其实公孙卿不知道的是，就在倪宽和武帝谈话之后，倪宽已决定与公孙卿井水不犯河水了。虽说两人所做的事同属一个系列，但并不在同一条线上。武帝同意另外制历，就意味着倪宽已经完美地阻止了公孙卿一家独大的趋势，只要公孙卿不动摇朝纲，其他就当是武帝的个人爱好罢了。

天下本无事，庸人自扰之。

倪宽所做之事，从候遇的口中呈现在公孙卿面前后，公孙卿思维所放大出来的恐惧，和候遇添油加醋的表述，共同形成了公孙卿奋起反击的动力。

第二天上朝，公孙卿果然听到了倪宽和司马迁请求制历的诉求。

于官场而言，政治是高智商人的游戏，稍有不慎就有可能葬送仕途甚至性命。公孙卿心里正犯嘀咕，如何以一己之力斗赢身为御史大夫的倪宽，忽见与倪宽一唱一和的司马迁，顿时计上心来。

文翁支招

落下闳、唐都自从制出"浑仪"后，两人"浑天之说"的理论更加完备，更富有说服力。

公元前 111 年，武帝下令召集民间天文学家制历后一个月。

这天，落下闳正和唐都将前晚观测到的数据与浑仪的相应数据作对比时，突然，一阵急促的马蹄声由远而近向这边驶来。临近院子时，就听一阵洪亮而又熟悉的声音从大门外传来："落下大哥在家吗？"

落下闳听到叫自己，忙放下手中的事情，边向门外走边答道："郭兄弟，我在这儿。"

大门应声而开，走进来一个身形矫健的汉子，正是郭解。

落下闳迎上去说："昨日还和唐大哥说起你呢，快里面请。"

郭解问："落下大哥说起我什么呀？"

落下闳开玩笑说："郭兄弟每次来，必然带来好消息，谁不想听好消息呀？"

说完三人一阵大笑。

几人落座之后，郭解说："落下大哥你猜猜，小弟这次来会带来什么好消息呢？"

落下闳说："近日秋高气爽，风轻云淡，最宜品酒赏月了，想必是文大人起了雅兴，要约我等前去一聚？"

郭解说："你只猜对了一小半。"

落下闳道："哦，难道还有别的事？"

郭解说："落下大哥，你可曾听说圣上正广召民间天文学家进京制历？"

落下闳摇摇头说："没听说啊，有这等事？"

郭解说："是的，上面的批文已下到蜀郡府了，文大人知道后，马上让我前来通知二位，共同商议此事呢。"

落下闳听完，激动得有些按捺不住了，一下子从座位上站了起来。一旁的唐都见状，上前劝落下闳道："落下兄弟不要着急，这事我们先议议再说。"

落下闳说："唐大哥的意思是？"

唐都说："我知道进京制历对你来说意味着什么，或许你早就想参与制历了，但我要提醒你的是，这次进京去的人不在少数，你的'浑天之说'披露后，势必会遭到他人的排挤甚至打压。我是担心兄弟你不能善终啊。"

听到这里，落下闳脸色不由得黯淡下来："难道要让'浑天之说'一直埋没在这深山峻岭吗？"

唐都说："当然不是。依我看，文大人此次相邀，必定有举荐之意，说不定文大人已替我们想好办法了，我们不妨先去文府，同文大人商量后再做定夺。"

落下闳点点头，进屋将浑仪带上，同唐都上了郭解的马车。

文府内。

文翁正在书房鉴赏一幅古画，听到外面有脚步声传来，料想是落下闳和唐都来了，便放下手中的古画，信步走出书斋。果然正是郭解带落下闳和唐都来了。

郭解上前一揖说："大人，落下闳和唐都从阆中赶来。"

落下闳和唐都急忙上前行礼，说："草民拜见大人。"

文翁上前道："二位不必多礼，我们已熟识多时，何须如此客套。"

说着，便把二人迎进厢房。

文翁说："昨日蜀郡来报，说圣上要各郡府举荐天文学家进京，与宫中历法官共同制历，不知道二位是否愿意赴京？"停了一会，又说："我事先言明，进京制历完全自愿，二位不要有任何心理压力。"

落下闳道："大人的意思我懂，我深知制历对百姓苍生的重要。今日圣上开恩制历，我等更不该推辞。想我落下闳数年身居深山，无非是想有朝一日为国家尽力，为天下百姓谋福。只是我和唐大哥还有些顾虑，望文大人为我们出出主意。"

文翁不知道落下闳会有什么顾虑，便问道："阁下不必拘谨，有话尽管说。"

落下闳将浑仪拿出来，放在文大人面前的案几上，说："大人请看。"

文翁看着落下闳放在案上物件，一时不明白这一圈圈大大小小排列、还可自由转动的器具为何物，端详了一会说："敢问阁下这是何物？"

落下闳说："这是'浑仪'。最近，我和唐大哥在家中苦心钻研，多亏有唐大哥的帮忙，'浑天之说'才在理论上趋于成熟。为了证明'浑天之说'的合理性，我们制作了这个天体模型，将观测到的天体运行的轨迹直观地表现了出来。"

文翁一边听落下闳的解释，一边细心观察"浑仪"，还是十分不理解："难道这就是天体运行的模样？"

落下闳说："正是。"说着又拿出一本随身携带的册子，放到文翁面前，"大人请看，这就是我们观测的一组数据，正好与'浑仪'上标刻的数据相符。"

唐都补充道："这都是落下兄弟的功劳，我只是一个打下手的。"

文翁对二人投去赞许的目光，继而感叹道："二位真是高人啊，竟将玄妙复杂的天体研究得如此透彻，让老夫不得不心生佩服啊。想不到我们生活的世界如此之妙不可言！"

落下闳说："是啊，连大人这等见多识广的都感到惊奇，这也正是我们的担忧之所在啊。"

文翁说："阁下有什么顾虑还是请直说。"

落下闳说："虽然我们已经证实了'浑天之说'的合理性，但又有多少人愿意放弃深信多年的'盖天之说'而信它呢？倘若宫中历法官员若对'浑天之说'心生排斥，那'浑天之说'也未必能真正在历法中发挥作用。于我个人而言，受点委屈无所谓，我只是不想让'浑天之说'

泯灭于宫中，更不希望天下苍生依旧蒙在'天圆地方'的错误之中。那样，即使有了新的历法，与旧历法又有何异，于天下苍生何益？"

落下闳的话让文翁也犯难了。是啊，如果让落下闳他们进京，难免出现变故，如果真有个不测，岂不是得不偿失了？可不让他们进京，那"浑天之说"岂不就泯灭了，这有可能是千秋万代的损失啊。

文翁犹豫了一下，说："阁下所言，确实在理。这样吧，我在宫中还是有些熟识的人，我会尽快差人赴京，看能否为阁下在宫中找到庇护之人。"

就在这个时候，另外一行官府之人，已在赶赴落下闳居所的路上了。

唐都的抉择

黄昏时分，阆中的山坳下驶来一驾马车，马蹄踏过，尘土飞扬。山下一条蜿蜒的小河被夕阳染成橘红色，像一条赤色的飘带在山脚边延伸。

马车上，坐着从文府归来的落下闳和唐都。

马车刚转过村口，离落下闳家还有一段距离，落下闳见自家门外围着不少身着官服的人，旁边停着一辆很气派的马车。落下闳心中一阵狐疑，心想这些人在干啥呢？

行至跟前，落下闳瞧见，一白面青年身着官服，被人群簇拥着，举止气度与他人多有不同。见来人丝毫没有跨过院门的意思，落下闳心里不免放心了许多，看来这些人不像是来寻事的。车还没停稳，落下闳便急忙从车跳下来，边走边向前作揖道："在下落下闳，不知各位到此有何贵干？"

那位白面青年见落下闳下车，忙上前说："不必多礼，我等是太史令司马迁派来寻找一位叫唐都的高人的。从京城至广汉唐都家中，未见其人，后闻与阆中落下闳在一起，遂赶来于此。多有打扰，还请见谅。"

落下闳见来人是奉了太史公的命令，更是不敢怠慢。为何宫中之人会不远千里寻找唐都，虽然心存不解，但眼下还不是问这话的时候，便说："启禀大人，唐都正和我在一起。"说着转身向后望去。

唐都随落下闳下车，见来人找他，也是一惊，又听说奉司马迁之命后，顿时恍然大悟，忙走上前说："在下正是唐都。"

那白面青年见过唐都，好一阵感慨："阁下真是难找啊。在下是太史令司马迁委派来的小吏，司马大人仰慕大人的英名，特派我来邀阁下进京。"

说着，拿出竹简，递于唐都："这是司马大人亲笔写给阁下的，阁下看了就明白了。"过了一会，又道"现在日头不早了，我们要赶往蜀郡驿馆。如果阁下愿意，明日我们一同进京"。

说完，一行人浩浩荡荡驶向他们来时的道上，不一会便消失了。

入夜，落下闳家中。

落下闳和唐都对桌而坐，桌上一盏油灯，两杯清酒，还有展开的竹简。

唐都说："落下兄弟，我已到迟暮之年，有生之年能识得你，并有如此之多的收获，我心足矣。今日司马迁派人来邀我，让我很是意外。但我想借这次面见的机会，与他好好聊聊'浑天之说'，等我探得虚实，你再作要不要去京的决定。我与司马迁算是旧识，就算他不能同意我们的观点，也不至于做出对我不利的事情。"

当年，唐都在民间天文界小有名气的时候，司马迁的父亲司马谈就曾去拜访过他，并在唐都的指导下学习天文历法知识，说起来也算司马谈的半个师傅。司马迁那时还年轻，也随司马谈一起拜访过唐都。此次专门派人邀请，就是因为这个缘故。

唐都顿了一下又说："我此次进京，如司马迁能包容各派天文理论，我便向他举荐你；如果他不能做到宽容大度，那我们另做打算了。

说实在的，我已经老了，不是司马迁专程派人相邀，我是不想去宫中蹚那方浑水的。"

落下闳听完，举起面前的酒杯说："唐大哥淡泊名利的义举，我落下闳在此心领了，请唐大哥与我干了这杯吧。"

第二日，天还未亮，唐都便从落下闳家中出发，赶往蜀郡去了。

蜀郡驿馆内，白面青年正差人备车去接唐都，不想唐都已先一步赶来了，心中有些诧异、不安，忙将唐都迎进驿馆内。

那白面青年道："有劳阁下亲自前来，怪我晚了一步，还请阁下谅解。"

唐都说："哪里哪里，大人不辞劳苦，千里迢迢来阆中找寻敝人，我唐某已经是受宠若惊了，哪里还敢劳烦大人去请！"

那白面青年说："敢问阁下考虑得怎么样了？是否愿意随在下一同赴京？"

唐都说："承蒙司马大人高看，我唐某岂有不去之理？今日前来，便是要和大人一同赴京。"

听了这话，那白面汉子心中顿时松了一口气，他没想到唐都回答得如此爽快。来请唐都时，司马迁曾特意叮嘱，如对方执意不来，也不要强求，一来唐都年岁已高，二来唐都本是不慕名利、洁身自好之人，不愿来京也在情理之中。

第二天一早，唐都便随着白面青年一行人赶赴京城去了。

唐司之谈

长安城，司马迁书房中。

司马迁正对连日来京制历的天文学进行归类，忽听外面有脚步声走近，行至门前禀报道："启禀司马大人，属下已将唐都请至府上，此刻正在厢房等候。"

司马迁听出这是那白面汉子的声音，知道唐都已被请来，立即放下手中的名册，三步并作两步地迎了出去。

当年，父亲带他去拜见唐都时的一番话，至今犹在耳畔："迁儿，我已经年纪大了，蒙圣上赏识，如今谋得太史令一职，将来如不出意外，我退任之后，太史令一职会由你担任。你游历多年，见识也多，现在该静下心来，想想继承我这份事业了。今日要带你去见的这位民间天文学家，虽然身份低微，但他的天文造诣很深，我在宫中修习多年，可与此人相比相去甚远。此生我可能没法等到圣上下令制历的那一天了，将来如果你有幸为大汉制历，一定要记得请唐都出山，让他来帮你。你记住了吗？"

司马迁接受改制新历的任务后，当然首先会想到父亲的叮嘱。如今唐都已被他请来，这叫他怎能不欣喜万分。

司马迁一跨出门，便问："师公现在哪里？"

白面汉子道："正在厢房等候。"

司马迁听罢，便朝厢房疾步走去。

唐都见迎面走来的人虽算不上高大魁梧，但面相白净，举止从容，二人虽多年未见，但凭感觉料定此人便是司马迁。

待司马迁走近，唐都似乎还依稀能看出司马迁年少时的模样。

唐都起身，迎着疾步走上台阶的司马迁，双手一揖道："草民唐都拜见太史公大人。"

司马迁见唐都如此，忙上前扶住，并还以徒孙跪拜礼："师公这是做什么？该我司马迁给您先行礼才对呀。"

司马迁此举让唐都甚是欣慰。当年他父亲去拜访也是如此，丝毫没有官家之气，果然是有其父必有其子啊。

唐都扶起司马迁说："太史公大人不必如此，快快请起。"

一番言语后，二人向里屋走去。

司马迁说："师公今日不辞车马劳顿，千里迢迢赶到长安，让徒孙我很是感动。师公初来，今天我们先叙旧，不急着探讨制历的事。"说着，便差人去准备接风酒水，还为唐都在院中安排住所。

唐都看司马迁如此坦诚豪爽，心中顾虑少了许多，不由大笑道："好，那我就恭敬不如从命了。"

不一会儿，酒菜就上齐，二人举杯对饮，把酒言欢，无所不谈，就是不提制历一事，直到深夜，二人才各自回屋睡去。

唐都之所以不谈制历的事，是因为他此行的目的是替落下闳进京打头阵，而非司马迁所希望的那样，前来协助他共同制历。

而司马迁绝口不提制历，同样也是心中有顾虑。此前他在给唐都的书信中写道，这次制历是奉了圣上旨意，且会分为两个制历组同时进行，他只字未提其中倪宽和方士集团之间的斗争。他不言明，是怕唐都知道此中细节后直接拒绝他的邀请。司马迁想等唐都到长安之后，再当面阐明此中的要害利弊也不迟。再说，唐都既然来了，作为徒孙的他，理应将一切据实相告，不然就是对师公的大不敬。此刻，他也只祈祷唐都原谅他，理解他，能留京协助他共同制历。

九月的长安夜，秋高气爽，月明星稀，喧闹了一个白昼的京城渐渐寂静下来。夜空敞开它博大的胸怀，将人们无处安放的思绪裹进星光中。

司马迁见唐都屋里的灯熄了之后，一个人悄悄行至院中，久久地凝望天空的一轮明月。

第二日，司马迁重新备好酒菜，再邀唐都相叙。

二人落座，这次直奔主题。

司马迁说："师公，请恕我直言，此次邀您进京，就是希望您和我一起制历。"

唐都说："你在信中已提到过。我此次来京，也正是为了此事。"

司马迁说："师公知我心意，肯来相助，司马迁不胜感激。但制历中的一些是是非非，我也要提前向师公言明。请师公先满饮此杯。"

说着，便端起酒杯，敬向唐都。

二人饮罢，唐都说："此中有何是非曲直？还请言明。"

司马迁说："此前，我在捎于您的信中说过，此次制历，会分为两组人，同时赶制新历，你还记得吧？"

唐都说："我记得，这也正是我的疑惑之处。朝廷何不举全国之力，集百家智慧，共同研制一部新历呢？为何要分为两个组进行，这不是分散力量了吗？"

司马迁说："师公火眼金睛，一眼便看出问题症结之所在了。之所以如此，只因还有未向师公言明的其他原因。"

唐都很是诧异："哦？还请明示。"

司马迁说："要说这制历一事，最初是由一个装神弄鬼的佞臣所起。您知道圣上向来信仙，此前曾往宫中招进多名方士，以谋成仙之道。其中有个叫公孙卿的很得圣上的信任。虽然我们也属方士一脉，但装神弄鬼、故弄玄虚之事为我辈所不齿。可惜当今圣上在一群方士的蛊惑下，为求永生不老之法，劳民伤财，大兴土木，以致妖蛊之术在宫中盛行，这真是为我大汉之不幸啊。"说着，面上露出悲愤之色。

唐都说："圣上沉迷仙道之事，我也曾听闻过一些。"

司马迁于是将公孙卿私下制神历供武帝成仙，倪宽冒死求另制历法万民共享，以及武帝最后允许两种历法同时进行之事给唐都讲了一遍。

唐都听完，连夸叹倪大人高明，既顾全了大汉朝纲，又没违背圣上意愿。

司马迁点头道："是啊，如果没有倪大人，我大汉子民恐怕就要靠一部子虚乌有的东西作新历了。"

接着，司马迁向唐都直陈自己的担忧来，他说："近日京城应召而来的天文学家不下三百人，仅在我处投名的便有一百七八人之多，其余一百多位都是奔着公孙卿去的。如果公孙卿队伍中真有天文历法高人，制出高于我等之历，到那时候，有圣上为其站台，再加上公孙卿蛊惑，很难说不采用他们的历法作为新历。如果真这样，圣上必然会重用提拔公孙卿为官，那我大汉朝政岂不要被一群装神弄鬼的妖人蛊惑？"

唐都疑虑道："公孙卿敢和倪大人做对？"

司马迁说："师公有所不知，倪大人之前就和公孙卿等人有过节。最近宫中已有传言，说公孙卿对他门下的方士讲，一定要做出高于我等的新历，只要有高于我们的新历，他门下那些方士便都有官做，有福享。"

唐都说："哦，想的倒是不错。"

司马迁说："宫中最近也有传言，说已有朝中重臣在暗处为公孙卿撑腰，制历到最后，难免不会牵出一场政治博弈来。"

唐都听完，倒吸一口冷气说："如果是这样，那这制历可是要慎之又慎了。"

司马迁说："这场博弈的关键，就是必须制出一部远远优于公孙卿的历法，这样才有可能在这场博弈中获胜。而制出好的历法，必须要有造诣高深的天文学家。家父师承师公，曾对师公天文修为赞赏有加，并叮嘱我如有幸制历，一定要找师公帮忙。还请师公成全啊。"

司马迁说到这儿，唐都一时不知该如何开口才好。起身在屋内来回踱步。司马迁见唐都徘徊不定，便不再发问打扰。

良久，唐都才回到桌子前，说："我来京城之前就打定主意，决不蹚宫中这片浑水。我老了，年轻一辈中强于我的人不计其数，你找他们吧。"

司马迁听到这儿，失望地站了起来："师公，还请三思啊，此次制历关系到大汉朝纲、万民福祉啊。"

　　唐都打断了司马迁说："你先不要着急，制历的利害你说得很明白了，我也很清楚孰轻孰重。我做这样的决定，是因为遇到了一个造诣远高于我的贤才，此人名落下闳。这段时间，我一直和他在一起研习天文，深深地为此人的天文造诣和禀赋所震撼。与他比起，我实不及其万分之一。"

　　司马迁说："哦？还有连师公都要仰望的高人？敢问他在何处？可否前来一聚？"唐都说："这也正是我此行的目的，我会将他推荐给你。不过，你需要先回答我几个问题？"

　　司马迁说："师公请讲。"唐都说："依你之见，天之本相当为何状？"

　　司马迁答道："天当如盖，地当如被，上盖下之，天圆地方。"

　　唐都听完，不禁露出失望的神情来："难道你就一直没有怀疑过天圆地方之说吗？"

　　司马迁很是诧异地问道："这是祖上传下来的定理啊，从我研习天文开始，接受的就是这一理论。我不能明白师公的意思，还请师公言明？"

　　唐都说："如果我说，这天、地皆为球形之状，你会相信吗？"司马迁闻听此言，不禁脱口而出道："师公何出此言啊？这天地之相怎么会是球状？"

　　唐都说："很多年前，我就发现星象变化与'天圆地方'之说相悖，那时我便产生了对'盖天说'的怀疑，但我始终没有找到足够立论的依据。我本以为，此生再也没时间来解开这个迷惑了，但我碰到了一位高人，是他帮我解开了这个谜团。"

　　司马迁说："敢问这位高人，是否就是您刚才提到的落下闳？"

　　唐都说："正是他。如今他已推断出一套独有的天文理论，此理论与'盖天之说'分庭抗礼。我想知道的是，对于这种与主流观点背道而驰的理论，甚至是与你持相反观点的天文学家，你会怎样对待他们？实不相瞒，如今连我也已经无法再去相信'盖天之说'了。"

唐都的话，对司马迁来说，无异于晴空爆惊雷，平地起罡风。这话要是从旁人口中说出来，他定会觉得此人在故弄玄虚，但从他一直敬仰的唐都口中说出，这分量就变得不一般了。他没想到，他所奉行的"盖天说"竟有可能是错的，这让他如何能不吃惊？

许久，司马迁说："师公，你可否说明，落下闳这一理论的可信点在哪里？"

唐都说："首先，他这套理论是建立在长期细致的观测基础上的；其次，他这一理论所推测出的星象变化之道，与实际天象对应皆准确无误；第三，他还做出了天地如球状的运转模型。这三点，你还觉得不够令人信服吗？"

司马迁听完这三点，再次惊得说不出话来。这种对"盖天之说"的彻底否定，在我们看来，就如同十九世纪的生物学家突然知道达尔文的《进化论》，它不仅仅代表原来上帝创造万物的说法都是错的，更意味着他们终其一生认定的神造论和物种不变论研究是不可信的，对于一个有威望的学者来说，这种打击无疑是致命的。

此刻，司马迁内心陷入惊骇、失望，甚至恐惧。如果天之相不是上圆下方，对于现在的他来说，不亚于给了他当头一棒。这样的人如果到他的队伍里，他该如何去对待呢？

大约过了两盏茶的工夫，司马迁才抬起头，目视唐都说："师公，实不相瞒，倘若师公今日所言是从别人口中说出，那我定会愤然离去。但此话从师公口中说出，我心中便有些慌乱了。不过，还请师公见谅，如此颠覆之观点，恕我一时无法去遵从。师公您能理解吗？"

唐都说："我能理解。毕竟理论是研究学问的根本，岂能随意动摇？我只想知道，对于落下闳这样的天文学家，你能否容纳他？"

司马迁知道唐都话中深意，沉思了一下说："我虽然暂不能遵从落下闳的浑天理论，但请师公放心，我也决不会去为难他，更不会去敌视他。如果我这样做了，那我与公孙卿一众人等又有何区别？"

畏惧错误就是毁灭进步。唐都听到这儿，心中一块石头总算落地了。他不无欣慰地说："大人不愧是司马家的后人。"

司马迁沉思了一下，又说："师公，我可以对落下闳不持偏见，但是您想过没有，朝中那些历法官员和一些民间天文学家能容忍他这种观点吗？毕竟此次进京的人，大多是踌躇满志有备而来的，如何才能让他们信服呢？"

唐都说："这也正是我为难的地方。"

司马迁说："我倒是有一计，不知可否？"唐都说："何计？"

司马迁说："公孙卿之所以敢和倪大人叫板，不就是因为他的背后站着当今圣上，有圣上的庇护，他才敢稳居朝廷，肆无忌惮。那么，我们何不用同样的方法，以强有力的后台来助落下闳行事呢？"

唐都略一思忖，道："可是，如何能让圣上庇护落下闳这样的无名之辈呢？"

司马迁说："师公有所不知，此次来京制历的天文学家都在我处和公孙卿处报备，圣上也将此事全权托付给我们，按现有的程序必然不会被圣上重视，但如果朝中有人直接举荐落下闳，让圣上重视他，那么其他人就不敢指东道西了。有了圣上在背后撑腰，再加上倪大人的庇护，我想此事当无大碍矣。师公以为如何呢？"

唐都听后大喜，觉得此计甚妙，于是说："好，就按你说的办。"

司马迁道："有一点我要提醒一下师公，举荐落下闳的人，恕我和倪大人不能帮忙，个中原委，我想师公应当明白。"

唐都当然明白，如果要司马迁或倪宽举荐一个人，那是轻而易举的事情。但是，如果举荐的是落下闳，那就有点自卖自夸、说不过去了，况且这样做，还会引起司马迁团队其他成员的不满，他们若是转而投奔公孙卿，到时就得不偿失了。

唐都说："举荐落下闳的事，您大可放心，明日我便赶回蜀郡将此事告知文翁大人，我想文大人必会出手相助的。"

司马迁说："那就再好不过了，有劳师公。只是，师公不能参与此次制历，我心甚感遗憾啊。"

唐都说："大可不必，所谓兵不在多，而贵在精。等你见了落下闳后，你就不会再有这样的顾虑了。明日我便动身，此一别，可能是我们最后一次相见了吧。"说到此，二人不由伤感起来。

司马迁说："师公何出此言？依我看，师公身强体健，精神矍铄，定会福寿延年。而且这也绝不会是我们的最后一面，新历制成之后，我司马迁还会亲自赶赴蜀郡，拜会师公。"

唐都哈哈一笑说："好，那我等着你。"

第二日一早，唐都辞别司马迁，赶往蜀郡去了。

等待与抉择

唐都进京后，文翁一直在焦急地等待。

落下闳是他一手提拔起来的蜀中才俊，如今已有不俗的成绩，这让他十分欣慰。朝中为官多年的他，深知官场的刀光剑影、尔虞我诈、明争暗斗。看似风平浪静的水面，底下随时都有险滩暗礁，稍有不慎，就会折戟沉沙、一败涂地。他既不想落下闳和他的天文成就埋没在深山里，又担心他入朝后不受待见，招致打击。几经思索，依然找不到一个两全其美的办法，最后只好寄希望于唐都，希望他能带回什么好的消息。

那日唐都被司马迁的人接走之后，落下闳便派了一个家丁前去文府报了信。近几日，落下闳也是越等越心急，试问，谁愿将自己辛辛苦苦研究出来的成果束之高阁，成为一堆废纸？传播和利用是学术研究的最终目的，只有将成果用于实践并产生效益，才能真正体现学术研究的价值。

终于，一个姗姗来迟的下午，一辆马车停在了文府的门前——唐都回来了。

文翁见唐都回来，急忙派了快马去阆中接落下闳，不到半日工夫，落下闳也来到了文府。

三人再聚，便不再含蓄，直接开门见山。

落下闳着急地问："唐大哥，这次进京情况怎么样？"

一旁的文翁虽没开口，但眼里也满是期待。唐都便将在京面见司马迁的经过原封不动地向二人说了一遍。说到进京制历推介浑天说，极有可能引发一场天文历法界的争斗时，落下闳黯然神伤；说到司马迁不计名利得失，尊重不同学派学术观点时，二人心中一阵暗喜；说到武帝启制新历，竟始于一个方士，而制历的目标却是为了武帝长生不老时，落下闳、文翁连叹荒唐；说到倪宽和司马迁为阻止方士乱政大胆建言，终于赢得另制历法的机会时，二人心潮澎湃。早些年文翁在朝中为官时，与倪宽有过几次面缘，不过那个时候倪宽还是一个不起眼的小官，没想到今天，为大汉江山社稷呕心沥血的竟是当年那个默默无闻的小人物，这让文翁不由十分感慨。此时的文翁心绪一时无法平静。最后，当唐都提到司马迁那一曲锦囊妙计的时候，文翁心里忽然明朗起来，连称此计若能成功，落下闳进京的制历便有了保障。想到此，文翁不由会心地微笑了起来。

晚上的接风宴上，文翁率先发话："落下闳君，这第一杯酒你我二人先敬敬唐都，京中一行他辛苦了！"

落下闳起身举起酒杯，唐都连连客气道："为落下兄弟探路也是我义不容辞的职责，应该的！应该的！"

三人饮罢，唐都说："司马迁为我们出了一好计，但他也声明，推荐落下闳之人必须是与他和倪大人毫无干系的才行。可是到哪里去找这样的人呢？不知文大人是否有这样的人选？"

文翁说："这倒不难，我在宫中还有些人脉，我去找他应该问题不大。"落下闳闻言，忙问："哦，不知大人说的是谁？"

文翁说："我在蜀郡为太守时，曾往京城派过不少学生，这些学生学成之后，大多回了蜀郡。但有一人却留在了京城，他叫谯隆。此人才思敏捷，为人低调，深得朝中大学士赏识，几年前已官至侍中，想来如今应有更高的职位了吧。我与他交情不浅，他多次在与我的书信中提及当年的举荐之情，我可以让他向圣上举荐落下闳。"

唐都听完，兴奋地说："太好了，如果落下兄弟通过谯隆的举荐得到圣上的庇护，我们的胜算就大大增加了。"文翁说："嗯，我即刻修书，快马送至谯隆。"

没几日，谯隆便回书文翁，表示愿意举荐落下闳。

随后，唐都致书司马迁，言明了谯隆举荐落下闳的事。

谯隆举荐

公元前 111 年，即汉武帝元鼎六年，东越王余善自恃兵强马壮，公开与武帝叫板，"闽越之乱"爆发。武帝兵发四路围剿，势如破竹，平定了叛乱。至此，汉武帝的大汉版图真正覆盖了整个岭南地区。

这一年，武帝还建立了历史上著名的"八校尉"禁卫军，由八个校尉统领，分掌中央军队，故称"八校尉"。

长安城，未央宫正殿。武帝朝会殿下文武百官，论功行赏，对平定闽越有功者论功行赏，加官晋爵。朝下文武群臣齐呼圣上英明，锵锵之声回荡在正殿的每个角落。武帝很享受这样的时刻，于是欣慰道："爱卿们还有何事要奏啊？"

这时，谯隆出列，跪拜道："启奏皇上，微臣有一事请奏。"

武帝说："谯爱卿，准奏。"

谯隆道："启奏皇上，自圣上下令召集民间天文学家进京之后，百官争相举荐德才兼备之人，各路英才，齐聚长安。吾有一同乡，名曰落下闳，天文造诣极高，如能进宫辅助制历，必然为我大汉制历锦上添花。微臣特此举荐，还请皇上恩准。"

武帝说："谯爱卿如此盛赞，此人有何作为呀？"

谯隆说："此人乃蜀郡阆中人氏，承其先父遗志，务农观天，颇有心得，后得文翁文大人赏识，于蜀郡府衙任职，专司农业，年轻有为，为蜀郡之地增粮无数。"

武帝闻听落下闳有如此功绩，不禁问道："落下闳如此卓绝，为何此前不见举荐？"

谯隆说："只因几年前，蜀地大旱，灾荒连年，此人辞官归家，发誓要窥得天旱无雨之道，于是潜心研修天文，不愿为官。"

武帝说："改制新历一事，朕已交由倪爱卿和公孙爱卿全权负责，你让他向他们二人报到即可。"

谯隆说："圣上有所不知，此人研习天文，独辟蹊径，自成一家，恐与他人理念不同而遭排斥，还请圣上明鉴。"

武帝说："好，那就让他自行择组制历，旁人不可轻慢于他，违者以罪论处。"

谯隆再拜高呼："皇上圣明。"

庭下司马迁，心中担忧瞬间冰释。

阆中，落下闳家中，落下闳和唐都面向而坐。

落下闳："唐大哥，你真的不愿赴京吗？"

唐都叹了一口气说："你我相识时间虽然不是很长，但我已视你为知己，今日不妨以实情相告。"

落下闳见唐都不愿赴京是别的原因，不由诧异道："难道唐大哥还有别的顾忌？"

唐都低头叹了口气，落下闳又问："唐大哥是担心我守不住秘密吗？我落下闳在此发誓，今日唐大哥所言，如有一言……"

唐都见落下闳立誓，立即打断他道："兄弟多虑了，你的为人，我唐某深信不疑。要说我不愿赴京，这事还得从司马谈说起。"

当初，司马谈在朝中为官，仰慕唐都名声，遂前去拜访。交流一番之后，司马谈发现唐都天文研究很是精绝，于是起了举荐唐都入朝为官之意。这样做，一来可随时向唐都请教，二来也可解唐都衣食之忧，以便其专心研习天文。

一番商谈，唐都欣然应许。司马谈回到宫中说与众历法官员听时，不料遭到大部分人的反对，原因竟然是担心唐都造诣太高，抢了他们的饭碗。人心之忌妒，由此可见一斑。

尽管司马谈据理力争，可无奈自己人微言轻，举荐唐都之事便不了了之。就为这事，一众历法官还差点将司马谈挤兑掉呢！

司马谈只好将举荐无果的事告知唐都，唐都对朝嫉贤妒能、尔虞我诈的官场之气颇为不齿。于是下定决心，此生绝不踏入官场半步。

司马谈见举荐无望，但又仰慕唐都才学，最后拜在他的门下，利用闲暇时间前去请教，这才有了后来的故事。

落下闳听完大悟，原来唐都不愿进宫为官，背后还有这样一段不为人知的经历。

唐都说："年轻时，我也曾满腔热血，立志要为国效力，但自这件事之后，我便断了这方面的念想，不愿为了一官半职委屈了自己。或许我本该在蜀地如此终老一生吧。"说完长叹一声。

落下闳说："宫中之事，我一介草民，无从得知。可唐大哥想过没有，司马谈当初举荐你时，是因他势单力薄，举荐无果也在情理之中。但如今却截然不同了，一是司马迁和倪宽会为我们做强有力的后台；

二是制历有当今圣上口谕，谁也不敢轻举妄动；三是还有文大人为我们引荐的一批人做后盾，唐大哥不可不重新考虑啊。"

唐都说："谢谢落下兄弟的抬爱，只是我已老矣，着实不想再为此等事去自寻烦恼。"

落下闳说："唐大哥，你我二人在这阆中深山之中，废寝忘食，风餐露宿，日日观天，所为者何？"

唐都说："为了窥得天道，福泽万民。"

落下闳说："那为何万民需要我们挺身而出的时候，唐大哥却退缩了呢？"

唐都低头不语。

落下闳说："唐大哥，您想过没有，如果您不入宫，宫中遵'浑天之说'者能有几人？"

唐都说："恐怕只有兄弟一人吧。"

落下闳说："就是啊，制历是事关大汉千秋万代的大事，以我一己之力，怎能担得了如此大任？"

唐都闻言一怔，良久才说道："难道兄弟执意要我同去？"

落下闳说："正是。想当初，如果没有你的鼎力协助，这'浑天之说'能像现在这样完善吗？如今赴京制历，如若没有你的支持，我定不能完成任务。谯隆已在圣上面前举荐了我，如果到时候不能制出新历，这就是欺君之罪，恐连谯隆和文大人也要受牵连了。"

落下闳这几句话，将唐都彻底震住了。是啊，他一直想让落下闳在京中安心制历，却没想到万一这制历任务不能完成，又会是什么样的后果呢。

唐都起身在屋内来回踱步，不知过了多久。忽地，唐都回到座位上说："好，我去！"

落下闳知道，这简单的一个"我去"，是唐都反复权衡后作出的痛苦抉择，他被唐都的深明大义所感动，当即起身道："唐大哥，请受小弟一谢。"说着就要下跪。

唐都拦住落下闳说："兄弟不必如此，我唐都虽无大才，但也颇知情义，赴京协助兄弟，也是我做大哥的分内之事。"

落下闳跪拜未成，便端起酒杯说："好，那就容我敬了唐大哥这杯。"

二人端起酒杯，一饮而尽。

最是离别

宫中下令，命落下闳即刻赶赴京城报到，不得有误。

这两日，唐都决定和落下闳一同赴京后，二人便开始收拾行李。为防有变，还将之前落下闳整理的"浑天之说"册子誊写了两份。办完这些事，二人便赶往蜀郡与文翁作别。

文翁见落下闳、唐都前来，定是为来道别的。此一别去，不知何年再见，便以贵宾之礼相待。

落下闳和唐都看文翁如此排场，顿时不安起来，道："文大人这是做啥呀，叫我二人如何担待得起啊！"

文翁笑着对落下闳说："何必谦虚，此次赴京，以你之才学，必定会有一番大作为，说不定会官至九卿，连老夫都难以望其项背呢。"

落下闳说："文大人言重了，我落下闳有何德何能能与大人相提并论？"

文翁呵呵一笑，几人落座。

文翁对唐都说："来，你我二人敬了落下闳这杯，就当为其饯行。"

落下闳忙拦住道："大人你有所不知，唐大哥已经决定与我一同赴京了。"

文翁忙转过头问唐都："哦，此话当真？"

唐都点点头，文翁哈哈一笑说："那最好不过了，此前阁下以年迈之身拒绝赴京，我也不便多说，只是心中难免有些遗憾。况且落下闳孤身一人赴京，势单力薄，说实在的我还是有些担心的。这下好了，你二人同去，可以互相照应。来，这杯我敬二位！"说完，忙端起了酒杯。

落下闳和唐都见状，也举起酒杯道谢。

三人饮罢，文翁说："此次赴京，山高路远，二位要多加小心。我昨夜考虑了一夜，还是担心朝中险恶，人心叵测，恐途中生变，我决定派郭解与你们同去。郭解武艺高强，且为人忠诚，可解你二人不测之忧。"

落下闳听到这，连忙劝阻道："不可呀大人，郭兄弟人中豪杰，随我等着草民而去，岂不是埋没了？此为其一。其二，郭兄弟追随于大人左右，既可照顾大人生活起居，又能护得大人安危，随我等去岂不是让我二人置大人于不顾？其三，以郭兄弟身份进京，难免不节外生枝啊。还望大人三思。"

文翁摆了摆手说："无妨，阁下刚才所言，我都一一考虑过了。你二人尚为草民不假，但制历成功之后还是草民吗？郭解随你们去并不埋没他，反倒是跟我在一起埋没他了。况且在蜀地养老，我心甚安，至于安危，谁会和我一个糟老头子过不去呢？哈哈哈。"

落下闳还是有些顾虑，道："不妥不妥，您这样让我等情何以堪？再说，郭兄弟这身份……"

文翁说："郭解问罪一事，已经过去多年，何况当初并未抓住真人，又无画像流传，应当无人知其体貌，只要易名并稍加小心即可，应当无事，你等不必推辞，我意已决了，就让他随你们去吧。"

落下闳和唐都看文翁态度坚决，便不再多说，二人再次举杯致谢。

文翁看二人应许，便差人叫郭解来。

文翁让郭解随落下闳、唐都去京城，郭解很是诧异。落下闳忙将个中原委对郭解作了一番解释，郭解这才明白文翁的良苦用心。于是向文翁跪拜道："大人对郭解之大恩德，有如再生父母，只是此次去京后便不能鞍前马后服侍大人，郭解心中有愧啊。"

文翁扶起郭解说："我文某一生碌碌，功薄绩微，不足挂念，能结识你也是我文某的缘分。我在蜀郡多蒙蜀民厚爱，谅不会有人为难于我，你且放心去吧。"

郭解一番感激，再次叩拜。

文翁说："此事就这么决定了，你先前有官司在身，不便与外人多来往，为谨慎起见，你还是易名为好。不知你是否愿意？"

郭解点头道："我愿意，还请大人赐名。"

文翁说："好，你既然有此心，我便赐你一名，留个念想也好。你一生忠诚侠义，耿直豪杰，不幸触犯龙颜，而后罪责加身，今隐于我处，你就叫郭隐吧。一来姓氏从你生父，二来也提醒你凡事要隐忍，切不可大意。不知你意下如何呀？"

郭解忙道："谢大人。今后郭隐便为我之名号，我定会小心，决不忘大人嘱托。"

文翁说："那好，你且去准备。另从账房取五百两纹银，往落下闳、唐都家中各送一百两，剩余三百两，作为你三人此次赴京的盘缠。"

文翁考虑得如此周全，让三人感激不已，遂不顾文翁阻拦，再一一跪拜。

三日之后，落下闳等三人准备妥当，从蜀郡出发赶往京城。

文翁送三人至文府五里之外。三人行去数里，转身仍见文翁向他们远行的方向抬手远眺，顿时，感激的热泪顺着面颊直往下流。郭解刹住马车，跳下车来，对着文翁远远地跪拜，久久不愿起身。文翁看郭解如此，离愁别情也涌上心头，禁不住老泪纵横，向三人远去的方向频频挥手，示意他们赶紧上路。

这正是：

男儿有泪不轻弹，丈夫膝下有黄金。

谁解此中柔肠结，留得佳话传万年。

会见司马迁

落下闳等三人行了数日，终于赶到京城。之后便差人前去禀告司马迁，准备择机拜会。

司马迁接到禀告，未等落下闳、唐都登门，便主动前往长安驿馆内相迎。唐都未料到司马迁会亲自来驿馆，忙出去迎接，并为落下闳和司马迁互相引荐，一番客套之后方才入座奉茶。

唐都对司马迁来驿馆相迎感到意外，司马迁对唐都的来京城更是意外。此前唐都在司马迁家中，曾坦言回去后不会再来长安，没想到二人再次在京城相见了。

唐都知道司马迁会对此感到意外，于是先解释道："此前，我确实心意已决，不想再来长安，是落下兄弟说服了我。我身虽老矣，但驰骋沙场的雄心还在，为了改制新历，我唐都怎可为一己之私苟活。还请司马大人不要嫌弃啊。"

司马迁说："师公何出此言，您能前来相助，制历一事必定会水到渠成，我欢迎还来不及，怎么会有嫌弃之说呢。"

不一会儿，司马迁又对落下闳说："听闻阁下天文造诣高绝，今日得见真人，真是三生有幸啊！来，我以茶代酒先敬二位一杯，稍迟在家中备粗茶淡饭，算是为二位洗尘接风。"

三人饮罢，便收拾行李赴司马迁家中。

待到司马迁家中，果然看到酒菜已准备齐全，虽不是十分丰盛，但也美味多多。

三人分宾主坐下，司马迁行地主之谊，举杯对二人道："今日二位能来我司马迁家中，令寒舍蓬荜生辉，我先敬二位一杯。"

落下闳说："多谢司马大人，如果没有大人，哪有我落下闳今日的京城之行。"

司马迁说："阁下不必客气，以阁下之高才，即使没有我司马迁，他日也定会得到赏识，阁下能不避司马迁寒门，我已心生感动了。请满饮此杯。"说罢，举杯敬向落下闳、唐都。

唐都说："多谢司马大人盛情款待。"

司马迁对唐都道："师公，我还有一事相求，您可不能拒绝啊。"

唐都诧异道："什么事啊？"

司马迁说："恳请师公以后别再叫我司马大人了，我司马迁受不起啊，您贵为先父尊师，岂有管徒孙叫大人的？"

唐都呵呵一笑，说："令尊确实拜我为师过，于理来说，我确实要长你两辈，但你是官我是民，我叫你大人也在情理之中啊。"

司马迁说："非也，所谓君为臣纲，父为子纲，先父尚且未在您面前以官职相称，我怎敢在您面前以大人之名自居呢？这样吧，如若师公不嫌弃，以后就叫我侄儿吧。这样既不失体统，又可令我二人多些亲近，不知您意下如何？"

唐都闻听此言，大笑着说："好，那就以贤侄相称吧。"

说罢三人举杯大笑。

酒过三巡，菜过五味，司马迁便想趁酒意把话题引到天文历法上去。于是对落下闳道："之前听师公说，阁下遵从的天文理论与我等大相径庭，不知异在何处，还请阁下赐教。"

落下闳看了一下唐都，说："唐大哥归了阆中之后，也对我说过此事。今日得见大人，那我就不如直言了。我确实与大人天文理论有很大的差异，还请大人不要怪罪。"

司马迁摆了摆手，说："阁下不必多礼，你我都是同道中人，见识不同是很自然的事，阁下有异于他人的新见解，我仰慕还来不及呢，怎会怪罪呢？"

落下闳见司马迁这样说，心中便不再忐忑，很是欣慰地道："既然这样，那我不妨直说了，如有不妥，还请大人指正。"说着便拿出了自己带来的《浑天之说》，递于司马迁面前。

司马迁接过《浑天之说》，掂其分量，应不在《盖天说》之下，当下心惊，看来浑天之说并非空穴来风。随手翻看，只见上面各个时辰的日影和月影皆有记录，有的甚至细及毫发。在多数时辰之后，还备有推测的依据和备注标识。可见其研究之精细、严谨！

良久，司马迁放下手中的《浑天之说》后说："阁下所书之'浑天之说'循序有道，考证详实，令人叹为观止。但我有一点不明，阁下记下的天文数据于'盖天之说'同样匹配，这也不能证明天之真相就如阁下所言的'浑圆'呀，敢问阁下浑天之说的依据是什么？"

落下闳说："请问大人，如果天之真相当真为'盖天'那般，那为何日月要西落东出？"

司马迁想了一下，道："这个问题已经困惑我很久了，恕我愚昧，我还不能知晓其中的道理。"

落下闳说："再问大人，先秦时期，我朔土之地共有六历，秦在一统天下后，废除了其他五历，独尊《颛顼历》。当时看来，《颛顼历》确实是最为精准的，不过其他五历虽未被选用，依然可供查考。我曾查过六历，于当今之时日，前后皆有偏差。如果此六历推算之天文理论正确无误，那为何又会有了朔晦月见的偏差呢？"

司马迁略一思忖，道："可能是推算有误吧。"

落下闳直言不讳地说："推算不会出错。如果推算出错，为何制历时推算的又是准的呢？之所以出现偏差，那都是在历法使用多年之后才发现的。而天道轮回，周而复始，并不见有丝毫停息。由此可见，如推算之法是准的，时令绝不会出错；如果出错，则证明历法所遵从的天文理论是错误的。"

落下闳一番话，说得司马迁对答不上来了，只好叹声道："我才疏学浅，不能给阁下一个圆满的答案。不过，恕我直言，阁下之天文理论还是不能令我完全信服。"

唐都见二人各持己见莫衷一是，于是劝道："二位不要再争了，天在上，人在下，无论谁对谁错，现在都还是建立在假想基础上的，不必强求一律。对世间万物持怀疑之心，是我等做学问的根本，战国时期，正是有了诸子百家的各抒己见，才有了被后世所推崇的百家争鸣嘛。"

唐都这番话，打断了落下闳与司马迁之间的论争。但沉默并不代表默认，司马迁心里明白，以后的制历必然会因理论的不同而产生分歧。不过，对落下闳而言，目前制历就两个阵营，不愿意和公孙卿人同流合污，又不愿遵从"盖天说"，那他能去哪呢？难道千里迢迢来京一趟再折身而返？再者，唐都是司马迁的师公，还是他盛情邀约过的人，总不至于这样就打道回府吧？

三人当天一番对饮后，司马迁将唐都和落下闳的住所安排在了长安城西的一处院落里。本来此次应召进京人员全都安排在长安城内的各官舍里，但司马迁恐官舍人多影响唐都、落下闳的制历，这才专门安排了这处院落。

落司之谈

唐都和落下闳搬进住所的时候，司马迁早已安排人将院落打扫干净、收拾妥当了。为了方便起见，司马迁还从自己三名下人中，抽出一个给唐都、落下闳，以照料他们的饮食起居。

辞别司马迁后，落下闳心里一直在想，此次制历的人多以"盖天说"为基础，虽然目前分司马迁和公孙卿两大阵营，但不一定只制两种历法。最好的结果是从理论上说服司马迁，让其依"浑天之说"理论制历；如若不能，也只好另制一历，最后在比较中分出胜负来。

从落下闳与司马迁的初次交锋来看，想要让司马迁遵从"浑天之说"基本上是不可能了，唯有按第二种方法另启一历。但第二种办法同样让二人心存顾虑，毕竟武帝有令，同时制作的历法只能是两部，而不是三部。

经过协商，落下闳和唐都决定向司马迁挑明此事。如果不能按"浑天之说"制历，那么他们就只好离京归乡了。

第三天，还没等落下闳和唐都上门，司马迁就派人邀落下闳了。蹊跷的是，这次为什么不要唐都一同前往？也许司马迁另有用意，落下闳略一思忖便释然了。

唐都说："落下兄弟，司马迁只邀你去，恐怕是要和你摊牌了，你做好决定了吗？如果司马迁执意不让另做新历，你该如何选择呢？"落下闳说："唐大哥和我想到一块去了，我也料到是摊牌时刻了。恕小弟直言，如不能以'浑天之说'制历，那我就回去，继续做我的一介草民，唐大哥你不会怪罪我吧？"

唐都说："兄弟多虑了，我也有此意。你放心前去吧。"

落下闳见唐都这样信任自己，深深鞠躬道："有唐大哥这句话，我落下闳即使不参与制历也值了！"说完，便随来人大步走出门去。

午后，司马迁家中。

落下闳赶到时，司马迁已在家中等候了。厢房内已安排好酒菜，二人寒暄后分宾主坐下。自从与落下闳争论后，司马迁心中一直不快。这两日，他左思右想，最后还是决定将有些话与落下闳挑明的好，如果不能共同制历，那也就只有留下遗憾了。

司马迁端起酒杯对落下闳说："今日邀阁下前来，还是为共同制历的事，如言语间有得罪的，还请谅解。这第一杯酒就算提前向阁下赔不是吧。"落下闳明白司马迁话中之意，也端起一杯酒道："我落下闳一介草民，能得大人赏识，已是万幸，大人教导我谨记就是，哪有赔不是之说，大人但说无妨。"

司马迁说："那好，既然阁下这样说，我也就不兜圈子了。如果我不能遵从阁下的'浑天之说'，阁下打算怎么办？"

落下闳直言道："历法研究要遵从各自内心。大人不能依浑天说制历这很正常。我只求大人准我另制一历，历法修成后再作比较，择其优者奉于圣上。如我侥幸获胜，功劳不必记在我的名下，我愿与他人共享荣耀。"

落下闳说完，司马迁不由心中一惊，如此大功都愿与人共享，此等胸襟叫他如何好拒绝？可武帝只许两组制历，另制一历要是泄露出去，那可是欺君之罪啊。想到这儿，司马迁说："阁下可知，即使我同意另制新历，但这事不可能不被外人知道，一旦泄露，被圣上得知，不单你我甚至连倪大人都要受到牵连。"

落下闳说："制历事关天下百姓生计，优中选优的历法不也正是圣上需要的吗？如大人提前告知圣上，圣上定不会怪罪。"司马迁说："阁下方才所言，看似有理，实则是一险招呐。这里，我倒是奉劝阁下放下'浑天'，与我共遵'盖天'。"

落下闳闻言，方才明白司马迁今日邀他前来，是想让他遵从"盖天之说"制历，不禁有些失望，于是答道："多谢大人抬爱，恕草民不能苟同。"落下闳生硬的回复，顿时令司马迁无语，他生气道："阁下若是定要如此，免不了要回阆中了。"落下闳说："回阆中就回阆中。"

二人至此，谈话已然谈崩。对坐良久，各自无语。还是司马迁率先打破沉默："阁下莫怪，方才之言多有得罪，还望谅解。"

落下闳心中也是一阵愧疚：自己一介草民与身居官职的司马大人力争，本已不该，而且还不留情面；没想到司马大人竟先向他赔不是，此种胸怀和格局，实在是常人所不能及的。可惜二人不能遵从同一天道共同制历。

想到此,落下闳忙端起酒杯说:"大人言重了,方才应是我向大人赔罪才对。"

司马迁说:"你我不必再行争执,我可以尊重你的'浑天说',只是这分开制历一事,我不能定夺,待我禀告倪大人之后再作商议。"

落下闳说:"好,大人如此不计个人得失,我落下闳心生佩服。等历法制成后,无论结果如何,我都要好生与大人交流一番。"说罢,落下闳便拜别司马迁,归住所去了。

倪宽的抉择

这日,倪宽正在府上查看制历人员名单,听下人说司马迁求见,便放下名单,命人将司马迁请进来。

司马迁见倪宽面前放着制历名单,知道来得正是时候,便道:"倪大人,各郡县举荐人员基本到齐,在册人员共一百八十余人,不知现在可否启动制历了?"

倪宽说:"制历的事,你比我擅长,何时启动以及人员如何分组,你安排即可。但有一点须谨记,那就是所制之历必须精准,而且时间不能拖得太久,切不可让公孙卿等人抢了先机。"

司马迁说:"此中利害,属下明白。还有一事,需向大人禀报,望大人定夺。"

倪宽以为司马迁遇到了什么难处,便说道:"有何困难,大可道来。"司马迁向倪宽一揖,道:"没什么困难,只是同行间的学术之争。此次应召的天文学家长年生活在民间,各自依据的法则不一,因此所遵从的天文理论也不一样。"

倪宽说:"哦,敢问司马大人遵从的是哪种天文理论?"司马迁说:"属下所遵从的是'盖天之说',秉承天圆地方理论。"

倪宽再问："那这一百八十余人中，遵从哪一种理论的人多？"司马迁回道："尚未统计，想来应是遵从'盖天之说'的人多，因这一理论在天文领域流传最久，遵从的人自然也最多。"

倪宽说："既然如此，如果不遵从'盖天之说'，是否该遣回各自郡县中去？"司马迁摆手道："那倒不必。"

倪宽诧异地问："那依你之见呢？"司马迁说："依属下之见，'盖天之说'虽信服者众，但尚未验证的疑点也多。在我大汉之前，历朝历代研制过多种历法，这些历法多以'盖天之说'为理论依据。如若'盖天之说'已道破天之真相，那为何时令节气还是出现偏差？可见'盖天之说'也并非绝对正确。此次进京的人中，不乏造诣高深又见解独到的，谁能断定他们所遵从的理论一定逊色于'盖天之说'呢？如那天谯大人举荐的落下闳，我近日通过与他私聊，发现此人观天独辟路径，且数据验证与天相一一对应，如果令其归家，岂不是我大汉制历的一大损失？"

司马迁这一番言论，让倪宽对他刮目相看。往常宫中官员相争，多是口诛笔伐，长自己志气，灭别人威风，像司马迁这样主动抬高别人的还是头一次见到。要知道，历法再多最终只有一部胜出，司马迁这样做不是置自己名利于不顾吗

想到这儿，倪宽说："阁下有什么高见？"

司马迁说："属下认为，当务之急是先以理论划界，将这一百八十余人归属于各自所遵从的领域，均给予支持，准其制历，最后从所制新历中择优奉于圣上，如此便可制得精准、先进之历法。"

倪宽点头道："这样不失为良策。但圣上之前有旨，制历分为两组，我等与公孙卿各负责一组，按你所言，岂不要多出一组？此事应先禀告圣上，不然就有欺君之嫌了。"

司马迁道："大人说得在理，只有事前禀报了，圣上才不会怪罪。

此事还请大人成全。"

倪宽知道自己去宫中面见圣上已在所难免，于是道："我明日便上朝禀告，你尽管放心好了。"

分组制历

第二天朝会后，倪宽便将另设一组制历的事禀告了武帝，没想到武帝不但没有责怪，反而高兴地应许下来了。

倪宽将这一消息告知了司马迁，司马迁又通知到了落下闳和唐都。二人悬在心头多日来的一块石头终于落地了。

不过，令他们不曾想到的是，启制新历仅仅是个开始，往后制历的路更曲折、更艰难。

考虑到还会有不同的天文理论，司马迁将一百八十余位天文学家聚集在一起，向他们传达武帝的旨意，坦言不遵从"盖天之说"也无妨，大家可各依各派，自愿组合成多个制历组。

司马迁采取上述办法，一来是不想埋没了像落下闳这样的天文人才，二来也是为了服众，不然这一百八十余人难免不会有人对落下闳、唐都抱有成见。可让司马迁没有想到的是，分组的结果除了"盖天之说""浑天之说"外，另外还分出十五个不同理论的历法组，这十五组中，每组至少有三五人，多的达十余人，反倒是遵从"浑天之说"的人数最少，仅落下闳和唐都两个人。

不过，总体而言，遵从"盖天之说"的人还是占了大多数。司马迁见多出这么多制历组，一方面始料未及，另一方面也多了几分不安，他对自己所在组能否胜出感到担心。

当司马迁将分组的情况报告给倪宽时，倪大人也似乎难以置信了。

司马迁道："连'盖天之说'在内，目前共有十七种天文理论，按之前的设想，我们要同时成立十七个制历组。"倪宽也叹道："真是出人意料啊，没想到，我大汉民间天文研究分歧如此之大。我会将此事禀告给圣上，你尽快让各组为启动制历作准备，有什么困难，随时向我报告。"

倪宽将分组制历的情况禀告给武帝后，武帝哈哈一笑："好，此乃天助我大汉也！倪爱卿听令，此次制历，历时六年，六年之后，各组将所制新历统一送到宫中，我会派人鉴别，择优而用，胜者我自有封赏。"

至此，有史以来，华夏大地上动用人数最多，涉及学派最广，历经时间最长的国家制历活动，在公元前 110 年的长安城正式开始了。

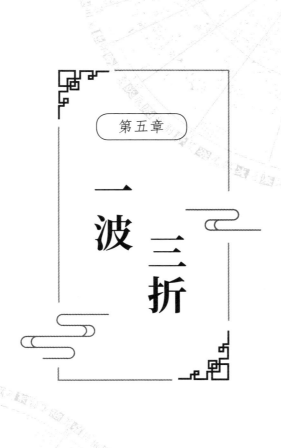

第五章

一波三折

公孙卿的恐慌

　　制历工作启动后，各组的制历都在争分夺秒、夜以继日地进行着。

　　我们知道，汉代没有科举制，个人想要在官场上有所作为，必须有人赏识或举荐。虽然在现在看来，科举制弊病很多，但是相对举荐制来说，已经是很完美了。它的进步在于，举荐不可能年年有，一些社会底层人士，终其一生可能得不到一次举荐；科举制就不一样了，它的出现，大大降低了进朝为官的门槛，寒门人士只要寒窗苦读，人人都有晋升的机会，而且科举制年年有，一次不中可以考五次，五次不中可以考十次，只要你活着，可以一直考到死。此次应召到京城的天文学家，可以说是踏上了一条走向成功的"绿色通道"，相较于整天在民间观风测雨的，这就是一次难得的破茧成蝶的机会，叫他们如何能不"争分夺秒、夜以继日"？从事学术研究的人都知道，他们终其一生的梦想，就是要让自己的研究成果得到世人的认可。埋没于乡间的学术那不叫学术，那叫执念。只不过通过制历组走向成功的路过于狭窄，以至于可以用千军万马过独木桥来形容了。

　　落下闳和唐都对多出十五个制历组同样感到惊讶。不过，这也更激起了他们战胜对手的勇气。人的行为习性通常如弹簧：遇弱则弱，遇强则强。落下闳、唐都大概就是遇强更强的那种。

或许有读者会问，既然落下闳在阆中时，已对自然天象有过详细的观测和记录，何不在已有数据的基础上，对照"浑天之说"理论加以推算？这样岂不是会在很大程度上节省时间？

回答这个问题有两个答案。

其一，落下闳之前的研究，主要基于天体形状的认识，而制历是对天体运行规律的运用。举例来说，假如我们把天上的星体看成是一辆辆疾驰的赛车，那么落下闳"浑天之说"就是要对这些赛车行驶的固定路线做分析。而制历则是在已知行车路线的基础上，对车辆行驶速度的研究，什么时候会转弯，什么时候会加速，什么时候会减速，什么时候刚好跑完一圈，在赛车跑出第一圈的时候，就准确预测出它第三圈第十圈甚至是第一百圈该怎么跑。比之前者，后者的难度不止增加了一个等级。最重要的还在于，一个好的预判，往往建立在选定一条正确的跑道上，不然一切都是白忙。其他各制历组最后的结果，很好地证明了这一点。

其二，就是对历法的验证。在古代，制定一部新的历法，其慎重程度不亚于现在出台一部《宪法》。更为残酷的是，古代皇帝高度集权，如果一部新的历法漏洞百出或是未加验算的残次品，那么制定历法的人很可能就要被拉出去砍了。其次，验证历法需要一个漫长的过程，得占据大量时间。因为，你有可能用一天时间把历法推算出来，但太阳不会因为你要验证，就一天就把一年的路程走完。

有此两条，就足够对上述问题做出解释了。

说完落下闳，我们有必要再说说公孙卿。

公孙卿是武帝发起制历的起始者，又是倪宽等人的宿敌，同时还是武帝时期天文神学说的代表人物。此次制历多出十七个组，对他的压力和冲击也是很大的。这一方面增加了公孙卿的恐慌，另一方面，也使汉朝两个制历集团的矛盾冲突更加明晰化。

公孙卿作为一个装神弄鬼、百般迷惑武帝的方士，本质上还是一个靠观天象强赋神鬼的天文学家。或许有人认为将公孙卿称之为天文学家，是对落下闳和唐都等众多天文学家的玷污，但事实是，在汉代，神鬼之说的前提是天文，不懂天文的人，是无法为神鬼之道自圆其说的。公孙卿作为懂天文学的人，既然能在皇宫这个卧虎藏龙的地方脱颖而出，那他在天文学上的造诣也绝不会很低，甚至可能是其中的佼佼者。

著名寓言《皇帝的新装》中，两个骗子竟把整个皇宫的人骗得团团转，此中受骗程度最深的人，当属皇帝本人了。这则寓言告诉了我们：真相是普遍存在的，而切入真相的切口，却只掌握在少数人手里。

公孙卿就如《皇帝的新装》中所写的那两个骗子，皇宫之中不少智者能人，明白人一看就知道这就是个骗局，可就是没人敢站出来拆穿。

而恰恰是落下闳等十七个制历组，满足拆穿公孙卿神鬼把戏的条件。一是他们同遵天文理论，没有门槛之别；二是这些民间天文学家都在找一个出头的机会；三是制历一事，高者为胜，无论哪一个组胜出，都会被武帝赏识，然后留在宫中任职。虽然这并不会影响公孙卿的神历，但会影响公孙卿的仕途，这就好比一个平时好卖弄自己"三句半英语"的学生，突然发现班里来了一个金发蓝眼的英国学生，这叫人如何不恐慌。而这点，也正是倪宽所需要的。

由此可见，公孙卿的恐慌就显而易见了。

公孙卿的行动

敢在皇上面前装神弄鬼的人，坐以待毙就不是他们的性格。制历开始不久，公孙卿就开始行动了。

在公孙卿的制历队伍中，有一个很重要的人，此人名叫壶遂。细心的读者会发现，壶遂这个名字，曾在神仙下凡炸出一个神坑那一节中出现过。没错，就是那个壶遂。公孙卿得宠之后，此人便依附在公孙卿身上，贪图名利富贵，可以说，是公孙卿真正的忠粉和一号打手。

在司马迁的十七个制历组中，包括他所在的制历组，由于人员甚广，除了被安排在长安城西的一处院落里的唐都和落下闳外，其余制历组大多安排在未央宫西北角的几处院落中。

公元前 110 年的一个冬夜，未央宫内出奇的宁静，除了偶尔来回巡视的卫兵踏出的脚步声之外，所有的生命都仿佛在这清冷的夜色中沉寂了下去。

一列巡逻士兵刚走过不久，忽然在未央宫西北一处院落闪出一个人影来。此人一身黑色的夜行衣，头上蒙着黑面罩，一举一动虽不是十分矫健，但从他走动丝毫不发出声响和巧妙避开巡逻士兵的举动来看，便可知这是一个惯于夜行的人。顺着房屋两旁的花木，此人三转两转便悄无声息地行至一处屋檐下。此处正是司马迁等制历组研制历法的地方。他要找寻的目的地，也正是这里。随后，他轻轻便拉开一扇窗户，纵身一跳，整个人便闪进了屋内。

没人知道此人是谁，他来这里干了些什么。

一直到启明星从东方升起时，此人才从屋内出来。之后，几个闪身，便消失在了黑暗中。

就在整个长安城还在一片寂静中的时候，有一个人却一直无法入睡，他在灯火摇曳的屋里焦急地来回踱步，并时不时侧耳倾听屋外，待什么都听不到的时候，就又回到桌前继续踱步，好像是在等待着什么。

突然，屋顶上的瓦砾轻轻响了一下，接着，从窗口闪进一个穿着一身夜行衣的人来。此人一看黑衣人进来了，立即迎了上去，脸上堆积的焦急与担忧在一瞬间就没了，取而代之的是满脸的兴奋与期待。

那黑衣人从窗口闪进之后，忙回身向窗外左右探视，待确定确实没有人尾随之后，方才将窗户拉下。

黑衣人一转身揭去了面上的面罩，定睛一看，此人正是壶遂。而那个焦急等待的人，便是公孙卿。

壶遂除掉面罩之后，便端起桌上的茶水大口喝了起来。夜晚的高度紧张和奔跑，让他口渴难耐。公孙卿坐在一旁，边给壶遂添茶，边迫不及待地问："怎么去了这么久？都弄到手没有？"

壶遂咽下一大口茶水后说："嗯，司马迁各制历组的验算数据我都抄录了一份。"说着便从怀中掏出几片写得满满的竹简来。

公孙卿急忙接过去，细心查看起来。

壶遂说："大人，有一事很是蹊跷。"公孙卿抬起头，问道："哦，什么事？"

壶遂说："司马迁的制历组应该是十七个，可我搜遍所有地方，却只找到十六个组。"公孙卿略一思忖，道："是不是未找到司马迁本人所在的组？"

壶遂说："不是，每个组的人员都有标识，司马迁所在的'盖天之说'制历组也在里面，我已经将他们的研究数据抄录了。"说着便在公孙卿手中挑出司马迁的那组的数据。

公孙卿低头细看，确实是"盖天之说"的研究数据，不禁低喃道："那会少谁呢？"

壶遂说："我记得前段日子，您提到谯隆曾向圣上举荐过一个叫落下闳的人，我反复寻找，却没找到这个人的名字。另一个组会不会有他？"

壶遂的提醒，让公孙卿明白过来，那个未能找到的制历组很可能就有落下闳。想到这儿，公孙卿对壶遂说："今天辛苦你了，先回去休息。近期一定要探查清楚，看落下闳等人究竟藏在何处。"

壶遂说："我会想办法多打探清楚的，请大人放心。"

看着手中这一叠资料和壶遂远去的背影，公孙卿满意地点了点头。

公孙卿将资料揣入怀中，转身走进了密室。

通过一番比较和思索，公孙卿心里不由轻松了起来。因为他发现，这些制历组虽然理论上各持己见，但真正对他构成威胁的只有司马迁的"盖天之说"组，以及还未找到踪迹的落下闳制历组了。

没几日，壶遂就为公孙卿带来了好消息：落下闳的制历组，被司马迁安排在长安城西北的一处院落里。听到这个消息，公孙卿立刻要求壶遂去夜探情况。

这天夜里，落下闳怕唐都身体吃不消，让他先休息去了；之后，一个人坐在成堆的数据面前沉思。不知过了多久，一阵困意袭上身来，落下闳伸了伸腰，吹灭了灯，向卧室走去。

就在这时，黑暗处，一双眼睛早就急不可耐跃跃欲试了。

待落下闳卧室的灯一熄灭，一条黑影便悄无声息地从另一处屋顶上一跃而下，一个急闪便隐入了落下闳制历的屋子。此人正是被公孙卿派来偷取落下闳研究成果的壶遂。

壶遂闪进屋之后，看着放在桌子上的天文数据和记于竹简上的"浑天之说"，从怀中掏出笔墨抄写了起来。

突然，一声疾呼："什么人？"

壶遂未曾料到被人发现，立即抄起桌上的《浑天之说》塞入怀中，夺窗而逃。翻过围墙的一刹那，他隐约感到离他不远的地方，一个身形矫健的男子正朝他追来，看身手，此人应当是个练家子。遂越发慌张，一刻不停地从墙外的小巷飞跑。

后面赶来的男子，追至围墙处，纵身一跃，便从墙上跳了出去，但是黑衣人早已不见了踪影，一番巡视，还是毫无踪迹，只好急忙返回院落之中。这个人，正是文翁派来保护落下闳、唐都的郭解。

原来，壶遂翻墙而过的那一刻，不小心碰到了一片瓦砾，发出了一声轻微的响动，对于平常人而言，这一轻微的声响，无异于蚊子掠过。但是对于习武出身的郭解来说，这轻微的声响足以引起他的警觉。为了保险起见，他悄悄顺窗户缝向外张望，正好看到黑影闪进屋子。郭解不禁狐疑，难道是落下闳和唐都？可是人影进去之后，再无声响，也不见掌灯，郭解心中惊呼坏了，肯定是有贼子闯入。那间房里有落下闳和唐都几个月的研究数据，那是容不得有任何闪失的，心一急，便大喝一声："什么人？"这才有了后来发生的一切。

闻声赶来的落下闳和唐都，正好碰到迎面回来的郭解，忙问："郭兄弟，什么事？"

郭解说："不好了，刚才有个黑衣人闯入你们的工作室，我赶去迟了一步，还是让他跑了。你们快去瞧瞧，看是否丢了什么东西？"

落下闳和唐都心中一惊，赶忙进屋掌灯查看。这一看，两个人都不禁傻眼了，原本搁置在桌上的观测数据和那本《浑天之说》没有了。

落下闳满腹疑惑地说："怎么会这样？这到底是什么人干的？"唐都看落下闳着急，安慰道："落下兄弟不要着急，《浑天之说》我们来京之前，不是抄录过两份吗？"

听唐都这样说，落下闳心里稍微平静了一下，叹道："幸亏当初留了一手，不然……"唐都说："没事的，只要我们有《浑天之说》，历法就可以继续研制，大不了我们再观测记录一次。"

落下闳说："事已至此，也只好这样了。可这会是什么人干的呢？"

唐都说："依我之见，此人很可能也是参与此次制历的人，不然为什么偏偏只偷取与历法相关的东西呢？"

落下闳点点头道："唐大哥，看来以后我们要小心一些了。"

就在这时，郭解瞥见窗台下隐约躺着一支笔，以为是落下闳他们的，便上前弯腰捡了起，转身交给落下闳道："这是落下大哥的笔吧。"

落下闳未及多想，接到手一瞧，发现这笔不是他和唐都的，口中喃喃道："这不是我们的笔呀。"落下闳迎着灯光一看，惊呼："是他？"

唐都闻声，从落下闳手中接过笔，定睛一看，只见笔尾端赫然刻着"公孙卿谨赠"几个字。

二人终于知晓，原来是公孙卿派人来窃取他们的研究成果了。落下闳默默地说道："不想这位素未谋面的人，自己找上门来了。"

唐都担忧地说："这事得赶紧告知司马大人了。"

落下闳说："嗯，明日我们便去。"

第二日，落下闳和唐都便将房间遭窃一事告诉了司马迁。司马迁听后也是一惊，他知道与公孙卿的交锋迟早会来，没想到会来得这么快。

让司马迁等人庆幸的是，这贼人留下了证据，凭此事可以向武帝举报公孙卿了。当司马迁把这个想法告诉倪宽的时候，却遭到了倪宽的反对。

倪宽说："虽然笔上刻有'公孙卿谨赠'的字样，但还不能说明就是公孙卿干的，只能说这贼子公孙卿可能认识。以公孙卿的狡猾，他失落东西后，必定会设法开脱。到时候，不但治不了罪，反而会因此打草惊蛇。"

倪宽的一番话，点醒了司马迁，但司马迁又心有不甘，遂问道："那依大人之见，我们该怎么办才好呢？"

倪宽叹了一口气说："先隐忍下来，小心为妙了。"

就在倪宽和司马迁正商量对策的时候，公孙卿在家中急得有如热锅上的蚂蚁。真是怕什么来什么，包括司马迁在内的"盖天之说"皆不为惧，只因他也遵从着"盖天之说"，现在他手下新增了这么多力量，将司马迁比下去他还是很有把握的。但是，当他看过落下闳的《浑天之说》后，心中顿时涌起一阵强烈的不安，虽然他还不能完全相信"浑天之说"，但是从上面所记载的数据来看，却是有理有据，百般周详，说不定这个叫落下闳的人才是他的真正对手。

更为让他不安的是，壶遂在窃取落下闳研究资料时，不但被人发现，而且还遗失了一只刻了字的笔，那支笔正是他赠予壶遂的，如果一旦被落下闳等人得到并献给皇上，那他岂不是大祸临头了。现在，他只期盼那支笔没掉在落下闳那儿，而是遗落在路上了。

一连几日过后，派人去落下闳那儿行窃的事没有人提及，看来上天庇护他，那支笔没有被落下闳等人捡到。不过，经过这件事，再想去偷取落下闳的研究数据愈发难了。想到这儿，他一边低头看《浑天之说》，一边陷入了沉思。

邓平的心思

对落下闳《浑天之说》研究多日之后，公孙卿下令他的神力组人员加快进度，在未分出历法谁优谁劣之前，只有在时间上抢先，才能在竞争中战胜对手。多年对"盖天之说"的认定，让他无法相信天之真相就如《浑天之说》中所描述的那样。

不过，不信不代表不妨？他要想方设法搞到落下闳的研究数据才好做定论，如果大量数据证明，天之真相真如《浑天之说》那样，那他也好及时对自己的神历做出修改。不然，武帝一旦明白过来，也免不了要灾祸加身。

可是，如何才能再次弄到落下闳的研究数据呢？正在他百思不得其解的时候，壶遂为他举荐了邓平。

邓平是汉武帝时期的宫中历法官，通天文，识天象，在此次制历组中，被编在司马迁的"盖天之说"制历组。

对于倪宽、司马迁与公孙卿等人的相争，邓平在宫中已早有耳闻。此次制历，有个问题一直困惑着他，如果他参与的制历组最终不能获胜，那么他所做的一切就等于白费了；即使侥幸获胜，也不可能将参与制历的人全部封官，到最后得到武帝赏识的也只有司马迁和倪宽。

想到这儿，一种替人作嫁衣的不甘涌上心头。他清楚，作为一个历法官，参与制历就是机会，错过这个机会，再想在宫中出人头地就没有机会了。难道他邓平此生，注定要在这未央宫默默无闻地过一辈子吗？

不，他不想就这样。很快，他有了主意，那就是投奔公孙卿。公孙卿是圣上身边的红人，跟着他，就算此次制历中没有得到赏识，也远比默默无闻地待在历法组强。

于是，经人引荐，邓平便结识了壶遂。壶遂是公孙卿的左膀右臂，一番交往后，邓平很快和壶遂成了无话不谈的朋友。

终于，在一次谈话中，邓平向壶遂表明了要改投公孙卿的意思。壶遂一听，心里乐开了花，但面上佯装为难，道："这个我要先禀告公孙大人，你也知道公孙大人和司马大人之间有些过节。待我禀告了公孙大人之后，再告诉你吧。"

邓平见壶遂如此，忙双手一揖，道："那就有劳壶大哥了，如若能与壶大哥一同侍奉公孙大人，我定唯壶大哥马首是瞻。"

壶遂听闻，小人得志的神情已经按捺不住了，忙对邓平说："邓大人放心，我一定尽力而为。"

待邓平一走，壶遂便奔向公孙卿府上，二人开始了一番密谋……直至夕阳时分，壶遂才从公孙卿府上出来，脸上洋溢着胜利者的微笑。

天色已晚，壶遂没有往家的方向而去，而是去见了刚分手不久的邓平。

第二日，辰时一过，各制历组陆陆续续开始新一天的工作。司马迁照例要比别人来得早一些，他一直牢记父亲的教诲：无论做什么事，和谁做，在哪做，要想得到别人的信服，就必须以身作则。自从他得到武帝的赏识负责制历后，便一直警醒自己不要辜负父亲的期望。事实上，他也的确在按照父亲的教导做人做事，制历组人虽然多，但从来没有谁对司马迁表露过不满，这一点让他很是欣慰。

这天，司马迁正在查看前一天的工作进度，转身瞥见身后站着一个人，定睛一看，是负责观天的邓平。邓平见司马迁回过头来，上前一揖道："司马大人辛苦，邓平给您问安了。"

司马迁对邓平突如其来的问候很是意外，忙回礼道："邓大人有事吗？"邓平说："我确实有些事要禀告您。"

司马迁以为是制历上的事情，便说："什么事？你说吧。"邓平说："大人可否借一步说话？"

司马迁不禁在心里嘀咕，到底什么事啊，还要回避人。但脸面上未表露出来，便回道："好，请移步这边说。"说着二人便向里屋走去。

进了里屋，邓平随手关了门，向司马迁一揖道："司马大人，近日属下与众位同仁观天讨论，收获良多，对天之真相的认识又深了一步。属下不才，隐约觉得天之真相或许不是'盖天之说'所概论的那样。"

司马迁听闻，忙问道："那依你之见，该是哪样？"邓平略一犹豫，道："属下不敢定论，但经我揣摩，天之真相似乎更接近于落下闳的'浑天之说'。"

司马迁道："浑天之说？"邓平见司马迁惊奇，忙道："这只是属下的浅见，绝无冒犯大人的意思。"

司马迁摆摆手，道："不不不，我并没有责怪你的意思，我只是感到很意外，邓大人不要放在心上。"过了一会，邓平吞吞吐吐地道："大人，属下想……去落下闳'浑天之说'组去，还望准许。"

司马迁说："你的意思是说，你要参与落下闳制历？"邓平说："是的……"

司马迁略微沉思了一下说："好吧，我尊重你的意愿。但此事我不能一人做主，我要同落下闳等人商量一下，如果他们也没有异议，那你就过去吧。"邓平见司马迁同意了他的请求，忙向前一揖，道："多谢司马大人成全。另外，属下认为，我去落下闳的制历组，再合适不过了。"

司马迁不解地问："此话怎讲？"

邓平说："大人负责的十七个制历组中，每组都是由宫中历法官员和民间天文学家组成，这样就可以将民间人士智慧和宫中修历优势很好结合起来。唯独落下闳的制历组没有宫中历法官参与，这可能会影响到他们的制历进度。我在宫中多年，对宫中历法已很熟悉了，我的加入，正好可以弥补他们这一短板。"

邓平一提醒，让司马迁马上意识到这个被他忽略了的问题，忙说："邓大人说得有理。这样吧，我尽快将此事告知落下闳。我想，对于你的加入，他也应该是很欢迎的。"

邓平道："多谢大人，那属下就退下了。"

邓平在转身离开司马迁的那一刹那，嘴角露出了一丝不易察觉的得意。

邓平的到来

司马迁将邓平要来"浑天"组制历的事告知了落下闳和唐都，二人见有宫中历法官愿加入他们，便非常高兴地接受了。

令二人没有想到，就是这个看起来对他们制历有益的人，却成了将他们推向深渊的罪魁祸首。

对于邓平的到来，落下闳和唐都待之以上宾礼，将他居住的地方安排在院落中那个既通风又向阳的房间。

这段日子，郭解一直很是小心，夜里，哪怕有一丝风吹草动，他都要起来四处查看，生怕再发生什么不测。

郭解的小心翼翼，邓平看在眼里，心中不免焦急，在来之前，壶遂已向他传达了公孙卿的意思，要他到落下闳制历组后，务必把他历法的推算稿誊写一份出来。白天，他与落下闳、唐都在一起，没有机会，若偷偷誊写，必然会引起他们的猜疑，容易坏事。他想趁夜间溜入制历房中行事，但郭解的警醒又让他几次望而却步。

这天，正逢唐都生日，入夜，四人便一起饮酒庆贺。邓平觉得机会来了，喝了一会儿，便佯装醉倒。三人只好将他扶到卧室休息。看着躺在床上鼾声四起的邓平，三人便帮他盖好被子，落下闳笑着说："邓大人醉了就让他安心睡去吧。今日咱们三个离开故乡多年的人，好好借唐大哥的生日浇一浇乡愁吧。"

三人自离乡赴京，已近一年了，虽然他们一门心思用在制历上，但哪有游子不思乡的，白天忙于制历无暇分身，可每到夜晚，窗外的月光便勾起他们的无尽乡愁。故乡的山山水水里，有他们大半生走过的美好时光，那里有他们至亲至爱的亲人。平时三人很少喝酒，今日索性喝它个痛快。

邓平在屋内，听着三人愉快的笑声和不时传出的觥筹撞击声，心中不禁激动了起来。

夜已经很深了。半夜的痛饮让三人头重脚轻，眼神迷离起来。唐都已经大醉，眼看就要趴在桌子上睡着了。落下闳和郭解也喝得快要站不起身。落下闳和郭解将唐都摇摇晃晃地扶进了他的卧室，还未将唐都放在床上，落下闳便听到了唐都沉沉的鼾声。

二人一番收拾，也各自睡去。

一只夜鸟扑棱着翅膀，从院落上飞过，不一会便隐匿于黑暗之中。暗蓝色的天空上，一弯圆月渐渐西沉，夜空开始暗了下来。

邓平穿上一身夜行衣，拉开门，顺着墙角蹑手蹑脚地走向郭解的卧室，一番观察和等待后，房中传出均匀的鼾声，看来郭解已经睡去，邓平这才安心地朝向制历房走去。

室外繁星点点，月色灰暗，任邓平怎么就着月亮细看，还是辨不清竹简上的字迹。犹豫了一会，他走出房间，再次到另三人的窗下耐心听了一会儿，确定三人都睡得很沉之后，这才放心地回到制历房，点起了烛光。

黎明前的夜最是黑暗，如果没有东方升起的启明星，邓平还不觉得时间已过去一夜，看着手中誊写好的几摞简册以及桌上落下闳的验算稿，在确认无误后，便满意地将抄好的册简揣入怀中。他想，这份礼物，一定是公孙大人迫切需求的，把它交出去，自己飞黄腾达的一天就指日可待了。想到这，邓平刚刚身上涌上的困倦被冲走了一大半，取而代之的是无比的兴奋与满足。桌上的烛光还在摇曳，半支蜡烛也快要燃尽，邓平知道该离开了，于是将桌上的东西恢复原样，吹灭烛火，屋子又陷入了黑暗。

第二日，落下闳等三人起来得比平常稍晚一些，直到辰时，三人才起床洗漱，姗姗出门。这时，邓平已穿戴一新地等在门外，看样子似乎要外出。

邓平说，他来落下闳制历组好多天了，还没回家探望过老母和妻儿，心里一直放心不下，决定今日回去看看。邓平的家在长安城的西南边，隔日便可回来。

三人听罢，边夸邓平孝顺，边送他出去。郭解回到屋中，将那日在集市上买的酥肉干拿出一些来，递给邓平，让他好带在路上吃。

邓平从集市上叫来的马车，已在门外等候多时了。三人也不做多的客套，送邓平上了车便回到里屋。

郭解识破

吃罢早餐，三人觉得精神好多了，昨夜残留的酒意也消弭殆尽。

落下闳和唐都走进了制历房，开始新一天的工作。郭解照例进制历房为落下闳和唐都准备笔墨等必备工作用品。当他走过烛台时，不经意的一桩小事引起了他的注意：烛台上的蜡烛燃尽了。他清楚地记得，昨天夜里，是他新换的蜡烛，最不济也能燃七个时辰。昨夜因为唐都过生日，他们很早便灭了灯，走出制历房蜡烛并未燃尽。郭解记得他最后吹灯的时候，蜡烛起码还有八成之多，现在怎么就燃尽了呢？昨夜四人都已经大醉，不可能再有人进制历房，这是怎么回事？

他刚想问问邓平，看他是否燃过蜡烛；突然想起，邓平今日一早就回家去了，只好作罢。陡地，一个念头闪过郭解心头，立刻把他惊出一身冷汗。他回头望望正专心验算的落下闳和唐都，欲言又止。收拾妥当之后，郭解便悄悄地出去了。

回到自己房中，郭解满脑子还是刚才那个念头，他告诉自己，那不是真的，那一定不是真的，邓平今日回家，只是个巧合而已，也许是自己太过敏感了。随后，便做别的事情去了。

整整一个上午，郭解脑海中的这个念头始终挥之不去，即使他不刻意去想了，但这种事情，越是不想，心里越是放不下来。

下午，郭解被这一念头折磨得坐也不是站也是，于是他决定干脆弄他个水落石出，不然今天一整天他都不得安宁了。可是怎么才能搞清楚呢？一番思索后，他来到邓平卧室前，用力一推，门便应声而开了。

邓平的卧室很整洁，他不是个随性的人，所以屋子也收拾得随了他的习性，被打理得一尘不染。不过，此刻的郭解并没多注意这些，他的两只眼睛紧紧地盯着靠床而放的桌子上，上面除了满满的一杯水外，再无其他东西。郭解在看什么呢？

郭解看着这杯水后，神情由疑惑到不安，又由不安变成震惊，最后完全是愤怒了。他环视了一下整个房间，这时，桌下的两只鞋子映入他的眼帘，郭解终于明白，脸上的愤怒顿时变得怒不可遏。

任郭解怎么想都没想到的是，原来邓平来此并不是为了协助落下闳制历，而是为了偷取他们的研究成果。他后悔这段日子以来，不该像照顾家人一样照顾邓平，更后悔落下闳和唐都不该把他当作事业上的合作伙伴。

想到这，郭解长长地吁了一口气，来到制历房前。房内，落下闳和唐都正在专心致志地做研究，完全没有察觉到门外的郭解。郭解想，如果他将这个消息告诉给他二人，二人该有多么懊悔。但事已至此，他不得不说。

郭解走进屋去，唐都转过身，见是郭解，便没有在意。良久，回转身，郭解还站在那儿，呆呆地不说话，不禁疑惑地抬起头，唐都这才发现了郭解的异样。忙问："郭兄弟，你怎么了？脸色怎么这么难看？"

落下闳闻言，也抬起头，看到郭解的表情，惊讶地望着他。

郭解见二人问他，便不再沉默，说："二位大哥，我要告诉你们一个不幸的消息。"落下闳和唐都不知发生了什么事，忙追问道："什么消息？"

郭解说："邓平是公孙卿派来的奸细。"这一句话，对落下闳和唐都来说，不亚于头顶一声炸雷，落下闳从震惊中回过神来，问道："郭兄弟，何出此言啊？"

郭解走到烛台前，说："二位大哥请看，这个燃尽的蜡烛，是我昨天夜里才换上的。昨夜你们出去之后，是我最后吹的灯，我清楚地记得，当时这段蜡烛还有八成之多，今日醒来，这蜡烛便已经燃尽了，可见昨天夜里，有人来过这间屋子，而且逗留了很长时间。"

落下闳上前查看，果然那蜡烛只剩最后一缕灯芯，便说道："那也不能证明这件事就是邓平干的呀？"郭解知道二人还不会一下就相信，便对二人说："二位大哥请随我来。"

发生了这样的事，落下闳、唐都也很是焦急，很想要一探究竟，于是放下手中的事，跟着郭解走了出去。郭解带二人来到邓平屋内，指着那杯水说："你们看看这杯水。"

二人走上前去，对那杯水端详了良久，也没看出什么，便问道："郭兄弟，这杯水怎么了？"郭解说："请二位大哥容我稍后解释。你们再看看这只鞋。"说着便向桌下指去。

二人顺着郭解手指的方向，发现桌下摆放着两只鞋，可也并无异样。

郭解说："我也没有想到邓平会是公孙卿派来的人。今天早晨，我照例进制历房收拾，燃尽了的蜡烛引起了我的注意。我第一反应是，昨夜制历房又有贼人进来过。但我随即又打消了这种念头，倘若是贼人，怎敢明目张胆地燃灯。而且从蜡烛燃烧的程度来看，此人起码在这里待了三个时辰有余。能待这么长时间，二位大哥想想，此人会在屋中干什么呢？"

郭解这样一问，落下闳和唐都心中不免担忧起来，道："难道是查看我们的验算稿？"

郭解点点头说："正是。昨夜我们三人都喝得酩酊大醉，此人既然敢如此猖獗，必定对我们醉酒的事一清二楚，所以才敢这样明目张胆。可是，喝酒的事只有我们四人知道，那就意味着，昨夜进屋中之人，就在我们四人中间。"

落下闳追问道："那你怎么就确定一定是邓平呢？"

郭解说："这个答案，就藏在这杯水和那两只鞋里。昨夜喝酒，我们三人尚未喝醉之时，邓平就已经醉得不省人事。你我都是醉过酒的人，当然知道喝醉酒的人，醒来之后要做的第一件事必定是找水喝。昨夜我们扶邓平上床之后，顺便倒了这杯水给他放在桌子上。但是这杯水他并没有喝，现在还在这里放着，证明邓平昨夜并没有喝醉，他是在装醉。他为何要装醉？"

郭解这样一说，落下闳和唐都似乎都明白了。那邓平装醉是为了什么呢？

郭解说："装醉就是为了迷惑我们，好在我们睡去之后，独自到制历房做他想做的事。"

落下闳说："那这鞋是怎么回事？"

郭解说："昨夜我们扶邓平上床的时候，是我给他脱的鞋。为了防止他半夜下地被鞋绊倒，我把他的鞋放在了桌子下面。我记得，当时桌子下并没有其他的鞋，那为何现在又多出一双鞋来了呢？"

落下闳越听越心惊，追问道："为何呀？"

郭解说："今日我们起来之后，邓平已经穿戴一新，连同脚上的鞋子也换掉了。昨夜他上床之前穿的鞋子不是桌下的那一双，今日一早他穿着另一双鞋子走了，那么，这桌下凭空而来的第二双鞋他是什么时候穿的？为什么会在这里？"

这样一说，落下闳和唐都顿时幡然醒悟，种种证据都表明，邓平就是昨夜进制历房的那个人。如果不是郭解的细心与机警，他二人真不知还要被邓平欺骗多久。突然，落下闳一声惊呼："不好，邓平今日出去，很可能是去给公孙卿送盗取的资料去了。"

此刻，日头已向西偏去，恐怕公孙卿早已拿到落下闳和唐都的研究成果了。

经此一事，二人当天再无心思工作，前后两次让天文成果被盗，这对于一个搞研究的人来说，无异于一场为他人作嫁衣白忙活一场了。

第二日邓平回来之后，感觉到了三人的异样，心中暗叫不好，知道事情很有可能败露，于是借机逃之夭夭，找公孙卿庇护去了。

就在邓平逃逸的当天，落下闳和唐都将制历房发生的一切告诉了司马迁。毕竟，邓平是通过司马迁来落下闳制历组的。司马迁知道后，既愤恨又惭愧，落下闳和唐都二人看到司马迁如此自责，知道司马迁也是受了邓平的欺骗，于是不住地以好言安慰司马迁。

公孙卿的两次行窃，两次得手，且都将矛头对准了落下闳，这让司马迁很是担忧。以目前的情势来看，公孙卿很可能不会就此罢手，要想让二人的制历顺利进行下去，就必须为他们换一个更加稳妥的环境。可是换到哪，公孙卿都会派人探查到。

这个让司马迁大伤脑筋的问题，第二天就被轻而易举地解决了。倪宽听完司马迁的禀告之后，决定将落下闳和唐都安排在自己的府内，谅他公孙卿再胆大，也不敢闯入倪宽家中寻事，除非他不想要脑袋了。

得到倪宽的支持，落下闳、唐都很快便搬入了倪宽府的几间厢房中。为了稳妥起见，倪宽还吩咐倪府管事的，对落下闳等人所在的厢房要严加保卫。

公孙卿的政治力量

果然不出司马迁所料，落下闳、唐都搬进倪府的消息尽管保密，但不出几日，还是传到了公孙卿的耳朵里。

公孙卿怎么也没有想到，倪宽会以这种方式对付他。看来，要想再去窃取落下闳的研究数据与研究成果，几乎是不可能的事了。

对公孙卿来说，获取落下闳的成果已不是最重要的事了。此后，倪宽必然会想方设法来对付他。以他公孙卿目前的实力，想和根基深厚，一般人无法撼动的倪宽斗，显然是鸡蛋碰石头。现在，他最紧要的是找一个可以和倪宽抗衡的政治后台。

可倪宽位居三公，权高九鼎，能与之对抗的人少之又少；唯有三公中的丞相石庆可与之抗衡，但石庆年老、谨慎，又不愿轻易得罪人，公孙卿想抱住石庆这棵大树，显然也是不可以能的事。

就在公孙卿为此事犯愁的时候，他的一个门客给他指出了一个主意，那门客说："您想抱石庆这棵大树，除非找到一个能帮您说话的人。"

公孙卿问："找谁？"门客答："公孙贺。"

公孙卿不解："公孙贺，是他？"

公孙贺，汉武帝时将军，多次立有战功。因其娶了皇后卫子夫的姐姐为妻，后政治地位不断巩固。公元前 112 年（元鼎五年），因列侯献给武帝祭祀宗庙的黄金成色不好且分量不足，引怒了武帝；武帝以大不敬之罪夺去所受牵连六百余人的侯爵之位，公孙贺不幸也是其中之一。

公元前 111 年，武帝垂怜公孙贺，给了他一个将功赎罪的机会，命令公孙贺统兵一万五千人从五原郡出发，北上出击匈奴，并封其为浮沮将军。但天不如人愿，公孙贺带兵深入匈奴腹地两千里后，未见到一个匈奴的影子，最后无功而返。

未建功业，武帝即使有心为公孙贺重新封侯，也无从下手，所以此事只好搁置了下来。

公孙卿见门客说出公孙贺的名字之后，一时摸不着头脑，不知找石庆为何要把公孙贺扯进来。

门客说："之所以选择公孙贺，原因有三。自从公孙贺被夺去侯位后，一直在苦苦寻找向圣上表功的机会，有什么能比大人您为圣上研制神历更得圣上赏识呢？公孙贺自然明白其中的道理，此为其一。其二，朝中大臣中，唯有公孙贺和石庆走得近，您只要能拉拢到公孙贺，自然也就拉拢到了石庆，拉拢到了石庆，扼制倪宽的目的也就达到了。其三，石庆已年迈，大人您再想想，倘若石庆告退，谁会最后被武帝封为丞相呢？"

公孙卿仔细琢磨了一番之后，惊呼道："公孙贺！"门客道："正是。即使公孙贺不能封相，那也必然会位列三公。这样，大人您以后在朝中也就有了长期靠山，何乐而不为呢？"

公孙卿当即拍手称好，对门客大加赞赏。随后便派人置办礼品，准备去拜见公孙贺。对于公孙卿的唐突拜访，公孙贺颇感意外。二人虽同为朝官，但平常并无交集，今日来访，会有什么事呢？但转念一想，公孙卿现在是圣上身边的红人，碍于情面，还是不推辞的好。

　　二人一阵寒暄后落座。

　　公孙贺问："不知公孙卿大人光临寒舍，有何贵干啊？"公孙卿说："在下进宫以来，久仰大人威名，一直想来拜会，又恐大人忙于朝事，不敢打扰。近闻大人身体不适，特来探望。"

　　公孙贺道："谢谢公孙卿大人挂念。我公孙贺无功于朝廷，无功于圣上，惭愧啊！"公孙卿说："大人能征善战，忠肝义胆，一身抱负无处施展，真是时势妒英雄啊。"

　　公孙贺说："今日公孙卿大人来此，我想不只想是说这些吧？"公孙卿道："大人英明，不才正有一事相求。"

　　公孙贺略一犹豫，道："何事呀？"公孙卿说："在下正为圣上制历，大人可曾知道？"

　　公孙贺说："略有耳闻。"公孙卿说："在下为圣上制历以来，朝中官员多嫉贤妒能，有的自恃位高权重对我实施打压，使我制历屡屡受挫。大人知道制历对圣上意义之大。我本不想与人相争，但又恐遭他人所害，误了圣上大事。今日前来，就是希望大人能助我制历一臂之力。将来历法修成了，也少不了大人一份功劳啊。"

　　公孙贺听完，总算明白了公孙卿的来意。他想，制历是当今之大事，协助公孙卿制历，也是在圣上面前博得信任的绝好机会。但朝中那么多官员，公孙卿为什么单单找自己呢？

　　于是，公孙贺不动声色地问："敢问打压你之人是谁呀？"公孙卿叹了一口气道："我说出来，大人莫要怪罪。此人便是御史大夫倪宽。"

　　公孙贺想，倪宽是朝中重臣，岂是他公孙贺斗得过的？公孙卿这样说，不是明摆着让他去送死吗？想到这儿，公孙贺怒道："大胆公孙卿，敢挑拨我与倪大人之间的关系！你是何居心，如实招来！"

　　公孙卿未料到公孙贺会发怒，当即跪下道："大人恕罪，在下刚才所言，句句属实，绝无欺诈之意。"

公孙贺问道："那你为何会要来找我？"公孙卿说："大人官居九卿，向来疾恶如仇，一身正气，对心怀叵测、陷害忠良的小人定不会坐视不管。所以，我不惜被大人降罪，将此事禀告给大人。"

俗话说：千穿万穿，马屁不穿。

公孙卿这一顿马屁正好拍到了公孙贺的痒处，周身一阵舒坦，于是便问公孙卿："就算你说的句句在理，我也爱莫能助呀，以倪大人的地位声望，我怎敢与他作对？"

公孙卿一听，心中知道有戏，便说："在下知道大人与石丞相交往甚厚，如大人能将此事告知石大人，石大人于情于理都会站在您这边说话。到时候，就算倪宽位再高权再重，他也不敢刻意为难您啊。"

公孙贺想了一下，觉得公孙卿说得在理，于是便说道："好吧，我去试试看。"

第二日，公孙贺便去拜见石庆，一番交谈后，对谁都不想得罪的好好先生石庆满口应承下来，答应在公孙贺为难的时候替他说说公道话。

所谓话隔话，两番话。同一件事，经过公孙卿和公孙贺二人轮番叙述之后，便变了味道。石庆作为武帝时期的老好人，应该是这件事情中最受欺瞒的一个了。

制历经此一事，政治的天平开始向公孙卿倾斜。

文翁再助力

朝会上，武帝，高座龙椅，俯视群臣。

许久不见有事上奏的公孙贺忽然请奏，武帝欣然应许。对于这位战功赫赫的朝中老臣，武帝一直心存愧疚，暗想只要一有机会，便尽快恢复他的侯位。

只见公孙贺上前奏道："启禀皇上，我大汉自启动制历以来，进展顺利，成绩斐然。但前日公孙卿求助微臣，称朝中有人暗自勾结，欲行打压，臣不敢妄下定论，还请皇上明察。"

　　武帝听闻，惊问公孙卿道："公孙卿，此事当真？"

　　公孙卿当即出列拜道："启禀陛下，此事当真。微臣受命制历以来，夙兴夜寐，不敢有丝毫怠慢。近日被一些莫名的政治力量恐吓，甚是痛心。虽暗中调查，但终无所获。微臣遭受打击事小，届时不能顺利制出新历报答圣上才是大事啊。还请皇上明查。"

　　武帝听公孙卿说完，便道："公孙爱卿你大可安心制历，朕将抽出一队校尉军，日夜守护你；如再有贼子闯入，格杀勿论。"

　　顿了一下，武帝又说："公孙贺听令，此事由你负责，不得有误。"

　　公孙贺、公孙卿二人忙领命谢恩。

　　要说此刻朝中最愤慨的人，当属倪宽了。倪宽见公孙卿、公孙贺一唱一和，知道公孙贺已被公孙卿拉拢了。更让倪宽气愤的是，公孙卿派人两次窃取落下闳天文研究成果，自己没在圣上面前告发他，他倒恶人先告状了。可是现在圣上不明真相，如果当庭反驳，不就等于间接承认了打压公孙卿的人就是他吗？更何况，公孙贺既然敢在朝上请奏，必然有了周详的打算。再想到公孙贺与丞相石庆是至交，如真和公孙贺斗起来，抛开圣上不说，单就石庆一人就够他对付了。

　　想到这里，倪宽未作言语，心里盘算着此事该如何计议。

　　退朝之后，倪宽将当日未能上朝的司马迁叫来，详细叙说公孙贺、公孙卿等人的朝上行为，并叮嘱他最近要小心行事，谨防公孙卿再使什么绊子。

　　随后，倪宽又向落下闳、唐都通告了作公孙贺、公孙卿上奏的事。

　　落下闳、唐都见公孙儿卿等倒打一耙，两次都将矛头对准他们，现在还拉动宫中力量与他们作对，更是怒火燃胸，恚愤难解，看来当初文翁的担忧不是多余。二人一番商议后，决定给文翁写一封信，将公孙卿的卑劣行径告诉给文翁，毕竟文翁是他们唯一最信赖的人。

　　文府内。自从落下闳和唐都进京后，文翁时常挂念二人，担心他们在险象环生的宫中被人陷害。

　　这日，文翁正在书房中研读诗书，忽闻门外有人禀告："启禀大人，郭解回来了。"

　　文翁听闻，立即出门，还未下台阶，就见迎面疾步走来的郭解。文翁是又喜又惊，可又不知郭解此时不在宫中好好照应唐都和落下闳，跑回蜀郡做什么，难道是出了事吗？

　　郭解看到文翁，忙俯首跪拜，文翁上前扶起，两人四目相望，眼里隐隐泛起了泪光。

　　文翁连连对郭解说："回来就好，回来就好。"

　　郭解起身，随文翁进屋，文翁问道："你怎么回来了？他们两人咋样？"

　　郭解从胸口掏出一封信，说："这是落下大哥和唐大哥让我给您的信。为防意外，我便亲自送回来了。"

　　文翁接过信，拆开看了起来。只见文翁越读越惊骇，脸色越来越凝重。

　　大约两盏茶的工夫，文翁抬起头，放下手中的信，说："我早知宫中乃是非之地，只是未料到石庆和公孙贺也参与进来了，难怪倪大人会觉得棘手。看来，落下闳他们的对手太强大。"

　　郭解道："大人所言极是，正是因为这样，二位大哥才差我回来禀告，请大人定夺。"

　　文翁沉思了一会儿，道："依我看，此事的关键是要让落下闳、唐都取得圣上的信任。只有这样，才能在这场宫中争斗中取胜。这样吧，我即刻起草一份奏折，差人送于圣上。但愿圣上不被奸人所惑，明察此中利害了。另外，我还修书一封，你交于倪大人，倪大人会知道怎么做的。"

第二天，郭解领了文翁给倪宽的信，赶赴长安去了。

倪宽收到文翁的信后，知道这位退居蜀郡的老人一直在牵挂着落下闳、唐都制历的事，内心十分感动。文翁是他一直敬重的朝臣，如今能全力支持落下闳他们，这让他感到很是欣慰。

却说这文翁上奏武帝的奏折，在几日之后便呈在了武帝面前。武帝对文翁的上奏很是意外。当年，文翁在蜀郡兴教育，举贤能，修水利，政绩卓著，如不是因为年迈，真不想让他辞官。但自文翁退职后，朝中再鲜有他的消息，不想今日再次上奏于我，不知是何要事。

武帝翻开奏折，只见洋洋洒洒有数千言。

文翁在奏折中，只字未提制历中的是是非非，反倒详细介绍了落下闳在天文研究上的高深造诣和独到见解，以及任蜀地农业督察员时，为蜀郡农业发展作出的巨大贡献。

武帝没想到，除了谯隆举荐外，这个名不见经传的落下闳竟然有如此卓越的成就。

最后，文翁向武帝建言，恳请武帝在历法未研制成功之前，一定要压制宫中为此展开的政治斗争，不能让宫廷内斗毁了落下闳，毁了朝纲。

武帝看完奏折，方才知晓朝中有势力围绕制历暗中参与了角逐。文翁直言不讳地陈述问题，武帝知道这是出于对自己的一片忠心；不然，一个告老退官的老人是不会上此奏折的。

左右权衡一番后，武帝默认了文翁的建议，决定将制历中争斗先压制下来。

于是下令，在各组历法未制出新历之前，朝中所有官员不得干扰制历工作，一切等历法研制成功之后再做定论。

此后，武帝时期的历法改制，终于在经历一场惊心动魄的争斗后趋于平静。公孙卿再也不敢觊觎落下闳的天文研究成果，各制历组也趁着这难得的安宁环境加紧制历。

历法初成

不忘初心，方得始终。

公元前 107 年，经过四年的潜心研制，落下闳、唐都的历法终于问世了。

前面我们讲过，历法制成后，还有一个相当长的验证期。因此，落下闳和唐都在历法研制成功之后，并未声张，而是一边观测验算，一边对历法中的纰漏进行更正完善。值得一提的是，落下闳在历法中，创造性地加入了二十四节气，将农业时令与历法合二为一，相辅相成。落下闳来自民间，自然知道历法对于农业生产的重要性，他研究天文的初衷，便是从有利农田耕作开始的，包括后来的辞官归乡，说到底是为天下苍生谋福祉。加入二十四节气，是他不忘初心的具体体现。

历法从研制到颁布实施，一般要三年的验证期，三年验证无误，才能被颁布使用。

历时四年，落下闳不知演算过了多少遍，才推断出天体运行的基本规律；唐都不知抬头观天多少次，才将天体运行的轨迹记录完备。此间辛苦，不是局中人，是体会不出来的。

同一年，也就是落下闳历法研制成功两月后，司马迁的历法也初步告捷，进入验证期。

历法能否研制成功，取决于两个要素：一是造诣高深、肯于钻研的天文人员，二是与天之真相基本相符的天文理论。正如我们解答一道复杂的数学方程式一样，只有正确的解题方式才能得出正确的运算结果。落下闳、司马迁各自历法的先后研制成功莫不如此。其他未能研制出历法的制历组，多是遵从了一种错误的天文理论。

后来的事实也证明了这一点。公元前 107 年冬，同时启动的十八个制历组中，除了落下闳的"浑天之说"历法、司马迁的"盖天之说"历法和公孙卿的神历初步制成外，其余十五个组均没从各自的理论中推出完整的历法，其所遵从的天文理论与天之真相不符。

公元前 106 年初，武帝下令，对已研制出的历法进行最后验证。为便于比较，武帝要求落下闳、司马迁、公孙卿所制历法同时进行验证。

公元前 105 年，公孙卿再次以神鬼之说迷惑武帝，这一年武帝出海寻仙，耗资巨大，但无结果。武帝大怒，于是迁怒至众人，要求尽快验证出顺天应时、务实管用的新历来。

颠倒是非

武帝下令对三种历法同时进行验证之后，第一个心里发慌的人，便是公孙卿。

公孙卿因何而慌？我们有必要对其制历过程简单进行一下梳理。

首先，改制新历是以公孙卿为起点的。武帝要求公孙卿制出一部神历，供他成仙用，公孙卿欣然接受。在武帝面前得到建功立业的机会，可以说是公孙卿梦寐以求的。如果公孙卿顺利造出武帝需要的神历，那就如同公孙卿拿到了一个通向仕途的官方许可证。我们相信这个时候，公孙卿对自己的未来是充满无限憧憬的。

其次，倪宽为了防止方士祸乱朝纲，向武帝进言再建制历组，这个时候的公孙卿就有点慌了。因为同样是制历，倘若别的制历组制出的历法比他的高明，武帝必然对他所吹嘘的神历产生怀疑。为了避免这种事情发生，制历工作开始之后，公孙卿便不遗余力地派人剽窃其他制历组的成果。这个时候的公孙卿已经是惴惴不安了。因为从观测数据和理论体系上看，落下闳很有可能就是他最大的威胁。于是，他就想方设法地剽窃落下闳的研究成果。

再次，倪宽的出手，让公孙卿无法再行剽窃之事，政治后台的不足，让他把自己的重心由制历转到政治力量的博弈中来。公孙卿此举，看似是一种变着法地政治攻击行为，实则是危机感到来后的防御手段，归根结底，公孙卿想用政治力量来保护自己。

从公孙卿制历的脉络来看，细心的读者会发现，公孙卿的危机在一步步加深，恐惧也在一点点放大。

到了武帝下令，他的历法与另两组同时进行验证时，公孙卿的这种恐慌达到了极限，因为历法验证朝廷派了专人来监察，历法精不精准，时间会把答案摆到台面上，一目了然。公孙卿就算再狡诈，这点自知之明还是有的。从历法数据的对比来看，落下闳很有可能比他的更为精准，因为落下闳的历法最先制成，这就是一个很有力的证据。如果到时候落下闳的历法被武帝认可，倪宽等一众大臣必然会借机将他剽窃的事抖出来，到那个时候，他还能不能安全地待在宫中都成问题，弄不好会连小命都弄没了。公孙卿在用实际行动告诉我们，诈骗是一件费神费力、死亡率极高的风险行为。

为了极力避免这种风险，在历法要求验证后，公孙卿再次行动了。

经验告诉他，先下手为强是一条颠扑不破的生存真理。

这一天，公孙卿再一次走进了公孙贺的府中。

公孙卿告诉公孙贺，他有一事一直未向他言明，现在到了该把这事说出来的时候了。

公孙贺问："什么事？"

公孙卿说："两年前，落下闳曾多次剽窃我的天文成果。"

公孙贺惊问："有这种事，你怎么不早说啊？"

公孙卿说："我原本是想告诉您的，但那个时候圣上下令，朝中官员一律不可介入制历争斗，一切等历法制成之后再说，天命难违，我怕您知道这事后气愤难耐，反倒被人抓住把柄。于是只好隐忍了下来，今天才将这事告诉您，还请大人不要责怪。"

公孙卿除了是个造诣高深的神鬼方士之外，他能走到今天，也要归结于他杰出的说客本事。对于不明真相的公孙贺来说，公孙卿的这一番话，足以让他放下对公孙卿的戒备，甚至连怀疑这事真假的念头都忘了。公孙卿既然能猪八戒倒打一耙，把谎话编到这个份儿上，要说他没有十足的准备，那是不真实的。

还不等公孙贺搭话，公孙卿又道："之所以肯定剽窃我成果的人是落下闳，这不是妄自猜测，我是有足够证据的。"

公孙贺说："哦，什么证据？"

公孙卿从怀中掏出几片演算简册说："这些简册就最好的证据。"说着便凑上前去，将简册递给公孙贺过目。

公孙贺接过来，仔细端详，发现简册是两份，上面的数据和算法完全相同，字迹明显不是出自同一人之手，于是不解地问道："这是……？"

公孙卿说："这两份演算稿完全相同，第一份是我的演算稿，第二份是落下闳的抄袭稿，两份如此雷同的东西，必然不是巧合，这便是落下闳剽窃我成果的铁证。"

公孙贺恍然大悟，转念一想，又问："那两份演算稿怎么会在你的手里？"

公孙卿说："这要感谢我朝中另一个历法官员，他叫邓平。武帝下令制历之后，邓平本该在司马迁'盖天之说'制历组，但随着研究活动的深入，以及邓平对天道的领悟，他隐约觉得'盖天之说'或许存在某种不实，于是便加入了落下闳的'浑天之说'制历组。落下闳原本就派人剽窃过我的演算稿，担心邓平去后事情败露，可邓平是司马迁亲自举荐去的，落下闳便不好推辞。邓平过去之后，时常见落下闳等人背着他密谋，终于有一天，他发现了这些演算稿，原来落下闳等人的制历是建立在剽窃别人成果的基础上的。不料这事后来被落下闳等人察觉，于是邓平被强行逐出了他们的队伍。邓平拿着落下闳剽窃的证据，悄悄与之前他们制历的数据一一对照，发现所算之数与原来均有不同，这才想到了可能是我的演算稿。他告诉我后，我才知道之前被偷的演算稿是落下闳所为。经此一事，我怕邓平遭报复，于是将他收入门下。事情的经过就是这样的，还请大人明鉴。"

公孙贺听完公孙卿的诉说，清楚了公孙卿和落下闳之间的过节，心中不免感慨。见公孙卿讲得头头是道，有理有据，于是便问："依你之见，这件事情该如何处理？"

公孙卿双手一揖道："微臣认为，此事事关我大汉朝纲，我个人受点委屈不足挂齿，但不能让落下闳这等小人再迷惑圣上了。大人位高权重，如将此事禀告圣上，圣上定会明鉴。还请大人成全。"

公孙贺一听，知道公孙卿是要通过他把这件事给抖出来，虽然心中略有不快，但转念一想，公孙卿说的也有道理，更何况这件事由他禀告给圣上，圣上即使不能恢复他的侯位，也一定会对他另眼相看的。

于是便说道："好，这件事我会尽快报告给圣上的。"

公孙卿走了之后，公孙贺将这件事反复在心里琢磨，决定还是禀告给圣上，可又有些犹豫不决，因为此中牵扯着另一个人，那就是御史大夫倪宽。司马迁和落下闳等人不足为虑，但倪宽却不可轻视，更何况倪宽还将落下闳等人安排在自己府内制历，他若进言，倪宽必然不会袖手旁观，到时候如果与倪宽杠上了，他也未必能落得什么好处。多年的政治生涯告诉他，这事搞不好就会阴沟里翻船。

一番思忖之后，公孙贺决定先不声张此事。为了保险起见，他要先去见一个人，这个人就是石庆。

公孙贺见到石庆之后，便将公孙卿告发落下闳盗取制历成果的事一五一十地向石庆叙说了一遍。意料之中，石庆听后的反应和公孙贺一样，是既惊又愤，道："没想到制历一事上竟还如此曲折。这落下闳也太卑劣了，咱们身为朝中大臣，对此等逆臣祸乱之事，岂能坐视不管？"

公孙贺道："大人英明，我也正有此意。但此事牵涉到倪大人，遂不敢轻举妄动，所以前来禀告大人，还请大人定夺。"

石庆道："这样吧，此事你先不要声张，待我权衡一下再作打算。"

有句老话说得好，谎话说一遍是谎话，说一万遍就成了真理。

公孙卿的谎话证明，想要将一句谎话变真，并不需要一万遍，如果在一个对的时间，以对的方式说给对的人，或许只要一次，谎言就会被披上真实的外衣了。

落下闳做梦也没有想到，当初他们悄悄压下的事情，竟成了别人诬陷他的把柄，而这一场蓄谋已久的诬告，竟把他推向了万丈深渊。

这正是：高尚是高尚者的墓志铭，卑鄙是卑鄙者的通行证。

这事后续如何，我们稍后再叙。在此之前，我们需要将目光移向另一个人的身上，这个人就是司马迁。

且说这司马迁自武帝下令验证历法之后，心中也开始紧张起来。不过，他的紧张不同于公孙卿。他的紧张是辛辛苦苦的成果即将得到检验的那种既惊又喜的紧张。就如今天某位航天科学家，呕心沥血多年，终于要将卫星送上太空，在即将试飞的那一刻，出于对科学的一种敬畏，叫谁都会紧张。

当然，也不排除落下闳历法给他带来的压力。虽然他极力地说服自己，我司马迁的历法一定是准确无误的，但既然是同时验证，就必然会分出高下优劣，这又让他无法不在心中提醒自己将有落败的可能。

然而，历史记住了这位身残志坚的伟人为后世留下的《史记》这样的宝贵财富，却忘记了在他身上，也曾有过的颓败和失望。

"盖天之说"历法的验证近一年的时候，司马迁发现了一个让他痛心疾首的问题，那就是他所制定的历法与天体实际运行偏差了四个时辰。四个时辰放在一年之中或许微不足道，但如果是十年、二十年，《颛顼历》中朔晦月见的偏差就会在他的历法中重现，这样他做出的新历还有什么意义？

遭到打击的司马迁并未因此泄气。四个时辰的偏差，很有可能是运算上出现了问题。于是，他将制历组中负责运算的人员聚集在一起，逐一排查，希望能找到时辰出现偏差的原因。

可历时一个多月，经过包括司马迁本人在内的多人严格验算，最后，司马迁不得不接受这样一个事实：历法运数没有错误。

这就意味着，他所遵从的天文理论制出的历法是错的。

对于一个子承父志、发誓要在历法领域有所作为的司马迁来说，这样的打击无疑是巨大的。想当年，四海游历，八方求学，自己一腔建功著勋的愿望是多么的迫切；想当年，父亲将毕生未能实现的愿望寄托于自己时，期望是多么的殷切；想当年，终于参与制历后，自己的心情是多么的豪迈。寒来暑往，斗转星移，一千多个日日夜夜，无时无刻不在盼望有朝一日自己能梦想成真。

四个时辰，仅仅四个时辰，就将他所有付出的一切化为乌有。这无异于一个渴望有所建树的建筑师，披肝沥胆多年建造起来的大厦眼睁睁地在他面前坍塌，而他竟无能为力。那种发自内心的无助、无望、沮丧，大概就是如此吧。

面对挫折和失败，区分一个人是君子还是小人的途径无外乎两种，一种人将责任归结于自身，还有一种人将责任强加于他人。如公孙卿，在历法遇挫快要做不下去的时候，便想方设法嫁祸于人，这是真小人。而落下闳，当年在蜀民笃信鬼神、祈求于天的时候，痛悔自己回天乏术转而研究天道，我们叫他真君子。

司马迁在得知自己的历法确实有误的时候，也有两个选择，其一，是想方设法排挤甚至除掉对手，让武帝选用他的历法，短时间内他历法中的纰漏不会败露，他可以有时间从中周旋；其二，是召见落下闳，看对方历法是否精准，如果是，则舍弃自己成全别人。但这样做，功劳便与自己无关了。

落下闳历法最终被武帝选用，除了他确实技高一筹外，也要铭记司马迁尊重事实，不为名利所动的坦荡胸怀。

司马迁最终做出了他的选择。他的选择，是召见落下闳。

司马迁的决定

时光易逝，岁月辗转。经过将近一年的验证，落下闳的历法与实际天象在各个时间节点均一一对应，这让落下闳更加坚信"浑天之说"的理论是完全正确的。更让落下闳欣喜的是，他在历法中加入的二十四节气，也基本符合时令，节气在天象中的实际显现，证明他以二十四节气来指导农业的目的达到了。

这天，落下闳起了一个大早。按他在历法中的推算，今日便是"小寒"。他要在太阳出来之前，实地查看一下，地上的霜气和寒气是否明显加重。他信步走出院落，向不远处的长安城西北郊走去。之所以去那儿，是因为那里有一大片草木繁盛之地，成片的枯草可以让大地上的霜寒之气看起来更直观一些。

大约走了三盏茶的工夫，那片荒草地便若隐若现地映入落下闳的眼帘，落下闳欣喜地向前疾走了几步，虽然相隔还有一段距离，但今日结于草上的霜晶要远远多于平常。走近之后，草枝上包裹着的厚厚一层霜花，验证了落下闳的猜想。

一番观察之后，落下闳喃喃自语道："北方的人民，该给窖藏的土豆添些土了。"

查看完后，落下闳便顺着来时的路往回走。这时，东方天空开始泛起大片的红晕，湿寒之气仿佛又重了一些。迎着渐红的朝霞，落下闳肩角的水气在阳光的映衬下熠熠生辉。

　　落下闳心想，唐大哥也应该起来了，回去之后，一定要将刚才"小寒"所见之景告诉他，让他也高兴高兴。这样边走边想，快要到家的时候，落下闳抬头一望，发现院门外停着一辆马车，车看上去很是眼熟。落下闳感到疑惑，这么早，会是谁呀？

　　待疾步行至车前，落下闳才想起来，这不是司马迁大人的马车吗，这么早就来了，难道是有什么要紧事？

　　就在落下闳将要推门而入的时候，门忽然从里面打开了，出来的是穿戴整齐的唐都，落下闳还没来得及发问，唐都便拉着落下闳进院子，边走边说："哎呀，落下兄弟你去哪了？司马大人派人来邀，说是关于制历的事情，让我们现在就去。我这正要出去找你呢。"

　　落下闳问："制历？什么事呀？"

　　唐都说："具体不清楚，去了便知道了，你赶紧换身衣服，我们这就走。"

　　落下闳也不敢耽误，匆忙进屋换好衣服，便出发了。太阳还未升上屋檐，一行人便到了司马迁家中。

　　此时的司马迁早已命人备好早饭，坐在一旁静候着。

　　忽闻大门外有马车驶来，随后是"吁"的叫停声。司马迁听出是自家马车夫的驾车声，便起身出门迎客。

　　司马迁迎上正走进门的落下闳和唐都，说："时辰尚早，有劳二位前来相聚，我已备了饭菜，二位里面请。"

　　落下闳和唐都随司马迁进屋，边走边在心里思忖，不知这司马迁一大清早把他二人叫来有何事。落座之后，二人并未急忙动筷，而是先问司马迁："不知大人差我二人来，所为何事？"

　　司马迁抬起头，落下闳和唐都这才发现，司马迁眼里全是血丝，好像几晚没睡过觉似的。尽管司马迁举止上没看出倦态，但那两只眼睛将他的疲倦暴露无遗。

二人心中顿觉不安，追问道："敢问大人，您这是怎么了？"

司马迁叹了口气说："不瞒二位，昨夜我一夜未眠，今日一早把二位请来，实在是心里有事，等不得啊。来，二位不着急，我们边吃边聊。"说完，便示意二人吃早饭。

落下闳和唐都举起筷子，但显然心思没在饭菜上。司马迁见如此，便说："今日请二位前来，只为问二位一句话。"

落下闳说："什么话？大人尽管说。"

司马迁犹豫了一下说："敢问二位的历法，在实际验证中有没有出现偏差？"

落下闳看了一眼唐都，说："要说偏差，我二人还不能草率下结论，毕竟验证时间还不到一年。不过我想，即使有偏差也不会太大。截至目前，历法与实际天时都一一对应。"

停了一会，落下闳又道："既然大人相问，那我就干脆都说了吧。这次制历，我加入了二十四节气，在近一年的验证中，这些节气也与实际自然景象相符。不瞒您说，今日便是二十四节气之中的'小寒'，天还未亮，我便赶到郊外草地上观察过了，草木上的湿寒之气，确实要比前几日凝重许多，这正是'小寒'之迹象。"

司马迁听完，说道："还是二位高明。当初你二人执意按'浑天之说'制历时，我便断定'浑天之说'必然是不切实际的幻想，今日看来，是我才疏学浅，鼠目寸光了。"

二人见司马迁这样贬损自己，忙说："大人说哪里话，如若'浑天之说'真为天之真相，那也是我二人的运气了，论学识，我二人比大人差多了。"

司马迁说："二位不要过谦了，孰高孰低，我心中明白。实不相瞒，我主持的历法，经过近一年的验证，证实存有偏差。但我坚信，我们的天文理论是成立的，只是没有找到错误之所在。"

落下闳精通天文历算，便问道："是不是在运算上出了问题？"

司马迁摇摇头说："起初我也这样认为，但经过一个多月的反复验算和排查，结果还是那样。"

听司马迁这样说，二人不由对司马迁增加了几分敬意。要知道，一个人能主动承认自己的制历是错的，无疑是需要勇气的。

落下闳略想了一会，又问道："敢问大人，偏差出在何处？"

司马迁说："不足一年，就已提前了四个时辰。"

落下闳心中一顿，他知道历法不到一年便差四个时辰，实行起来可能用不了几年，就会出现朔晦月见之象，这是历法之大忌。

司马迁说："从目前的情况来看，只有你二人的历法和天文理论趋近于天之真相。当初多亏二位的提议，才有了分组制之说，要不然，任由公孙卿巧言相辩，我大汉制历很可能满盘皆输。请二位容我司马迁一拜。"说着就要对落下闳和唐都行礼。

二人见状，忙止住司马迁。

落下闳说："大人何须如此，如果当初没有大人的大度、包容，这大汉朝上哪能容得下我二人。"

司马迁说："二位皆是识得大体之人，我司马迁现有一事相求，还恳请二位相助。"

落下闳说："大人请讲。"

司马迁说："当初制历本与我无关，多亏倪大人大胆向圣上谏言，这才有了今天的历法。我们除了为大汉制出精准历法外，还不能让公孙卿等人的阴谋得逞。"

顿了一下，司马迁接着说："我还有一个不情之请。"

落下闳说："司马大人请讲。"

司马迁说："经过一段时间的观察，我试图去领会阁下的'浑天之说'的要义，但我还是深信'盖天之说'才是天之本相。眼下离圣上规定的最后验证期还有一段时间，能否将阁下测得的天文数据与'盖天之说'结合起来使用，这样我大汉历法必然会更加精准。不知阁下意下如何？"

落下闳闻听罢，脸色一变，道："司马大人这是何意？我落下闳虽无大才，但自感在制历一事上是颇费了一番周折的，这才有了今天的历法。当初我来京时，就曾有言在先。恕我落下闳不能苟同。还请司马大人收回刚才那番话吧"

司马迁见落下闳态度坚决，丝毫不留情面地将他的提议驳了回去，心中很是不快，看来要让落下闳改变想法是不可能的了。于是便说："阁下息怒，我也只是提议，阁下既然不愿意，就当刚才那话我没说好了。"

气氛陷入了尴尬，落下闳推说自己有事，便起身告辞了。

望着远去的落下闳，司马迁心里一片茫然，难道自己的历法真的错了吗？不，他不相信千百年来，被无数人认定的天文理论比不上落下闳的"浑天之说"。

想到这里，司马迁决定，无论圣上颁布谁的历法，他都相信自己历法所遵从的天文理论是正确的。

后来，司马迁在撰写《史记·历书》时，虽然提到过落下闳的历法被武帝选用，但没有将其收入其中，而是将自己的历法《历书甲子篇》载入了史册。

作为后人，我们不能评说司马迁此行是对是错，因为作者对自己的作品有这种取舍权。但话说回来，这算不算是司马迁一点小小的私心呢？

倪石之争

夜幕时分，未央宫内。

武帝正坐在书房批阅大臣们的奏折。大半生的操劳，已让他对这种永远做不完的工作无比厌烦。大臣们的奏折中，无论启奏何事，都要颂赞一番他的功德，久而久之，他便对这些溜须拍马的文字看腻了。但大臣们的进言，都是为了大汉江山，这让他即使心中有气，也不好发泄。望着眼前还有半尺多高的奏折未看完，他真想停下来歇歇了。

这时，书房的门被轻轻地推开了，一人小心地从门外跨入，径直来到武帝身边。武帝抬头，见是淳于陵渠。

淳于陵渠便上前道："启禀圣上，丞相石庆求见。"

武帝正心烦意乱，见石庆求见，恰好可以趁此歇口气，于是便说："让石大人进来吧。"

淳于陵渠道了一声遵命，便一路小跑地退了出去。不一会儿，便见石庆前来拜见。

石庆一进门，就要向武帝行跪拜之礼。风烛残年的他，走路颤颤巍巍，给人一种随时都要跌倒的感觉。即使如此，石庆仍要不顾年老体弱，小心谨慎地在大汉尽人臣之职。

武帝心中怜惜石庆，还未等跪下，忙说："石爱卿不必多礼。"说完，便对一旁侍候的淳于陵渠说："给石大人赐座。"

二人坐下，宫女奉上茶躬身退出。

石庆说："老臣心中有一事，需要向圣上奏明。"武帝说："石爱卿有何事，请讲。"

石庆说："此事事关重大，处理不好可能会动摇朝政，还请圣上明鉴。"武帝惊问道："何事呀？竟如此严重。"

石庆说："在制历一事上，圣上曾下令宫中官员一律不得横加干涉，一切等历法研制成功之后再议。圣上还记得吗？"武帝说："记得啊。"

石庆又说："去年此时，分别有公孙卿、落下闳和司马迁主持的历法初步修成，圣上您要求对这三种历法进行验证，择优而用。"说到这儿，石庆停了下来。

武帝不解："是啊，怎么了？"

石庆说："现在历法还未大成，如不把这事禀告圣上，而是等历法修成再告，恐怕其中的冤屈永远难见天日了。"

武帝问道："不知石爱卿所言的是何种冤屈啊？"

石庆便将前几日公孙贺的话，点滴不漏地禀告给了武帝，还将那两张演算稿也交于武帝。临走时，还特地提到公孙贺为查办此事作出的努力。显然，帮公孙贺拿回侯位，也是他此行的目的。

谎言包装得越高明，真相就越不易被人察觉，即使天性聪明的武帝，也免不了有被蒙住眼睛的时候。武帝一番查看，再对应石庆所言，心中便有底了。原来谯隆举荐的落下闳是这等小人，连他都敢骗，如此欺君犯上者，论罪当斩。

于是武帝对石庆说："石爱卿有劳你了，明日我便派人调查此事，凡同流合污者，一并严查，绝不姑息。"

石庆道："圣上请息怒。如事情真如这般简单，我便不会拖到今天禀报了。只因此事牵扯到朝中一位重臣，如果彻查，势必会在朝中引发一场不小的风波，这才是我最担忧的。"

听石庆这样说，武帝神情凝重起来："是谁？"

石庆说："据老臣所知，朝中倪大人与此事多有关联。"

武帝一惊："倪宽？"

石庆点点头，武帝紧锁起眉头。朝中三公地位显赫，他们是武帝倚重的左膀右臂，无论给哪一个治罪，都会动摇朝中重心。这是他最不愿看到的事情。

武帝略一思忖，道："石爱卿是如何断定此事与倪大人相关的？"

石庆说："其一，自从公孙卿进宫服侍圣上以来，倪宽便与此人不和；其二，落下闳在剽窃一事败露后，倪大人不但没有责怪于他，而且还将落下闳等人一并请入自己的府中保护起来。此中缘由，耐人寻味。"

武帝沉思了一会道："那依石爱卿之见，此事该如何处置？"

石庆说："制历一事虽多有波折，但我认为眼下最要紧的是尽快颁布新历；至于治罪嘛，那是后一步的事。"

武帝听石庆这样说，不解地道："既然如此，那石爱卿为何一定要现在禀告于我？"

石庆说："只因我不愿让乱臣贼子得道，忠义之臣蒙屈。圣上在历法的抉择上，一定要慎重啊。"

说到这儿，武帝才明白，原来石庆将此事告知他，是要他向天下颁布公孙卿的历法。公孙卿本就是他指定的制历人，并按他的愿望制历，这是他早就定好了的事。只是，他忽又想起，倪宽曾向他进言，除公孙卿历法外，还准许司马迁等人另制一部历法，心中不免有些犹豫。但一想到倪宽果如石庆所言，那么那些进言的话，极有可能是为了迷惑他，从而为今日之事做准备了。

想到此，武帝决定，历法大成之日，颁告选用公孙卿所制历法，落下闳等其余与此事有牵连的人一并治罪。

就在石庆在武帝面前告状的第二天，武帝忽闻倪宽求见。

武帝这几天正想着如何给倪宽治罪，没想到他主动送上门来了。

见过倪宽，武帝故意问："倪爱卿，最近制历的事情忙得怎么样啊？"

倪宽说："启禀皇上，微臣今日前来，正是要向您禀报此事。"

武帝心中一乐，你还自己找骂来了。

倪宽说："去年这个时候，大汉历法初成三部，迄今验算已近一年，说实话，对于司马迁和落下闳二人的历法，我在内心深处更偏向司马迁。可昨日，司马迁去我府上相告，他的历法出现四个时辰的误差，已无法弥补。而落下闳的历法则与天象一一对应，看来落下闳的历法要技高一筹。"

武帝听闻，有些意外，道："哦？是司马迁自己给你说的？"

倪宽点点头："是的，司马迁自知历法不如人，便向我坦诚了这一事实。皇上可曾记得，当初您只许了公孙卿一人制历，是我向您上奏后才另许再制一部历法。"

武帝说："这朕记得啊。"

倪宽说："依现在情形看，公孙卿所制之历供您专用，剩下两步历法，如果择优而选的话，应该选落下闳那部。陛下您觉得呢？"

武帝说："嗯，如果落下闳的历法果真是最优的，那肯定选他的了。"

倪宽继续说："那就好。不过陛下，还有一事在我心中郁积多日了，我要向您告禀。"

武帝一听这话，以为倪宽见大势已去，主动请罪来了，于是便和颜悦色地说："倪爱卿心中是何事郁积啊？"

倪宽说："在历法工作刚启动的时候，落下闳本来被安排在长安城外的一处院落中，后来是我把他招进了自己府里，陛下知道是为什么吗？"

武帝佯装不知："为什么呀？"

倪宽说："只因那段时间，落下闳研究出来的成果频频失窃，我才不得已而为之。"

哦，究竟谁盗谁的？倪宽这一说，倒把武帝搞得云里雾里了。于是便问道："啊？怎么会这样？"

倪宽叹了一口气说："此事我之所以早不禀告，是因为我早就知道那是何人所为了；之所以不声张，是顾全大局替您考虑。如果我在历法还没制成的时候告诉您，您一定会追查此事，那样历法就不能如期完成了，更何况这人还是您特别器重的人。"

武帝听倪宽这样说，一时不知如何应答好，便问："你说的那人是谁呀？"

倪宽说："公孙卿。"

武帝一顿，便问道："公孙卿？有何证据啊？"

倪宽便从怀中掏出一支笔来，递于武帝。武帝接过一看，只见这笔除了末端处刻有"公孙卿谨赠"几个字之外，再无任何特别之处，不知倪宽让他看这个是何意，便道："这笔怎么了？"

倪宽便把落下闳被盗的经过和捡到这笔一事原原本本地给武帝讲了一遍。

武帝盯着手中的笔，开始犹豫了。这倪宽和石庆各执一词，都说得有理有据，我该信谁呀？

倪宽见武帝困惑，便将公孙卿指派邓平潜入落下闳组制历，伺机窃取落下闳成果，以至于最后被识破的经过，也一五一十地说与武帝听了。

武帝在这一片迷惑中陷入了沉思，倪宽以为武帝在心中权衡，又说："陛下，臣之所以一直压着此事，是因为如果查办，定会波及几个朝中重臣。"

武帝说："谁？"

倪宽说："石庆和公孙贺。"

武帝心中一顿："倪爱卿认为此事该如何处置？"

倪宽说："微臣认为，为我大汉制出一部最优的历法才是重中之重。微臣今日来，并非是要陛下治谁的罪，而是希望陛下不被奸邪之人所迷惑，明察其中的是与非。"

武帝说："那依倪爱卿之意，就是要我颁布落下闳的历法了？"

倪宽道："正是。如果将落下闳历法颁行天下，民心必定大喜，大汉必将昌盛啊。还请陛下明鉴。"

　　至此武帝才明白，这石庆和倪宽先后求见，都言治罪事小，颁布新历事大，归根结底是在为颁布哪部历法相争啊。

　　武帝一时没能想出个结果来，于是说："倪爱卿放心，历法的事朕自有分寸，你就不用多担心了。"

　　倪宽知道落下闳的历法基本保住了，于是拜谢告退。

第六章

大功告成

再出寻仙

时序催人，光阴荏苒。公元前 105 年，历法验证已过去两年，武帝对谁剽窃谁历法成果始终没有追查，一是历法尚未最后颁布，二是孰是孰非武帝自己也搞糊涂了，抑或是武帝根本就不想查了。

历史发展的规律告诉我们，当历史到达一个无法预测未来的时候，它往往会以其特有的形式前行，无论结果如何，它始终不会停下自己的脚步。

或许在武帝的心中，并没有决定制历大功告成后，谁将会为自己的行为买单，但历史必将会沿着固有的轨迹前行。

这一年，汉朝发生了几件大事。

公孙卿的历法在实际验证中出现重大偏差，公孙卿不得不再次搬出神鬼之术来自圆其说。

为了让武帝信服，他声称，从自己的神历中推算出，元封元年派往东海寻仙的船队就要归来，为表心诚，需要武帝亲自前往迎接。武帝信了，千里迢迢远赴东海迎仙，可到蓬莱岛后，望穿双眼也没见到寻仙的船队。此后，公孙卿故技重演，继续编造各种谎言，推动武帝四处寻仙。

公元前 89 年，武帝再一次来到东海，打算这次亲自入海寻仙，但由于海面狂风大作，波涛汹涌，连仙人的影子都没看到，只好折返。在公孙卿的蛊惑下，武帝先后三次到东海求仙，并大兴土木，建造高楼，最终都陷入公孙卿编织的谎言之中。于是，寻仙之事便不了了之。

丞相石庆因年事已高，提出告老返乡，但武帝仍让其挂职，实际职权则由御史大夫倪宽代理。

代理丞相之职的倪宽身体也每况愈下，终于在这一年冬染病，生命岌岌可危。至此，朝廷三公中已有两人不能理政，于是武帝提拔自己的连襟公孙贺处理朝事。

落下闳通过运算，验证自己的"浑天之说"完全正确，历法理论最终成型。

年事已高的唐都因感染风寒，未能治愈，似一根燃尽油了的灯芯，在这一年的十月去世。

公元前 104 年，经过三年的实际验证，落下闳的历法在同期所制的十八种历法中脱颖而出，最终以优取胜。武帝下令，以落下闳历法为汉朝新历，并遵从落下闳历法更改岁首，将自秦以来的十月为岁末、十一月为岁首，改为以正月为岁首、十二月为岁末；新历法定名为《汉历》，将颁布新历法的这一年年号改为太初，故落下闳历又被称作《太初历》。

武帝的无奈

公元 104 年，随着石庆和倪宽的双双病倒，二人政治上对立的矛盾缓和了许多，比起制历之中的孰是孰非，谁将会成为继他们之后的新"三公"，显然更能吸人眼球。

有人不禁要问，难道武帝就这样忽略制历中的曲曲折折、是是非非，不加任何查证就颁布落下闳制的历法？

　　武帝这样做，当然也是有答案的。史书上虽然没有留下武帝这样做的只言片语，但历史的长河即使时过境迁，也会留下一些蛛丝马迹，证明那里曾经有过的波澜壮阔。

　　那么，这件事的答案究竟藏在哪呢？

　　它就藏在我们前面提到过的一个小人物身上，这个人就是太监淳于陵渠。

　　石庆和倪宽都是朝中老臣，不说他们鞍前马后如何辛劳，开疆拓土如何有功，但说他们为大汉王朝鞠躬尽瘁、呕心沥血是一点也不为过的。人非圣贤孰能无过？更何况对于武帝来说，望着日渐垂暮的两位老臣，已让他够痛心的了，怎忍心再去追查呢。毫无疑问，在这件事情上，总有一个人是错的，总有一个人是对的，可手心手背都是肉，给哪一个治罪，都是他所不愿看到的。罢了罢了，这些都不重要了，就让它随风散去吧。

　　在二人孰是孰非的问题上武帝可以忽略，但在历法的选择上，却是武帝不能轻视的。所有问题，归根结底是要为大汉制定一部最优最管用的历法，而这正是武帝心中所渴求的。

　　于是，武帝便秘密派太监淳于陵渠去调查此事，要查的不是历法中的孰是孰非，而是谁的历法更接近实际天象、更实用。

　　淳于陵渠领命之后，便去秘密调查了；没多久，调查结果水落石出——落下闳的历法更为精确。

　　对于淳于陵渠来说，公孙卿的得宠是他所不愿看到的，当初武帝命公孙卿秘密制历，还是淳于陵渠告知倪宽的，这才有了后来的一系列故事。

　　武帝派出的这个淳于陵渠，其实就是一个籍籍无名的小太监，但他在历史发展的某个关键时刻左右了事物前行的方向。

要说这宫中之事，真是奇怪，凡是秘密进行的事，最后的结果一定会泄露出去。也不知怎么的，淳于陵渠秘密调查历法的事最终还是被公孙卿知道了。

公孙卿知道是淳于陵渠调查此事，心中大惊，不好，淳于陵渠调查会于他不利，当即便决定，派人送厚礼给淳于陵渠。为避免尴尬，他还给淳于陵渠写了一封亲笔信，声称以前多有得罪，还望淳于陵渠网开一面，附上区区薄礼还请笑纳之类的话。

淳于陵渠看到信和礼品之后，果断将信烧了，还把派来送礼的人狠揍一顿后赶其出门。

淳于陵渠也是在宫中混了多年的老油条了，你公孙卿想要和好，自己不亲自登门谢罪，却派一个下人来想忽悠我，你把我当什么了？

当天，淳于陵渠便将调查的结果告知了武帝，但绝口没提公孙卿送礼的事。多年在宫中生活的经验告诉他，凡事不要做绝，留一步退路总是没错的。

武帝听完淳于陵渠的汇报，脸上微微一笑，心中便有了答案。既然落下闳的历法最优异，那就颁布他的历法作为大汉新历吧。至于公孙卿的历法，本来就不是用来颁布的，自己用就可以了。这样，两部历法都各有所终，统统奖赏，没人被治罪，皆大欢喜。

处理政治斗争最佳的方式是什么？肯定是以最小的政治成本化解最大的政治矛盾。

落下闳的历法被顺利颁布，按当时的朝制，剩下的就是给落下闳等人封官了。

公孙卿也不亏，武帝虽然没法光明正大地给他加官晋爵，但这并不影响对公孙卿私下的封赏。

就在武帝下诏为落下闳封官的时候，却发生了一件意想不到的事：落下闳父亲去世了。

按照汉代人的孝悌观，落下闳必须归乡守孝三年。武帝为落下闳封官的事，只好等他守孝三年期满后，再来京领命。

归乡吊唁

黄昏，阆中。

一程黄土路，斜阳恻怅人。

得到武帝许可，落下闳一刻不停地赶回阆中。

父亲去世的打击，让他一路都在自责，生为人子，却在父亲晚年需要陪伴之际，远赴长安，未能在床前尽孝，历时七年，从未归家探望老人。虽说忠义不能两全，但对于父亲来说，落下闳是愧疚的。一路上，他脑海中浮现的，满是往日同父亲在一起的幸福时光。

尽管他在极力隐忍，但眼泪还是忍不住地从面颊上流了下来。

行至阆中，看到一处处熟悉的场景，思绪再次将落下闳带回往昔。七年前，就在这条路上，他与唐都、郭解一同赴京，身后是不住挥手遥望的文翁；七年后，还是这条路上，人再也不是原来的人了。历法虽已完成，但唐都再也不能回来，这位终其一生制历的老人永远地长眠他乡了。

一路行来，物是人非，不禁悲从中来。车外的景象，让一路隐忍的落下闳再也无法抑制悲伤的情绪，失声痛哭起来。这一哭，落下闳没能再停下来，仿佛要用这冉冉流淌的眼泪，抹去所有的悲哀。待行至家中，落下闳已经声音沙哑，双眼红肿，泣不成声了。有什么，比这样的归乡路更让人心碎的呢。

得知落下闳父亲去世的消息，文翁派人去落下家中吊唁，帮忙操持丧事。

回到家中，还未进院，院中人哀哭的声音就传了出来，落下闳一声哀号，匍倒在门外，一路上看似流尽的泪水，再次喷涌而出，口中不住长叹："父亲，儿不孝，儿回来晚了！。"

院中吊唁的人听说落下闳回来了，赶紧扶他进院，但落下闳只是长跪，不愿起来；众人无奈，只好任由他一步步跪拜进去。爬到父亲的灵堂前，落下闳早已哭成泪人……

此情此景，怎不让人伤心，涕泪涟涟。

文翁的遗言

公元前 103 年春，石庆去世，武帝正式任公孙贺为丞相。

同年秋，倪宽也随着长安满街飘零的秋叶一同西去。

至此，武帝年间围绕历法改制的争斗，随着两位朝中重臣的去世谢下帷幕。没有对错，没有输赢，甚至没有结果——这就是最后的结果。

守孝三年的日子，转瞬即逝。三年来，落下闳一边替父亲守孝，一边考虑要不要赴京领命。

他深知，随着倪宽的去世以及公孙贺的上台，自己在朝中的依靠已经荡然无存，即使前去领命赴任，也必然会受到朝中公孙贺政权的打压。

他不得不接受一个事实，虽然尚未到京，但他已经在这场看似没有开始的斗争中输了。

无论他是否领命，他都要进京拜见武帝，得到武帝的允许，他才能安然归乡，否则便是抗旨不遵。

公元前 101 年，也就是落下闳守孝三年期满，文翁也在这一年去世。

文翁去世前，仍念念不忘落下闳。于病榻之上，颤颤巍巍地给落下闳写下仅有两行的遗信：归家方可保名，流连必染灾祸。

落下闳看着这位一路提携他、呵护他、成全他的老人给自己的遗言，心中翻江倒海，无以言表，末了，长叹一声：罢了罢了！就这样吧……

有什么能比看着自己身边的亲人一个一个逝去，更让人痛苦、绝望？

逝者已往矣，生者当前行。

想到文翁的遗言，落下闳知道，这是文翁指给自己的一条明路。

文翁早就料到，随着倪宽和他的远去，宫中再也没有落下闳的立足之地，如果要保全自己，最好的方式就是放下虚名与浮利。

公元前101年年末，落下闳在川北湿冷的寒风中启程，进京去面见武帝。

凡事都有它的双重性，落下闳因为奔丧而耽误了自己的仕途，后来证明，正是仕途上的受挫，让他免于宫中争斗，最后得以在阆中善始善终。

辞官不受

公元前101年末，落下闳再次赴京。

对于改制历法的有功人员，武帝决定重用，于是在南薰殿召落下闳。

南薰殿，武帝朝会后休息的密室，有专为武帝设的龙榻、书房等。武帝在这儿接见落下闳，一来想听听落下闳的真实想法，毕竟制历中有太多他不了解的事；二来此处静谧，一般人也不会来这个地方，没有人打扰，自然就不会引起朝中各派势力的猜疑。如在文武百官面前接见落下闳，那必然会招致公孙贺、公孙卿等人的嫉恨、打压，而这是武帝所不愿看到的。

入夜，落下闳随领路的太监从未央宫北门而入，走甬道，穿回廊，行到一处闲适雅致、清幽静谧的楼宇前，太监示意落下闳止步静候。不一会儿，太监通报落下闳觐见。

落下闳不敢怠慢，继续随太监绕园折径，穿廊跨槛往里走。只见眼前的南薰殿金顶赤柱，楼宇层叠。跨入殿堂，别有洞天，一条狭长曲折的凉亭走道雕梁画栋，两旁奇石异兽林列，威武异常。

未出百步，眼前又豁然开朗，一方清澈见底的池塘，水面波光粼粼，水中鱼儿摆动鳍尾，任意遨游，水池边各类珍稀花草与造型别致的假山相互映衬。落下闳沉浸在皇室诗意盎然的园林景致之中的时候，领路的太监打断了他的思绪，指着旁边的一道门说："里面进。"

落下闳跨门而入，迎面扑来一阵麝香之气，顿觉沁人心脾。门内两侧，宫女垂首伫立。径直向里面走去，抬头见是一间宽敞的大厅，厅虽大，但一点也不显得空旷；几处金铜雕像立于厅的四角，数十个鎏金台烛将厅内映衬得一片辉煌。厅的正中间，是铺着猩红地毯的九级台阶，拾级而上，两侧各放一个镂金楠木茶几，茶几上奇珍异果、美酒佳酿依次陈列。

正对茶几的是一张宽大的龙椅，一位身着黄袍的老者坐在龙椅上；老者举手投足和眉宇展动之间，给人一种睥睨天下的霸气，一双深邃的眼睛仿佛潜藏着无尽的力量，能直视进人的灵魂。

落下闳知道，龙椅上坐着的定是武帝了，当即匍匐叩拜道："微臣落下闳拜见皇上，吾皇万岁万岁万万岁。"

武帝见落下闳来，笑着说："落下爱卿不必多礼，快快平身。"

落下闳叩拜道："谢皇上隆恩。"

武帝见落下闳虽不是名门出身，但言谈举止恭敬而不失自然，没人一般文人学士的酸腐之气，不由多了几分好感："落下爱卿为朕制历，功盖当代，利及千秋，朝中官员多次在朕面前提起你，今日一见，果然气象不凡……"

落下闳道："陛下过誉了。为我大汉制历，此乃微臣应尽之责。臣不敢妄谈功劳，但求我汉室江山与天地同在，与日月同辉！"

武帝哈哈一笑说："落下爱卿不必谦虚，你于大汉制历劳苦功高，朕心里明白，要不是你要为父守孝，朕早就任你为侍中了。"

落下闳双手一揖，道："多谢皇上抬爱，微臣不才，恐难担此重任。"

武帝摆摆手说："爱卿不必担心，侍中一职正适合于你，且安心赴任，朝中自有尽你才之处。"

落下闳听到这儿，心中忐忑起来，此前他已做好执意辞官的准备。

想到这儿，落下闳顿首拜道："臣多谢皇上隆恩。微臣一生心在天文，志在天文，今后还想继续在这方面做些事情。除此，别无所求。还望圣上成全。"

武帝见落下闳要辞官，心中不免失望，道："落下爱卿这是为何呀，莫非有什么顾虑？说出来朕为你做主。"

落下闳说："臣本乡野山民，能得到圣上垂爱，已万分感激了。微臣顾虑的是自己见识浅陋，能力低微，只是因天文历法才得以闻达于朝野，以我的才能实在不适合在朝中为官；如真的为官，恐只会给圣上徒添烦忧罢了。还请圣上明鉴。"

武帝听到这，知道落下闳必是有所担忧，想他之前制历埋下宿敌，现倪宽已去，今公孙贺又居高位，落下闳应是担心自己不能在朝中得以全保，这才要执意辞官。

于是，武帝便道："落下爱卿莫非担忧之前制历中所遇到的对立势力会于己不利？"

落下闳没想到，武帝竟一下子猜透自己心思了，便说："此实乃臣之所虑，但臣志不在官亦非虚言，还望圣上三思。"

武帝见落下闳还是要回乡，也不再坚持己见了。心想，以落下闳这种一无靠山二无经验的职场新手，真的入朝为官了，很难说不会毁于政治斗争之中，最后真落个"徒增烦忧"的结果罢了；自己如刻意庇护他，又恐难以服众。

想到此，武帝点点头道："好吧，那朕就准你回乡。但你制历于我大汉有功，朕就赏赐你一些别的器物，说吧，你想要什么？"

落下闳见武帝不仅没怪罪他，还要奖赏他，一颗悬着的心这才落了地："谢皇上，臣不敢妄谈奖赏。"

武帝说："这样吧，阆中山高路险，朕赐你锦衣玉帛，你必然为路途所累，那朕就赐你千金，你领赏后归乡去吧。"

落下闳没想到，武帝替他考虑如此周全，当即叩拜道："多谢皇上，吾皇万岁万岁万万岁。"

武帝说："你回乡去了，想来这朝中恩怨今后与你再无瓜葛，朕再问你一个问题，你要如实相告，无论对错，朕都不会加罪于你。"

落下闳说："臣知无不言，言无不尽。"

武帝说："制历期间，你与公孙卿究竟谁盗了谁的历法成果？"

落下闳没想到武帝会如此直白地问这一个问题。既然讲好不会治罪，君无戏言，那我姑且相信你。

想到这儿，落下闳直起身，抬起头，两眼对视武帝，脸上满是磊落之气。要知道，与皇上对望，这本是大不敬之罪，落下闳自进南薰殿来，未曾有丝毫不敬之举，但回答这一问题时，他义无反顾地昂起了头，这种不惜被治罪的举动，连武帝见了也心中一惊。

落下闳说："启禀皇上，我落下闳虽无大学，但也深知廉耻二字于人的重要，如臣进京只是为剽取别人成果而博取功名，那我何故又要执意辞官。臣在此立誓，如我落下闳制历中剽窃别人成果，如今日有半句虚言，如制历只是为一己之私心，我甘愿被王雷轰顶，死被毒虫噬骨！"

落下闳这一番吐肝胆、明心迹的话，似乎让武帝心中有了定论。此刻，武帝心中暗喜，幸亏自己当初没有轻信谗言，不然岂不又要新添一桩冤枉案！

武帝看着厅下一身凛然之气的落下闳说："好，朕知道了，此事朕不会再追究。爱卿辛苦了。"

这一句辛苦，让落下闳心中郁积多日的愁绪得以释怀，人也变得轻松了许多。生逢此遇，还有何求？

几日之后，落下闳便告别了这个让他永生难忘的长安城，回阆中去了。

第七章

炳耀 千秋

历史的雪藏

历史如同一座关着门的城堡，时间就是那扇隔开今天与昨天的大门，它最残酷的地方在于，你明知门后有一个神奇的世界，却无法跨越，只能立在门前徒自叹息，我们唯一能祈求的就是门缝宽一点，宽一点，再宽一点。然后隔着这道缝儿，如同管中窥豹一般，对所有你能望见的冰山一角进行质疑或者揣测。无论如何，你都左右不了它的关闭或开启，也无法改变其固有的姿态。

这种模糊却又恒定的存在，就是历史本身所具备的最引人深思而又思而不得的属性，所以我们说它是残酷的。

制历一事已尘埃落定，对于在历法上未能完全得志的司马迁来说，制历并不是他活着的全部内容，他还有一件非做不可的大事，那就是撰写一部"究天人之际，通古今之变，成一家之言"的史书。

公元前104年，司马迁开始《史记》的撰写。在约五十二万字的《史记》中，司马迁对汉武帝时期的政治、经济、军事、文化等各个方面的情况做了详细记载，而对落下闳所制之历法却鲜有记载，只在《史记·历书》中有一小段文字。

《史记·历书》有云：

至今上即位，招致方士唐都，分其天部；而巴落下闳运算转历，然后日辰之度与夏正同。乃改元，更官号，封泰山。因诏御史曰："乃者，有司言星度之未定也，广延宣问，以理星度，未能詹也。盖闻昔者黄帝合而不死，名察度验，定清浊，起五部，建气物分数。然盖尚矣。书缺乐弛，朕甚闵焉。朕唯未能循明也。绌绩日分，率应水德之胜。今日顺夏至，黄钟为宫，林钟为徵，太蔟为商，南吕为羽，姑洗为角。自是以后，气复正，羽声复清，名复正变，以至子日当冬至，则阴阳离合之道行焉。十二月甲子朔旦冬至已詹，其更以七年为太初元年。年名'焉逢摄提格'，月名'毕聚'，日得甲子，夜半朔旦冬至。"

在这段篇幅不长的文字中，司马迁清楚记录了落下闳和唐都所制的历法被武帝采用，并以此更改了年号，但全然未提《太初历》为何物，而且在这段文字之后，司马迁却用很大的篇幅收录了另一篇名为《历术甲子篇》的历法。

显然，按照司马迁的治史态度，收列《历术甲子篇》之处应为《太初历》而不是《历术甲子篇》。后人经过考证，发现《历术甲子篇》是司马迁自己所制的那部未被武帝选中的历法。

历术甲子篇

太初元年，岁名"焉逢摄提格"，月名"毕聚"，日得甲子，夜半朔旦冬至。

正北

十二

无大余，无小余；

无大余，无小余；

焉逢摄提格太初元年。

十二

大余五十四，小余三百四十八；

大余五，小余八；

端蒙单阏二年。

闰十三

大余四十八，小余六百九十六；

大余十，小余十六；

游兆执徐三年。

十二

大余十二，小余六百三；

大余十五，小余二十四；

彊梧大荒落四年。

十二

大余七，小余十一；

大余二十一，无小余；

徒维敦牂天汉元年。

闰十三

大余一，小余三百五十九；

大余二十六，小余八；

祝犁协洽二年。

十二

大余二十五，小余二百六十六；

大余三十一，小余十六；

商横涒滩三年。

十二

大余十九，小余六百一十四；

大余三十六，小余二十四；

昭阳作鄂四年。

闰十三

大余十四，小余二十二；

大余四十二，无小余；

横艾淹茂太始元年。

十二

大余三十七，小余八百六十九；

大余四十七，小余八；

尚章大渊献二年。

闰十三

大余三十二，小余二百七十七；

大余五十二，小余一十六；

焉逢困敦三年。

十二

大余五十六，小余一百八十四；

大余五十七，小余二十四；

端蒙赤奋若四年。

十二

大余五十，小余五百三十二；

大余三，无小余；

游兆摄提格征和元年。

闰十三

大余四十四，小余八百八十；

大余八，小余八；

彊梧单阏二年。

十二

大余八，小余七百八十七；

大余十三，小余十六；

徒维执徐三年。

十二

大余三，小余一百九十五；

大余十八，小余二十四；

祝犁大芒落四年。

闰十三

大余五十七，小余五百四十三；

大余二十四，无小余；

商横敦牂後元元年。

十二

大余二十一，小余四百五十；

大余二十九，小余八；

昭阳汁洽二年。

闰十三

大余十五，小余七百九十八；

大余三十四，小余十六；

横艾涒滩始元元年。

正西十二

大余三十九，小余七百五；

大余三十九，小余二十四；

尚章作噩二年。

十二

大余三十四，小余一百一十三；

大余四十五，无小余；

焉逢淹茂三年。

闰十三

大余二十八，小余四百六十一；

大余五十，小余八；

端蒙大渊献四年。

十二

大余五十二，小余三百六十八；

大余五十五，小余十六；

游兆困敦五年。

十二

大余四十六，小余七百一十六；

无大余，小余二十四；

彊梧赤奋若六年。

闰十三

大余四十一，小余一百二十四；

大余六，无小余；

徒维摄提格元凤元年。

十二

大余五，小余三十一；

大余十一，小余八；

祝犁单阏二年。

十二

大余五十九，小余三百七十九；

大余十六，小余十六；

商横执徐三年。

闰十三

大余五十三，小余七百二十七；

大余二十一，小余二十四；

昭阳大荒落四年。

十二

大余十七，小余六百三十四；

大余二十七，无小余；

横艾敦牂五年。

闰十三

大余十二，小余四十二；

大余三十二，小余八；

尚章汁洽六年。

十二

大余三十五，小余八百八十九；

大余三十七，小余十六；

焉逢涒滩元平元年

十二

大余三十，小余二百九十七；

大余四十二，小余二十四；

端蒙作噩本始元年。

闰十三

大余二十四，小余六百四十五；

大余四十八，无小余；

游兆阉茂二年。

十二

大余四十八，小余五百五十二；

大余五十三，小余八；

彊梧大渊献三年。

十二

大余四十二，小余九百；

大余五十八，小余十六；

徒维困敦四年。

闰十三

大余三十七，小余三百八；

大余三，小余二十四；

祝犁赤奋若地节元年。

十二

大余一，小余二百一十五；

大余九，无小余；

商横摄提格二年。

闰十三

大余五十五，小余五百六十三；

大余十四，小余八；

昭阳单阏三年。

正南十二

大余十九，小余四百七十；

大余十九，小余十六；

横艾执徐四年。

十二

大余十三，小余八百一十八；

大余二十四，小余二十四；

尚章大荒落元康元年。

闰十三

大余八，小余二百二十六；

大余三十，无小余；

焉逢敦牂二年。

十二

大余三十二，小余一百三十三；

大余三十五，小余八；

端蒙协洽三年。

十二

大余二十六，小余四百八十一；

大余四十，小余十六；

游兆涒滩四年。

闰十三

大余二十，小余八百二十九；

大余四十五，小余二十四；

彊梧作噩神雀元年。

十二

大余四十四，小余七百三十六；

大余五十一，无小余；

徒维淹茂二年。

十二

大余三十九，小余一百四十四；

大余五十六，小余八；

祝犁大渊献三年。

闰十三

大余三十三，小余四百九十二；

大余一，小余十六；

商横困敦四年。

十二

大余五十七，小余三百九十九；

大余六，小余二十四；

昭阳赤奋若五凤元年。

闰十三

大余五十一，小余七百四十七；

大余十二，无小余；

横艾摄提格二年。

十二

大余十五，小余六百五十四；

大余十七，小余八；

尚章单阏三年。

十二

大余十，小余六十二；

大余二十二，小余十六；

焉逢执徐四年。

闰十三

大余四，小余四百一十；

大余二十七，小余二十四；

端蒙大荒落甘露元年。

十二

大余二十八，小余三百一十七；

大余三十三，无小余；

游兆敦牂二年。

十二

大余二十二，小余六百六十五；

大余三十八，小余八；

彊梧协洽三年。

闰十三

大余十七，小余七十三；

大余四十三，小余十六；

徒维涒滩四年。

十二

大余四十，小余九百二十；

大余四十八，小余二十四；

祝犁作噩黄龙元年。

闰十三

大余三十五，小余三百二十八；

大余五十四，无小余；

商横淹茂初元元年。

正东十二

大余五十九，小余二百三十五；

大余五十九，小余八；

昭阳大渊献二年。

十二

大余五十三，小余五百八十三；

大余四，小余十六；

横艾困敦三年。

闰十三

大余四十七，小余九百三十一；

大余九，小余二十四；

尚章赤奋若四年。

十二

大余十一，小余八百三十八；

大余十五，无小余；

焉逢摄提格五年。

十二

大余六，小余二百四十六；

大余二十，小余八；

端蒙单阏永光元年。

闰十三

无大余，小余五百九十四；

大余二十五，小余十六；

游兆执徐二年。

十二

大余二十四，小余五百一；

大余三十，小余二十四；

彊梧大荒落三年。

十二

大余十八，小余八百四十九；

大余三十六，无小余；

徒维敦牂四年。

闰十三

大余十三，小余二百五十七；

大余四十一，小余八；

祝犁协洽五年。

十二

大余三十七，小余一百六十四；

大余四十六，小余十六；

商横涒滩建昭元年。

闰十三

大余三十一，小余五百一十二；

大余五十一，小余二十四；

昭阳作噩二年。

十二

大余五十五，小余四百一十九；

大余五十七，无小余；

横艾阉茂三年。

十二

大余四十九，小余七百六十七；

大余二，小余八；

尚章大渊献四年。

闰十三

大余四十四，小余一百七十五；

大余七，小余十六；

焉逢困敦五年。

十二

大余八，小余八十二；

大余十二，小余二十四；

端蒙赤奋若竟宁元年。

十二

　　大余二，小余四百三十；

　　大余十八，无小余；

　　游兆摄提格建始元年。

　　闰十三

　　大余五十六，小余七百七十八；

　　大余二十三，小余八；

　　彊梧单阏二年。

　　十二

　　大余二十，小余六百八十五；

　　大余二十八，小余十六；

　　徒维执徐三年。

　　闰十三

　　大余十五，小余九十三；

　　大余三十三，小余二十四；

　　祝犁大荒落四年。

　　在这部历法中，司马迁对每年日、月及是否有闰月做了详细记载。有一个问题一直在困扰着史学工作者——为何司马迁在本该录《太初历》的地方放了自己落选的《历术甲子篇》，难道是司马迁为名垂千古而偷梁换柱，抢落下闳的风头吗？

　　这个推测乍看是有些道理，但细细琢磨，却经不起推敲。因为司马迁在《历术甲子篇》之前的引言中，只提到落下闳而未引述自己，这样一来，即使后人无从考证，那也不会把这份荣誉记在司马迁本人头上，只会以为《历术甲子篇》就是落下闳的《太初历》。这样名垂千古的人不也是落下闳吗？聪明睿智的司马迁怎么会想不到呢？

　　很显然，这一原本无从考证的历史难题，答案藏在了另一史事中。或许我们能由此推断出司马迁这样做的原因。

《资治通鉴》记载：

> 陵败处去塞百余里，边塞以闻。上欲陵死战；后闻陵降，上怒甚，责问陈步乐，步乐自杀。群臣皆罪陵，上以问太史令司马迁，迁盛言："陵事亲孝，与士信，常奋不顾身以徇国家之急，其素所畜积也，有国士之风。今举事一不幸，全躯保妻子之臣随而媒蘖其短，诚可痛也！且陵提步卒不满五千，深蹂戎马之地，抑数万之师，虏救死扶伤不暇，悉举引弓之民共攻围之，转斗千里，矢尽道穷，士张空，冒白刃，北首争死敌，得人之死力，虽古名将不过也。身虽陷败，然其所摧败亦足暴于天下。彼之不死，宜欲得当以报汉也。"上以迁为诬罔，欲沮贰师，为陵游说，下迁腐刑。

公元前99年（西汉天汉二年），武帝派自己的大舅哥李广利领兵讨伐匈奴，另派李广的孙子、别将李陵随从李广利押运辎重。李陵带领步卒五千人出居延，孤军深入浚稽山，与单于遭遇。匈奴以八万骑兵围攻李陵。经过八昼夜的战斗，李陵斩杀了一万多匈奴，但由于得不到主力部队的后援，结果弹尽粮绝，不幸被俘，然后投降。

李陵兵败的消息传到长安后，武帝本希望他能战死，后听说他却投了降，龙颜大怒，朝中一众大臣察言观色，趋炎附势，指责李陵的罪过。

见此情景，司马迁挺身而出，仗义执言，对武帝说："李陵率五千步兵与敌死战，杀敌一万有余，立下赫赫战功。在前无救兵，后无供给，走投无路的绝境之下，依然奋勇杀敌，此种行为，就算古代的名将也不过如此。李陵自己虽然兵败被俘，但以其在战事中的表现也足以扬名天下了。此种英雄，即使投降，以后有机会了也会报答汉室的。"

不料司马迁的话令武帝大为震怒，认为他是在为叛将李陵辩护，于是将其打入大牢。

司马迁身陷牢狱之后，主审这一案子的是当时大名鼎鼎的酷吏杜周，杜周对司马迁严刑审讯，但司马迁始终不屈服。不久，有传闻说李陵曾带匈奴兵攻打汉朝。汉武帝信以为真，便草率地处死了李陵的母亲、妻子和儿子。司马迁也因此事被判了死刑。

上述记录在《资治通鉴》的文字，清楚地说明了司马迁在仗义执言之后，被武帝处以死刑，后以"腐刑"之刑抵罪得以苟活的经过。在往后的日子里，司马迁顶着屈辱，完成了被一代文豪鲁迅先生誉为"史家之绝唱，无韵之离骚"的史书——《史记》。

这段看似与记载《太初历》无关的文字，却隐藏着我们想要寻求的答案。

在制作历法的过程中，司马迁虽未与公孙贺发生直接冲突，但两人分属不同的政治集团的事实却是不言而喻的。历法完成之后，武帝又决意只封赏不追责，于是司马迁成为与公孙贺对立势力的心腹之患，公孙贺虽有除掉司马迁之心，但又恐武帝怪罪，于是便隐忍了下来。公孙贺知道，只要耐心等待，机会总会是有的。

果然，机会来了。

公元前98年（天汉三年），"李陵事件"将司马迁推向无尽的深渊，武帝下了死诏，司马迁在劫难逃。这让公孙贺省去了许多麻烦。然而，出乎公孙贺、公孙卿等人意料的是，司马迁竟愿以"腐刑"换取屈辱的苟活。

这其中必定有原因。公孙贺便派人一查，原来，司马迁苟全性命是为了续写尚未完成的《史记》。公孙贺马上意识到，万一司马迁将制历的事写在史书，他公孙贺岂不要留千古骂名？

但笔杆子掌握在别人手里，该如何阻止司马迁这样做呢？

公孙贺决定亲自接见司马迁。找到司马迁后，他摊牌了：写史可以，但记《太初历》不行，尤其是其中的是非曲直不能写；如执意要写，那司马迁你后果自负。

一生傲骨的司马迁，唯独这一次，真的是让他绝望了。我们仿佛看到两千多年前的长安街头，一个面容憔悴的老年男子，手持巨笔，仰天长叹，顿足捶胸……任何一个成功的背后都有代价的付出。如果说《史记》是司马迁人生的成功的话，那么被迫雪藏落下闳就是他所付出的代价。

所以，在后来的《史记·历书》之中，我们才见到司马迁的《历术甲子篇》，甚至为了不被奸人所害，涉及落下闳的记述时也只是寥寥数语，一笔带过。

巨星陨落

公元前 87 年，落下闳于阆中去世，享年 68 岁。一颗中国历史上璀璨的天文新星就此陨落。

不知是天意还是机缘巧合，落下闳去世不久，汉武帝也接着去世。落下闳与汉武帝同年生同年死。

武帝终究没能成仙，虽然有生之年他的成仙之旅从未停止，公孙卿的神历也一直陪伴其左右。直到他死去，那部专门为他定制的历法也随他长眠于地下。

据传，汉武帝死后的两千多年里，他的墓先后 5 次被盗，除金银财物外，还有随他下葬的各类典籍也一同被盗。后来有传说称，陪武帝下葬的典籍在关中一带出现过，其中就有那部神历。

《太初历》

落下闳所制《太初历》是中国历史上第一部有完整记录的历法，也是当时世界上最先进的历法。它的问世，比西方后来的《儒略历》要早

58 年。

《太初历》中定一回归年为365.3851539日，一月为29.4381日，以"加差法"替代之前的"减差法"调整时差。无论是天文精度，还是指导农业生产的方便程度，都要比西方的历法先进。

《太初历》问世后，前后沿用了一百八十八年，直到公元 84 年（东汉章帝元和元年）才正式退出历法舞台。

司马迁在《史记》中没有记录的内容，班固在《汉书》中作了较为完整的记录，为后世历法留下了宝贵的财富。

《汉书·律历志》记载：

汉兴，方纲纪大基，庶事草创，袭秦正朔。以北平侯张苍言，用《颛顼历》，比于六历，疏阔中最为微近。然正朔服色，未睹春真，而朔晦月见，弦望满亏，多非是。

至武帝元封七年，汉兴百二岁矣，大中夫公孙卿、壶遂、太史令司马迁等言"历纪坏废，宜正朔"。是时御史大夫儿宽明经术，上乃诏宽曰："与博士共议，今宜何以为正朔？服色何上？"宽与博士赐等议，皆曰："帝王必改正朔，易服色，所以明受命于天也。创业变改，制不相复，推传序文，则今夏时也，臣等闻学褊陋，不能明。陛下躬圣发愤，昭配天地，臣愚以为三统之制，后圣复前圣者，二代在前也。今二代之统绝而不序矣，唯陛下发圣德，宣考天地四时之极，则顺阴阳以定大明之制。为万世则。"于是乃诏御史曰："乃者有司言历未定，广延宣问，以考星度，未能雠也。盖闻古者黄帝合而不死，名察发敛，定清浊，起五部，建气物分数，然则上矣。书缺乐弛，朕甚难之。依违以惟，未能修明。其以七年为元年。"遂诏卿、遂、迁与侍郎尊、大典星射姓等议造《汉历》。乃定东西，立晷仪，下漏刻，以追二十八宿相距于四方，举终以定朔晦分至，躔离弦望。乃以前历上元泰初四千六，百一十七岁，至于元封七年，复得阏逢摄提格之岁，中冬十月甲子朔旦冬到至，日月在建星，太岁在子，已得太初本星度新正。姓等奏不能为算，愿募治历者，更造密度，各自增减，以造汉《太初历》。及选治历邓平及长乐司马可、酒泉候宜君、侍郎尊及与民间治历者，凡二十余人，方士唐都、巴郡落下闳与焉。都分天部，而宏远算转历。其法以律起历，曰：'律容一龠，积八十寸，则一日分也。与长相终。律长九寸，百七十一分而终复。三复而得甲子。夫律阴阳九六，爻象所以出也。故黄钟纪元气之谓律。律，法也，莫不取法焉。"与邓平所治同。于是皆观新星度、日月行，更以算推，如闳、平法。法，一月之日二十九日八十一分日之四十三，先籍半日，名曰阳历；不籍，名曰阴历。所谓阳历者，先朔月生；阴历者，朔而后月乃生。平曰："阳历朔皆先旦月生，以朝诸侯王群臣便。"乃诏迁用邓平所造八十一分律历，罢废尤疏远者十七家，复使校历律昏明。宦者淳于陵渠复覆《太初历》晦、朔、弦、望，皆最密，日月如合月璧，五星如连珠。陵渠奏状，遂用邓平历，以平定为太史丞。

　　后二十七年，元凤三年，太史令张寿王上书言："历者天地之大纪，上帝所为。传黄帝《调律历》，汉元年以来用之。今阴阳不调，宜更历之过也。"诏下主历使者鲜于妄人诘问，寿王不服。妄人请与治历大司农中丞麻光等二十余人杂候日、月、晦朔、弦、望、八节、二十四气，钧校诸历用状。奏可。诏与丞相，御史，大将军。右将史各一人杂候上林清台，课诸历疏密，凡十一家。以元凤三年十一月朔旦冬至，尽五年十二月，各有第。寿王课疏远。案汉元年不用黄帝《调历》，寿王非汉历，逆天道，非所宜言，大不敬。有诏勿劾。复候，尽六年。《太初历》第一，即墨徐万且、长安徐禹治《太初历》亦第一。寿王及待诏李信治黄帝《调历》，课皆疏阔，又言黄帝至元凤三年六千余岁。丞相属宝，长安单安国，安陵杯育治《终始》，言黄帝以来三千六百二十九岁，不与寿王合。寿王又移《帝王录》，舜、禹年岁不合人年。寿王言化益为天子代禹，骊山女亦为天子，在殷、周间，皆不合经术。寿王历及太史官《殷历》也。寿王猥曰安得五家历。又妄言《太初历》亏四分日之三，去小余七百五分，以故阴阳不调，谓之乱世。劾寿王吏八百石，古之大夫，服儒衣，诵不详之辞，作妖言欲乱制度，不道。秦可。寿王候课，比三年下，终不服。再劾死，更赦勿劾，遂不更言，诽谤益甚，竟以下吏。故历本之验在于天，自汉历初起，尽元凤六年，三十六岁，而是非坚定。

至孝成世，刘向总六历，列是非，作《五纪论》。向子歆究其微眇，作《三统历》及《谱》以说《春秋》，推法密要，故述焉。夫历《春秋》者，天时也，列人事而因以天时。传曰："民受天地之中以生，所谓命也。是故有礼谊动作威仪之则以定命也，能者养以之福，不能者败以取祸。"故列十二公二百四十二年之事，以阴阳之中制其礼。故春为阳中，万物以生；秋为阴中，万物以成。是以事举其中，礼取其和，历数以闰正天地之中，以作事厚生，皆所以定命也。《易》金、火相革之卦曰"汤、武革命，顺乎天而应乎人"，又曰"治历明时"，所以和人道也。

周道既衰，幽王既丧，天子不能班朔，鲁历不正，以闰余一之岁为蔀首。故《春秋》刺"十月乙亥朔，日有食之"。

于是辰在申，而司历以为在建戌，史书建亥。哀十二年，亦以建申流火之月为建亥，而怪蛰虫之伏也。自文公闰月不告朔，至此百有余年，莫能正历数。故子贡欲去其饩羊，孔子爱其礼，而著其法于《春秋》。《经》曰："冬十月朔，日有食之。"《传》曰："不书日，官失之也。天子有日官，诸侯有日御，日官居卿以底日，礼也。日御不失日以授百官于朝。"言告朔也。元典历始曰元。《传》曰："元，善之长也。"共养三德为善。又曰："元，体之长也。"合三体而为之原，故曰元。于春三月，每月书王，元之三统也。三统合于一元，故因元一而九三之以为法，十一三之以为实。实如法得一。黄钟初九，律之首，阳之变也。因而六之，以九为法，得林钟初六，吕之首，阴之变也。皆参天两地之法也。上生六而倍之，下生六而损之，皆以为九法。九六，阴阳夫妇子母之道也。律娶妻而吕生子，天地之情也。六律六吕，而十二辰立矣。五声清浊，而十日行矣。《传》曰"天六地五"，数之常也。天有六气，降生五味。夫五六者，天地之中合，而民所受以生也。故日有六甲，辰有五子，十一而天地之道毕，言终而复始。太极中央元气，故为黄钟，其实一龠，以其长自乘，故八十一为日法，所以生权衡度量，礼乐之所由出也。《经》元一以统始。《易》太极之道也。春秋二以目岁，《易》两仪之中也。于春每月书王，《易》三极之统也。于四时虽亡事必书时月，《易》四象之节也。明月以建分至启闭之分，《易》八卦之位也。象事成败，《易》吉凶之效也。朝聘会盟，《易》大业之本也。故《易》与《春秋》，天人之道也。《传》曰："龟，象也。筮，数也。物生而后有象，象而后有滋，滋而后有数。"

是故元始有象一也，春秋二也，三统三也，四时四也，合而为十，成五体。以五乘十，大衍之数也，而道据其一，其余四十九，所当用也，故著以为数，以象两两之，又以象三三之，又以象四四之，又归奇象闰十九，及所据一加之，因以再扐两之，是为月法之实。如日法得一，则一月之日数也，而三辰之会交矣，是以能生吉凶。故《易》曰："天一地二，天三地四，天五地六，天七地八，天九地十。天数五，地数五，五位相得而各有合。天数二十有五，地数三十，几天地之数五十有五，此所以成变化而行鬼神也。"交终数为十九，《易》穷则变，故为闰法，参天九，两地十，是为会数。参天数二十五，两数三十，是为朔，望之会。以会数乘之，则周于朔旦冬至，是为会月。九会而复元，黄钟初九之数也。经于四时，虽亡事必书时月。时所以记启闭也，月所以纪分至也。启闭者，节也。分至者，中也。节不必有其月，故时中必在正数之月。故《传》曰："先王之正时也，履端于始，举正于中，归余于张。履端于始，序则不愆；举正于中，民则不惑；归余于中，事则不誖。"此圣王之重闰也。以五位乘会数，而朔旦冬至，是为章月。四分月法，以其一乘章月，是为中法。参闰法为周到，以乘月法，以减中法而约之，则七之数，为一月之闰法，其余七分。此中朔相求之术也。朔不得中，是谓闰月，言阴阳虽交，不得中不生。故日法乘闰法，是为统岁。三统，是为元岁。元岁之闰，阴阳灾，三统闰法《易》九厄曰："初入元，百六，阳九；次三百七十四，阴九；次四百八十，阳九；次七百二二，阴七；次七百二十，阳七；次六百，阴五；次六百，阳五；次四百八十，阴三；次四百八十，阳三，凡四千六百一十七岁，与一元终。经岁四千五百六十，灾岁五十七。是以《春秋》曰："举正于中。"又曰："闰月不告朔，非礼也。闰以正时，时以作事，事以厚生，生民之道于是乎在矣。不告闰朔，弃时正也，何以为民？"故善僖"五年春，王正月辛亥朔，日南至，公既视朔，遂登观台以望，而书，礼也。凡分至启闭，必书云物，为备故也。"至昭二十年二月己丑，日南至，失闰，至在非其月，梓慎望氛气而弗正，不履端于始也。故传不曰冬至，而曰日南至。极于牵牛之初，日中之时景最长，此知其南至也。斗纲之端连贯营室，织女之纪指牵牛之初，以纪日月，故曰星纪。五星起其初，日月起其中，凡十二次，日至其初为节，至其中斗建下为十二辰，视春建而知其次。故曰"制礼上物，不过十二，天之大数也"。《经》曰"春王正月"，《传》曰：周正月"火出，于夏为三月，商为四月，周为五月，夏数得天"，得四时之正也。三代各据一统，明三常合，而迭为首，登降三统之首，周还五行之道也。故三五相包而生。天统之正，始施于子半，日萌色赤。地统受之于丑初，日肇化而黄，至丑半，日牙化而白，人统受之寅初，日孽成而黑，到寅半，日生成日青。天施复于子，地化自丑毕于辰，人生自寅成于申。故历数三统，天以甲子，地以甲辰，人以甲申。孟、仲、季迭用事为统首。三微之统既著，而五行自青始，其序亦如之。五行与三统相错。传曰"天有三辰，地有五行"，然则三统五星可知也。《易》曰："参五以变，错综其数。通其变，遂成天下之文；极其数，遂定天下之象。"太极运三辰五星于上，而元气转三统五行于下。其于人，皇极统三德五事。故三辰之合于三统也，日合于天统，月合于地统，斗合于人统。五星之合于五行，水合于辰星，火合于荧惑，金合于太白，木合于岁星，土合于镇星。三晨五星而相经纬也。天以一生水，地以二生火。天以三生木，地以四生金，天以五生土。五胜相乘，以生小周，以乘《乾》、《坤》之策，而成大周。阴阳比类，交错相成，故九六之变登降于六体。三微而成著，三著而成象，二象十有八变而成卦，四营而成易，为七十二，参三统两四时相乘之数也。参之则得《乾》之策，两这则得《坤》之策。以阳九九之，为六百四十八；以阴六六之，为四百三十二，凡一千八十，阴阳各一卦之微算策也。八之，为八千六百四二，而八卦小成。引而信之，又八之，为六万九千一百二十，天地再之，为十三万八千二百四十，然后大成。五星会终，触类而长之，以乘章岁，为二百六十二万六千五百六十，而与日月会。三会为七百八十七万九千六百八十，而与三统会。三统二千三百六十三万九千四十，而复于太极上元。九章岁而六之为法，太极上元为实，实如法得一，阴阳各万一千五百二十，当万物气体之数，天下之能事毕矣。

落下闳天文

落下闳回乡后，并未懈怠，他继续对"浑天之说"理论进行探索，并将自己的天文、历法知识传授于后人，使中国古代历法得以传承。《太初历》之后的历代历法，基本上都袭用了落下闳《太初历》的理论，其在历法方面的作用与成就不可低估。对落下闳而言，京城制历，无疑成就了他的辉煌人生；而他的辞官不受，未必就是一种损失，甚至可以说，正是因为有了他的辞官归乡，才有了后来蜀地灿烂绵长的天文文化。

落下闳创制《太初历》是他的第一大贡献，也是我国历法史上一个划时代的进步。它采用《颛顼历》中的"十九年七闰"置闰法，但不同的是，以 29+43/81 日为一个朔望月，将分母精确到了 81，所以《太初历》又被称为《八十一分历法》。

落下闳引入有利于农时的二十四节气，将历法与农事相结合，对促进农业生产具有重要作用。在《太初历》中，落下闳将无中气之月定为闰月，调整了太阳周天与阴历纪月不相符的矛盾。二十四个节气中，凡是冬至、大寒、雨水、春分、谷雨、小满、夏至、大暑、处暑、秋分、霜降、小雪位于偶数者，被定之为中气之月，凡是在历法月数中没有遇到中气的，便在其后补闰月一次。这种创造性的置闰法显然要比之前的"年终置闰法"更为合理精确。

落下闳在《太初历》中设置二十四节气与闰月的变革，对后世的历法发展皆起到了不可替代的重要作用。

落下闳的第二大贡献当属提出"浑天之说"这一颠覆性的天文理论。"浑天之说"的诞生，意味着中国古代奉行了至少有两千年之久的"盖天之说"被推翻。时间是检验真理的最好方式，后世天文学的发展，都证明了落下闳所提出的"浑天之说"天文理论正好符合宇宙的本来面目。基于"浑天之说"，落下闳首次提出"交食周期"的概念，并推算出每 135 个月即为"朔望之会"，即 11 年会发生 23 次日食，这在天文科技并不发达的西汉时期，如此精确且具有长远意义的天文历算让人无法不对其天文造诣之高超而惊叹。也正是基于这一天文理论，落下闳创造出了与"浑天之说"相印证的宇宙模型——浑仪和浑象，这种宇宙模型的诞生，为"浑天之说"颠覆"盖天之说"提供了有力的依据。这一宇宙模型的溯源有根可寻，《史记》《旧唐书》等史册之中皆有记载：浑仪和浑象，以及"浑天之说"皆为西汉落下闳所创。

落下闳第三大贡献，当属他发明的"通其率"。"通其率"又称"连分数辗转相除求渐进分数法"，还有学者将其称为"落下闳算法"。

"通其率"的诞生，不仅为《太初历》提供了精确的计算工具，也为后世历法、天文乃至数学研究提供了有力的计算工具。"通其率"与当今数学学科中的"应用连分数求渐进分数法"的计算程序是一致的，它比提出类似算法的印度数学家爱雅哈塔要早 600 年，比提出连分数理论的意大利数学家朋柏里早 1600 年。这一数学计算方法影响了中国古代数算两千年。

20 世纪后半叶，中国数学界展开了对"落下闳算法"的讨论，最后认定："通其率算法不仅是天算家简化分数数据的重要方法，亦是处理周期现象中一次同余问题的有力工具。'落下闳算法'的主要程序，是通过辗转相除求出一系列渐近分数，用以解决各种数学问题。中国古代历法计算中的'强弱术''调日法''求一术'等，都源自'落下闳算法'。以现代数学观点看，'落下闳算法'可以实现'有理数逼近实数'以及'最佳逼近'等，是具有普通意义的数学方法。"

四川省社会科学院研究员查有梁教授在《世界杰出天文学家落下闳》一书中，对"落下闳算法"进行了严密推理、演算和论证，对落下闳在数学界留下的财富给予了高度肯定和赞扬。查教授在书中深情地写道："天体和宇宙图像，隐藏在黑暗之中；玉皇说，落下闳降生吧！从此是一片光明！"

《太初历》在落下闳实测的基础上，将原来以十月为岁首改为以孟春正月为岁首，后来人们在落下闳定出了岁首之后，将每年的正月初一称为"元旦""新年""春节"等，民间也因此有了"过春节"的习俗，这一习俗一直传承至今，是迄今为止中国最重要、最盛大的传统节日，落下闳也因此成了名副其实的"春节老人"。

落下闳在阆中开展的天文、历法研究，为阆中留下了宝贵的天文财富。西汉末年，阆中涌现出著名的天文学家任文孙、任文公，三国时期又出现周舒、周群、周巨祖孙三代天文学家，唐代天文学家袁天罡、李淳风更是定居阆中开展研究。

2006 年 1 月 29 日，位于四川省阆中古城核心保护区内兴建的"落下闳纪念馆"正式对外开放，人们蜂拥而至，前去瞻仰这位伟大的天文学家。在纪念馆内的落下闳铜身塑像上面，悬挂着一方醒目的匾额，上面是宋代著名书法家米芾所题的字——炳耀千秋。

2017 昭告天下

两千多年以来，虽然有史料简单记载过落下闳这位功勋卓越的西汉天文学家的研究活动，但终因历史对他的雪藏而鲜为人知，他的名声与功绩只被阆中的人熟知而已，虽然他已经被命名为"春节老人"，但这并不能彻底将他拉进现代人的视野。

这是一个英雄的陨落，也是一段历史的暗伤。

这场雪藏，直到两千多年之后的 2016 年。

2016 年 12 月，四川省发起了"四川十大历史名人"的评选活动，并召集业内专家成立了"四川历史名人专题调研组"，对四川本土历史上卓有功绩的人物进行评选。

经过几个月的酝酿，这份牵动着四川数千万人的心的名单终于出炉。

2017 年 7 月 4 日，在四川政府新闻版面上，"四川十大历史名人名单"出炉，将这个谜底揭开。获得四川十大历史名人的是：大禹、李冰、落下闳、扬雄、诸葛亮、武则天、李白、杜甫、苏轼、杨慎。

名不见经传的落下闳，终于从历史的尘土中站了起来！

时隔两千年，历史终于敞开了胸襟，将这位被政治雪藏的天文学家呈现在了世人面前。

两千多年之后，一条看似无法跨越的历史终于网开一面，将这位天文学家的事迹公之于众，将本该两千年前就赋予他的名誉奉还于他，并为他正了名。

　　这不只是一次对历史的发掘，这是一场对历史文化质疑的胜利，是一次对全民文化的弥补，也是一次用漫长时间疗伤的旅程，更是中国五千年历史文化的精髓的回归。

　　作为这本书正文的最后一行字，我们想说：

　　历史终究还是公平的。

| 后记 |

我还记得这本书动笔的第一天。

成都天气预报预告的温度是 11 ℃，比成都最冷的时候暖和了许多。我告诫自己：一年之计在于春，一定要开一个好头，往后的写作才能顺利，就如黄道吉日一般，冥冥之中自会有神力相助。

为了佐证自己的决心，我还特地将终日不离身的羽绒服褪了去，换上了一件薄一点的长衫，企图用寒冷来鞭挞自己的理性从而做到清醒。

这件事情给我的启示是：人一旦下定决心做某一件事情，即使本身并没有多少依仗，也必然为了更有一腔孤勇的底气而寻找另外的存在，以证明自己并不是孤军奋战。所以，祭天拜神传承了几千年。

也许从这种迷信诞生之日起，就有人不断地用理性的言辞予以批判。科学发展到今天，即使没人拆穿，我想人们也知道祭天拜神其实是一场个人的空想。但这项社会活动从诞生之日起就长盛不衰，并且直至今天，我也依旧没感觉到要退去的迹象。

想到这些，我忽然明白了汉武帝，可能他不惜被后世千百人耻笑也要求的长生之道，其实并非是一定要活个万代春秋出来，而是人在做某些事情的时候，或是从事某种工作的时候，他总要想办法借助一点虚幻的力量来表明自己正在往一个更高的地方去。

对于已经将本书写完的作者来说，这个顿悟真是一件让人难过的事，我会在心中怀疑自己，是否将汉武帝本人过于丑化了。不过随后我又释然了，一来，时间已经连他想诈尸这种可能都抹杀了；二来，自信地说，他未必真的有如我这般理解通透。

于是，我告诉自己，那就这样吧。比之被历史雪藏了的落下闳来说，他还起码有人评价。何况，在那样的年代下，事实就是这样的。

而我之所以能清楚记得自己第一天动笔的情景，是因为我在后来每个痛苦写作的日子里，都要不住地回想那天，然后质问自己，你为什么一定要这样做？

这个时候，历史告诉我：我需要这个。

不管你信不信，我是信了。

写完这本书的最后一个字以后，我没有幻想中的那样欣喜若狂或如释重负，而是平静地将文档保存好，关上电脑，然后轻轻地起身，转身下楼，在街角吃了一碗热辣滚烫的牛肉面，大碗的。我热得满头大汗，却倍感畅快淋漓，我低头看手机上的天气预报，屏幕上显示的是 34 ℃。

我想，这个季节，可能连枇杷都掉完了。

20 万字，对应着这上升了 20 ℃的气温，平均温度每上升一度，我的书就向前推动一万字，不知道这是不是我在动笔那天的无比虔诚所得到的一个结果。

能在这样炎热的日子里，写完一本让自己痛苦不已的书和吃一碗让人满头大汗的面，真是一件倍感幸福的事。

这仿佛让我找到了写这本书的另一层意义：为了能在 34 ℃的季节里，吃一碗让人满头大汗、心生舒畅的牛肉面。

我想，比之其他更高尚的动机来说，这是我最想表达的一个答案，而且我很希望，这也是我以后继续写下去的答案。

于是，在这一刻，我决定暂且在牛肉面的舒畅里忘记之前那些让我痛苦不已的日子，然后再虔诚地为自己的下一次痛苦祷告一次。这样我就又有了打开另一个空白文档的勇气。

千万不能动摇，我告诫自己。

所以，就写到这里。

刘文学

2020 年 9 月

著者　考拉看看历史文化研究中心
执笔　刘文学　陈兰

内容简介

　　落下闳是西汉民间天文学家，是研制历史上首个有完整记载、有二十四节气融汇其中的《太初历》的创立者。本书主要围绕落下闳一生的传奇经历展开撰写，依托现有基本资料（《史记》《汉书》《资治通鉴》等史籍）深度挖掘，加入大历史发展模型，以事实和大历史观为准，反复考证。全景展示西汉时期，落下闳以一介草民之身，从蜀地赴长安制定历法，大成之后辞官归乡，后被政治势力雪藏的曲折经历，解开中国历史上最盛大的全民节日——春节——背后所深藏的渊源。

读者服务

4000213677　（028）84525271

《汉武风云：落下闳传》
内容工作组其他成员：
康　成　张小军　马　玥
李开云　王翔宗　侯佳欣

著者

考拉看看历史文化研究中心

　　考拉看看历史文化研究中心，系优质内容创作与运作机构考拉看看旗下品牌，深耕巴蜀文化。在地文化，中华民族传统文化，策划出版有《大宋蜀商》《大熊猫之路》，参与创作杭州优秀传统文化丛书。

执笔

刘文学

　　影视行业从业者，历史文化、乡土文化研究者，"考拉看看"签约作者。擅于从社会现象中洞察本源，从实践中寻求真知。著有《铁路简史》。

陈　兰

　　考拉看看专职作家，地方传统文化、商业财经研究者，擅长宏观叙述，洞察商业规律，善于思考，笔锋犀利。著有《腾讯工作法》。

协作团队

考拉看看
Koalacan

是由资深媒体人、作家、内容研究者和品牌运作者联合组建的内容机构，致力于领先的深度内容创作与运作，专业从事内容创作、内容挖掘、内容衍生品运作和品牌文化力打造。

A content institution jointly established by media experts, writers, content researchers and brand operators, committed to creation and operation of leading-edge and in-depth contents, specializing in content creation, content mining, content derivatives operation and cultural branding.

书服家
Forbooks

是一个专业的内容出版团队，致力于优质内容的发现和高品质出版，并通过多种出版形式，向更多人分享值得出版和分享的知识，以书和内容为媒，帮助更多人和机构发生联系。

A professional content publishing team committed to the discovery and publication of high-quality contents, sharing worthwhile ideas with people through multiple forms of publication, and thus acting as a bridge between people and institutions.

写作 | 研究 | 出版 | 推广 | IP 孵化
Writing Research Publishing Promotion IP incubation
电话 TEL 400-021-3677　　Koalacan.com

特邀编创：考拉看看
装帧设计：云何视觉　汪智昊
全程支持：书服家

微信二维码
考拉看看

微信二维码
书服家